Boyacá firma la paz con Bélgica

Boyacá le declaró la guerra a Bélgica. Pero las dificultades para el envío de correspondencia en el siglo pasado hicieron que la declaratoria se extraviara. Nunca llegó a Europa. Sin embargo, este año se firmará la paz.

En la época de régimen federalista, 1200 colombianos viajaron a estudiar a las universidades de ese país, especialmente Lovaina. Un boyacense, el general Santos Gutiérrez fue uno de ellos.

Estudió leyes y conocimientos generales. En la universidad conoció a una hermosa rubia de la cual se enamoró profundamente, y ella le correspondía.

Cuando se acercaba la fecha de regreso, comenzó preparar todo para su matrimonio: le escribió a sus amigos colombianos, a sus padres, quiso indagar cómo estaban las cosas en el país. Todo parecía marchar sobre ruedas.

Se casaría y vendría con ella a vivir a Boyacá. Un día se llenó de valor, se vistió con su mejor traje y se dispuso a ir a hablar con los padres de la novia.

Ellos se sorprendieron. No podían aceptarlo. "¿Cómo se la va a llevar a Boyacá? Ese debe ser un pueblo atrasado, lleno de indios, donde solo se cultivan papas. Si quiere comer papas, le advirtieron, las belgas son las mejores del mundo".

Tomaron medidas drásticas, a la europea, para que la niña no se fuera a volar a esas tierras inhóspitas.

El joven general regresó con el corazón partido. Despechado, comenzó a maquinar su venganza: participó en el gobierno del Estado y cuando tuvo mando de tropa le declaró la guerra a los belgas, causante de su desdicha.

Los boyaceses, tradicionalmente, fueron a primera vista pacíficos pero, en verdad, son muy aguerridos. Lo demostraron en las guerras de independencia y en las contiendas civiles.

El documento nunca llegó a manos del gobierno en Bruselas. Tampoco se expropiaron los bienes de los belgas residentes en Boyacá.

Es solo una historia sin aparente asidero real. Se la narró el escritor Jorge Eliécer Ruiz al embajador de Bélgica Willy Stevens, quien se puso a investigar y encontró diversas versiones.

No la creen ni los colombianos ni la colonia de ese país. Pero la triste novela de amor sirvió de pretexto para que este año se "firme la paz" y se convierta en el año de la amistad entre los dos pueblos.

Claro, la historia no impidió que los belgas en los años 20 construyeran el ferrocarril de la línea del nordeste, con más de 150 kilómetros que van desde Bogotá a Tunja, Paipa, Sogamoso y Belencito.

Este año se celebran los 60 años de esa ruta. Por este motivo y para vincularse a los 450 años de Bogotá, la colonia ha programado 34 actividades sociales y culturales.

Firma de la paz

El 29 de mayo habrá una excursión turística con la bandera blanca de la paz. En Tunja, el decano de la colonia de ese país, Jorge Verswyvel, va a firmar el tratado de paz y amistad con los boyasenses, y van a desfilar unos muñecos gigantes y multicolores, de cinco metros de altura, fabricados en madera y papel maché en Bruselas.

Ese fin de semana harán banquetes con comidas típicas de ambas regiones y se inaugurará en Sogamoso una exposición de locomotoras, contruidas en los años 20 en Bélgica, que ahora pertenenecen a Paz de Río.

Para celebrar los 450 años de Bogotá hay actos centrales. Los belgas financiaron un libro sobre la Sabana, que entregarán al alcalde, Julio César Sánchez el 26 de mayo. Está conformado por fotografías de Juan Giraldo y textos de viajeros hechos desde la Conquista y recopilados por Germán Arciniegas.

En abril colocarán la primera piedra del hospital de Propace, para el cual donaron 140 millones de pesos. Este año, el gobierno belga donará mil millones de pesos para obras sociales colombianas.

Lo más pintoresco del año de la amistad será el 20 y 21 de julio: los dos mil metros cuadrados de la plaza de Bolívar se cubrirán con claveles. Lo harán expertos que vienen de Bélgica donde todos los años, por una costumbre antigua, cubren con begonias la Grande Place. Harán el escudo de la ciudad con flores.

Se destaca, además, la exposición de Andrés de Santamaría que se realizará en agosto en la Biblioteca Luis Angel Arango.

El extenso calendario se inicia el 20 de marzo con la presentación del grupo "Plan K" en Bogotá y Medellín, durante el Festival Iberoamericano de Teatro. Y culmina el 15 de noviembre, "Día de la Dinastía Belga", con una gran recepción en la residencia del embajador.

En ese lapso habrá ciclos de cine, desfiles de modas, exposición de libros y forografías, talleres y conciertos de la Orquesta Sinfónica de Colombia, bajo la dirección de Robert Jansen.

Este programa fue organizado por la Comunidad y la Cámara de Comercial de ese país; la Asociación de Egresados Colombianos de Universidades Belgas, en cooperación con la embajada.

Westafrikaans land blijft liever „arm en waardig"

Kongo weet niet van akkoord over afval

BRAZZAVILLE/DEN HAAG — De autoriteiten van het Westafrikaanse land Kongo hebben gisteren berichten tegengesproken volgens welke Brazzaville een principe-akkoord heeft gesloten over het storten van chemisch afval uit de Benelux en de Bondsrepubliek.

Waardig

AMSTERDAM —

Solidariteit wil verkiezingen Polen boycotten

„Economie Italië moet minder snel groeien"

Schlüter belast met formatie

Visumplicht over en weer afgeschaft

Herstel grensverkeer Algerije en Marokko

Gastarbeiders

Uit liefde ging Gutiérrez ten oorlog

België sluit officieel vrede met Boyaca

Huwelijk

„S[illegible] helpt Kaboel door materieel achter te laten"

IMF geeft toe: Beleid schaadt armen soms

Noodtoestand in Chili verlengd

EG coördineert aidsbeleid

Cartas abiertas

JUAN ESTEBAN CONSTAÍN

Cartas abiertas

Penguin
Random House
Grupo Editorial

Primera edición: mayo de 2023

Printed in Spain – Impreso en España

ISBN: 978-84-397-4229-6
Depósito legal: B-19.275-2022

Impreso en Liberdúplex
Sant Llorenç d´Hortons (Barcelona)

RH 4 2 2 9 6

Para Miranda, que llegó con este libro bajo el brazo.

Se miente más de la cuenta
por falta de fantasía:
también la verdad se inventa

Antonio Machado

There's nothing you can do that can't be done…

JOHN LENNON & PAUL MCCARTNEY

I

Lo que de verdad le importaba, me dijo, era esa campana: sus tañidos a lado y lado de la guerra. Su voz metálica que trazaba sobre la nieve —porque fue en invierno, siempre lo es— una línea divisoria entre el horror, como quien rompe el hielo de un espejo. Fue en diciembre de 1915 en el Frente Occidental, en Douchy. Allí estaban ambos, Ernst Jünger y Robert Graves, y lo escribieron en sus respectivos diarios: el primero como una premonición, el segundo como una burla. Dice Jünger: "*Hablamos con dos ingleses, uno de ellos se quitó el escudo de su chaqueta y me lo dio, en él hay un tigre y dos nombres inscritos: 'Indostán, Lancaster'. Nos preguntaron en francés si teníamos cigarrillos, se los dimos. Qué extraño: llevamos ya más de un año de estarnos matando, y en los pocos momentos de paz y amistad que surgen entre las trincheras lo que hacemos es pedirnos fuego. Muchos creen en la paz, yo no; ni siquiera sé si me guste, si sea buena. Los ingleses elogiaron nuestros cigarrillos, les dije algo que pareció molestarles: 'Claro, son indios…'. Pero después sonrieron, nos dimos la mano y se fueron. Quizás ellos también creen en esa tregua de Navidad de la que habla todo el mundo, igual a la del año pasado. Yo no…*". Dice Graves: "*Sin que nadie lo supiera, bajamos Jack y yo desde Amiens hasta Douchy, o muy cerca. A él en verdad no le molesta nada: ni las balas, ni la sangre, ni el frío, ni la muerte, nada. Solo que todo el mundo le diga 'Jack', eso sí. 'Eso es lo peor de esta guerra, que con ella va a empezar la democracia…', fueron sus palabras. Un hombre de su rango no acepta que los inferiores lo traten con esa confianza; a mí me da igual, acaso porque no soy de su rango. Tampoco lo eran esos alemanes con los que nos encontramos ayer en nuestra primera incursión por la zona, salimos a la 'tierra de nadie' y allí estaban ellos, cinco o seis, riendo a carcajadas. Nos vieron y nos saludaron muy adustos, aunque sin ser hostiles. Ya no reían más, nos acercamos, Jack les pidió un cigarrillo, se lo dieron, fumamos y no estaba mal. Eso les dije y uno de ellos, muy joven, de ojos vivaces, me respondió en francés: 'Sí, es que vienen de la India…'. Estuve a punto de reírme de su irreverencia, en cambio fingí algo de consternación, casi desprecio. Jack, para agradecerles, se quitó una insignia de la chaqueta que llevaba y se la dio, la insignia que habíamos estado viendo ayer: un tigre y el lema de la 4a Compañía: 'Indostán, Lancaster'. La chaqueta la recogió Jack por el camino y era de uno de los nuestros al que vimos muerto en una zanja, debía de llevar muy poco allí, sus compañeros lo abandonaron o ni siquiera lo vieron morir; quizás aún lo estén buscando. Oldham se llamaba, según su placa, y Jack solo dijo: 'Este es de los míos', luego lo despojó de su chaqueta y seguimos…*".

Entonces, una noche de ese invierno de 1915, sucedió eso que tanto había intrigado y conmovido a Marcelino Quijano, según me dijo, y es que una campana empezó a repicar. También eso lo escribieron Jünger y Graves en sus diarios, y por ellos sabemos que es la misma campana, pues es la misma fecha, 22 de diciembre de 1915: "*Como un pájaro desesperado, así retumban las campanas a esta hora…*", escribió Jünger; "*no para de sonar esa campana, la señal de que acaso haya llegado el momento de largarnos de aquí…*", escribió Graves. Dos de los mejores escritores del siglo XX, dos de los más grandes y originales combatiendo en la Primera Guerra Mundial. No fueron tampoco los únicos, quizás no haya habido una guerra con tanto talento a su servicio, tantos artistas dispuestos a morir o a matar en sus trincheras. Pero que las huellas de Robert Graves y Ernst Jünger se hubieran cruzado sobre la nieve de ese invierno atroz de 1915 en el Frente Occidental, que hasta allí llegaran ambos y vieran su reflejo en el rostro del otro, eso sí era hermoso. Que se hubieran dado la mano los dos y luego la espalda, que sobrevivieran, eso sí valía la pena, insistía Marcelino Quijano. Un inglés y un alemán, dos enemigos, la humanidad: no hay trinchera que no sea un espejo.

—Pero lo que de verdad me importa —me dijo Marcelino Quijano: Marcelino Quijano y Quadra, para ser exactos, como a él siempre le gustó que se dijera su nombre todo completo—, lo que de verdad me importa es esa campana: que sonara, que ellos dos la oyeran; ese sí es un milagro. ¿No se da cuenta usted? Que dos de mis escritores favoritos hubieran combatido en la guerra siempre lo supe, no fueron tampoco los únicos. Y que se hubieran cruzado era también natural, por qué no, de alguna manera la guerra consiste en eso. Hasta que un día leí esa entrada en el diario de Graves, una edición que me trajo de Londres un amigo: ahí estaba la campana, sus repiques desatados. Vi la fecha y me pareció muy extraño, me acordaba de algo parecido en el diario de Jünger. Fui a leerlo y no lo podía creer: el mismo día, la misma noche, la misma fecha, el mismo sitio. La misma campana, la misma.

Así que eso era lo único que de verdad le importaba a Marcelino Quijano y Quadra, una campana. Con ella sobre la mesa lo conocí, más bien con sus fragmentos en la mano: los tenía todos regados como un gran rompecabezas y trataba de armarlos como quien juega a los naipes, solo, poniendo una carta aquí y otra allá, dudando luego, volviendo a barajar, el dedo en la barbilla. Lo más curioso es que esa escena absurda no parecía sorprender a nadie en la taberna, y los pocos comensales y los pocos borrachos que estaban en ella no reparaban en esa esquina en la que un hombre de sombrero y traje entero, pipa, un vaso de cognac, anteojos y bigote parecía estar pegando los pedazos del mundo después de haberlo roto contra el piso. Incluso el dueño de la taberna, Franco Bruno, su nombre lo supe luego, su nombre y la grandeza de su corazón, incluso él observaba con naturalidad y aun con cariño (claro que sí, ahora lo puedo decir) los intentos de Marcelino por rehacer esa campana y devolverle la voz. Yo entré y me hice en la otra esquina, había caminado más de tres kilómetros sin que hubiera un solo sitio abierto en la carretera. Entonces llegué al pueblo, Piedras de Fuego, y vi la luz prendida de la taberna, *El Tiempo Perdido*. Abrí la puerta y era de verdad casi un establo, como me la habían descrito: una caballeriza con una barra y mesas muy grandes de madera, cuadros de ciudades y palacios italianos por todas partes, botellas, una cafetera, un perro disecado, una chimenea que ardía y crepitaba y en la que de repente alguno de los clientes metía un pan que había cogido de una canasta que colgaba del perchero para los sombreros. La clientela no es que fuera numerosa, no, pero se multiplicaba en los espejos que cubrían las paredes: espejos enormes y antiguos, ensombrecidos no solo por la luz tan tenue del lugar sino también, creo yo, por el humo que debían de haber soportado durante años, demasiado humo albergado allí, demasiado tiempo. Y luego estaba Franco Bruno, un napolitano sonriente y locuaz que iba de mesa en mesa atizando todas las conversaciones, cuando no estaba en la barra sirviendo los tragos o la pasta o la fritura de mar que él mismo preparaba y luego repartía mientras iba contando a los gritos la misma anécdota del niño papa, "El niño Papita", en los tiempos del emperador Otón III.

Fue él quien me hizo sentar en esa esquina, en esa mesa: abrí la puerta y todos me miraron —todos, salvo Marcelino Quijano— y Franco Bruno vino a saludarme y me dio la bienvenida y me preguntó si quería comer o beber o las dos cosas o solo hablar. "Si es solo hablar, vale el doble", me aclaró picándome el ojo. Le dije que quería una cerveza, ojalá fría. Asintió, me llevó a la mesa, la limpió con un trapo que guardaba en el bolsillo de la camisa, puso una canasta de pan, se fue y volvió muy rápido con mi trago. Dos mujeres que tomaban vino al lado me sonrieron, yo las saludé a ellas; eran tan feas que temí por mi vida, la suya ya no tenía salvación. Entonces lo vi allí sentado, al otro extremo del salón, en una mesa grandísima y sobre la que había desplegado objetos absurdos que se encargaba de mover como ya dije, como si fueran naipes. Tenía que ser él: fumaba pipa y me impresionó su traje entero e impecable, como en la foto, y el sombrero del mismo color del abrigo, y el cuello de la camisa sin un solo pliegue. Era un hombre menudo, bastaba verlo aun en la distancia, en la oscuridad de la taberna. Y el humo que exhalaba, muy lento, le daba casi la aureola de un santo o un gángster, lo llenaba de misterio y de bruma, como si él los pudiera administrar a placer. Tenía bigote y unas gafas muy gruesas, pensé que era judío. Pero su expresión en ese momento era la de quien está en la más absoluta concentración, de lleno en un solo asunto que nada tiene que ver con lo que ocurre en el resto del mundo. Franco Bruno se le hizo al lado, de pie, viendo cómo movía las fichas sobre la mesa; cómo reconstruía los pedazos de esa campana y con ella el tiempo. "No, ahí no…", alcancé a oír que le decía, y Marcelino Quijano asintió. Luego se volteó para mirarlo y le dijo: "¿Dónde entonces, doctor Franco Bruno?". No pude saber qué le contestaba el otro, pues empezó a sonar, a todo volumen, en un viejo tocadiscos, una música festiva y anticuada que retumbaba y hacía que los espejos vibraran sin parar. Así que solo "veía" la conversación de Marcelino y Franco Bruno, la mímica de lo que se decían sin poder escuchar su voz, cada vez era más estridente la canción. Lo que vi luego fue aterrador: una de las gárgolas, una de esas dos espantosas mujeres sentadas junto a mí se paró de su mesa y se me fue acercando entre sonrisas y coqueteos, contoneándose al ritmo de la música, la música del Apocalipsis, pues me extendió la mano y me dijo que bailáramos, sin dejar ni por un segundo de moverse y tararear. Y era tan firme su determinación, tan desoladora, que no pude más que pararme y tomarla entre mis brazos, bailar sin remedio. Aunque debo reconocer que no lo hacía mal, para nada, todo lo contrario, y me iba llevando con gran autoridad por la madera crujiente del piso, muy cerca el uno del otro, ella sonreía e incluso alcanzó a decirme en italiano: "Siempre habrá más para ti, siempre hay música…". Entonces paró la canción con el ruido del disco que se acaba, la aguja por fin se levantó. Yo volví a mi mesa, sudando, y vi a Franco Bruno llamarme desde el otro lado, agitaba la mano. Pensé que no era a mí a quien buscaba, miré hacia atrás, tomé un sorbo de cerveza, luego otro, luego otro. Pero era tan insistente el llamado, tan específico, tan vehemente, tan incomprensible —ya no solo agitaba la mano, ahora también me señalaba con el dedo, como quien despeja cualquier confusión—, que cogí mi vaso y me fui para allá, solo se oían mis pasos sobre la madera crujiente del piso, también la chimenea crepitar. Una de las gárgolas me sonrió.

—El doctor Marcelino Quijano —me dijo Franco Bruno, presentándomelo—: Marcelino Quijano y Quadra, mi cliente más antiguo y el mejor de todos, ¿no es verdad? Nos conocemos hace más de cuarenta años, cuando él llegó a Piedras de Fuego. Desde entonces no hay día en que no venga, nunca nos ha privado de ese honor…

—Bueno —interrumpió Marcelino, yo seguía pensando que era judío—: solo un día. Ese día sí…

—Es cierto, es cierto —dijo apenado el dueño, y suspiró—: ese día sí. ¡Ah, Madame Luchaire, por Dios, qué falta nos hace! Ese día sí. Pero ese fue un día triste para todos, doctor, no solo para usted. Ese día un pedazo de todos nosotros murió también; nadie vino ese día, ni siquiera yo…

Yo no entendía nada, la verdad, pero vi cómo a Marcelino Quijano y Quadra (así pedía que lo llamaran siempre, con la "Q") se le llenaron los ojos de lágrimas. Y era muy extraño, porque aunque había en ellos tristeza y nostalgia, sin duda, esas lágrimas me parecieron entonces, y hoy sé que era así, lágrimas de felicidad, de celebración. Incluso esbozó una sonrisa el doctor, la sonrisa de un pasado feliz: como si fuera más bien un recuerdo, el fantasma de la risa, la sombra de otros días que se le quedaron allí en la boca. Me explicó entonces Franco Bruno que hablaba de la esposa de su cliente, una francesa irrepetible que había llegado con él al pueblo y que allí estuvo hasta el día de su muerte, hacía de ello diez años ya, "es increíble que el tiempo pase…", dijo. Se llamaba Gabrielle Luchaire y era dulce y hermosa, lo fue desde joven y hasta el final. De hecho, cuando fui a la casa de Marcelino, tres días después de conocerlo esa tarde en la taberna, había en ella un portarretratos en mosaico que presidía la sala y en el que se podía ver justo eso: fotos de su esposa desde que era niña, casi la misma foto, la historia de una vida allí contada: en París, en un puente; luego en Roma, al lado de la casa en la que murió John Keats, una bellísima muchacha que sonríe y mira para arriba, con una sombrilla en la mano; luego en un jardín florecido, quién sabe en qué lugar del mundo, la misma muchacha un poco mayor; luego en Popayán, junto al Morro, un día de verano, allí siempre es verano aunque no pare de llover, esa muchacha ya no lo es tanto, ahora es una mujer entera y dueña de sí, vuelve a sonreír. Marcelino, mostrándome otra foto, la mira y sonríe él también, luego me cuenta: "Aquí está en Viena: éramos novios apenas, ese día me escribió una carta en la que me decía que estaba cansada de viajar, que uno ve solo lo que quiere ver y que para eso no se necesita salir de la casa... Le respondí que uno viaja es para eso, para no salir jamás de su casa: para extrañarla y querer volver cada día más, agotado del mundo. Como decían los romanos: donde está el Emperador está Roma: allí donde vayamos nuestra vida y nuestra casa van con nosotros...".

Pero esa tarde en la taberna, el día en que lo conocí, Marcelino Quijano no añadió nada más sobre su esposa. Sonrío apenas, asintió cuando Franco Bruno dijo que había sido dulce y hermosa y que era una pena que ya no estuviera con nosotros. Se secó las lágrimas, la nostalgia es que nos dé tristeza acordarnos de una alegría. El dueño de la taberna me preguntó entonces que yo qué pensaba: me hablaba de esa campana, desplegada allí sobre la mesa, a pedazos, le dije la verdad, que no tenía la menor idea, yo qué iba a saber. Se lo dije, eso sí, con toda la amabilidad del caso, casi a tientas, fingiendo interés. Ellos dos se miraron intrigados pero también divertidos, como si esa fuera una costumbre, como si siempre los creyeran locos. Sobre todo al doctor Marcelino, a él sí que lo consideraban un caso perdido hacía muchísimos años —eso ya lo sabía yo: eso me advirtieron antes de ir a buscarlo—, no en vano se había ido a vivir a Piedras de Fuego: el pueblo más pequeño de Abruzzo, un caserío junto al Adriático. En realidad el otro pueblo más pequeño era Fara Filiorum Petri y entre los dos había una reñida competencia por demostrar cuál tenía la razón, cuál era más pequeño y más cómodo, en cuál se vivía mejor. La diferencia estaba en que mientras en Fara había solo lugareños y abruzzeses, muy cerrados y orgullosos de sus tradiciones, además, en Piedras de Fuego era todo lo contrario y con los siglos se había vuelto una especie de refugio para la gente más rara que uno se pudiera imaginar: napolitanos que no hablaban sino su dialecto, sicilianos venidos a menos, calabreses, griegos, turcos, libaneses, poetas, soldados retirados, magos, tahúres, músicos, gitanos. Más que un pueblo era un caravasar, cuyo gran triunfo, en ese enfrentamiento mortal contra la gente de Fara, ocurrió la primera vez en que se publicó el atlas oficial del Reino de Italia y lo borraron del mapa: no apareció allí Piedras de Fuego, no estaba. Ese día fue celebrado con júbilo por todos sus habitantes, el 29 de febrero de 1868, y la fecha fue consagrada desde entonces como un día de fiesta, para siempre. Es más: Piedras de Fuego es el único sitio del mundo en el que todos los años, sin importar cuál sea bisiesto y cuál no, hay un 29 de febrero, ese es el único día que no se puede suprimir del calendario, todos los demás sí. Por eso existe la tradición, en Navidad, de escoger al azar un día del siguiente año que debe ser sacrificado y que no ocurre ni cuenta, que desaparece para darle su lugar al 29 de febrero, que es el día del año en el que también celebran su cumpleaños todos los que cumplían en esa otra fecha degradada y abolida por tan noble causa. Así se mantiene el régimen de los años bisiestos; así nadie se queda sin celebrar un año más de vida. Dicen, decía Franco Bruno, que fue de allí de donde Lewis Carroll, que estuvo alguna vez en el pueblo, se inspiró para su famosa idea del "no cumpleaños".

A ese lugar había llegado Marcelino Quijano y Quadra hacía más de cuarenta años acompañado por su esposa. Todos lo vieron entrar de traje completo y sombrero, paraguas en medio del verano y un reloj terciado en su chaleco, gafas, bigote. Ella revisaba que cada baúl y cada caja fueran dejados dentro de la casa con sumo cuidado, el espejo enorme de Murano, los miles de libros, los candelabros, el piano de cola, todo. Al mismo tiempo sonreía y saludaba a los curiosos que pasaban por allí a ver quiénes eran los recién llegados. Él, un poco más tímido, miraba todo con curiosidad en su nueva casa: las paredes blancas, los postigos repujados, el jardín que parecía fundirse con el mar. Todo tal como se lo había dicho ese conde inglés al que se la había ganado en el juego, tres días antes en Viena. Primero apostaron dinero, después las joyas de la mamá de aquel noble, después esa casa a orillas del Adriático. No hubo partida que no ganara el doctor Marcelino, y no es que fuera un ludópata ni mucho menos. Pero era fama en Europa que nadie jugaba a los naipes mejor que él, por eso iban a buscarlo para que revelara sus secretos o para que aceptara jugar y ser derrotado, jamás, por los seres más excéntricos, ellos sí ludópatas a carta cabal, nunca mejor dicho, verdaderos enfermos, verdaderos posesos. Quijano y Quadra, siempre la Q, se resistía con el alma, no le interesaba apostar ni demostrarle nada a nadie; al menos no eso. Y solo cuando le insistían hasta el cansancio concedía con su retador, daba su brazo a torcer, aunque dentro de las condiciones más estrictas y con unas apuestas demenciales que eran la última tabla de salvación que él le lanzaba a su inminente víctima, quizás para persuadirla de irse de allí sin perderlo todo. Algunos reculaban, algunos entraban en razón. Otros, como ese conde, llegaban hasta el filo del abismo y saltaban al vacío, Marcelino Quijano los hacía pedazos. Nunca perdió, solo dos veces en la vida. De resto, podría decirse que una parte de su descomunal fortuna venía de allí, de sus victorias en el juego. Y cuando oyó ese nombre, "Piedras de Fuego", supo que ese era el lugar en el que quería estar. Una casa allí, le dijo el inglés, aquí están las escrituras, se la apuesto. El doctor volvió a sentarse, prendió otra vez la pipa —me lo imagino—, botó con la mano, como solía hacerlo, las cartas. Las barajó y volvieron a jugar. Una hora duró la partida, ganó otra vez. "La casa es suya", le dijo el inglés: una casa de paredes blancas con un jardín desde el que se ve el mar, la puerta es de roble, las ventanas tienen incrustaciones de bronce. Piedras de Fuego. "La casa es suya, muchas gracias…".

A los tres días ya estaba allí de trasteo, en dos camiones fletados desde Viena: todos sus cuadros, todos sus libros, su espejo y su piano, su vida entera. Un lugar más para vivir, quién sabe por cuánto tiempo, dónde estaría el siguiente destino, dónde la próxima vuelta de la esquina. Ni él ni su esposa pensaron nunca que se fueran a quedar en ese pueblo para siempre; eso era algo que ninguno de los dos habría pensado jamás, su patria era otra. Y sin embargo fueron pasando los días (luego me contó él), los años, la vida. Y fue en ese absurdo caserío, porque no era otra cosa, donde encontraron el refugio perfecto para estar, la tranquilidad, la armonía, la felicidad. Nomás entrar a *El Tiempo Perdido*, la taberna, era ya una dicha, sobre todo por su dueño, un joven y sabio y erudito y locuaz napolitano, Franco Bruno Vitolo, quien había llegado ese mismo año, en enero, y la había abierto en un establo abandonado. La adornó con cuadros de los lugares en los que había vivido antes como cocinero o profesor de latín y de literatura francesa, a la entrada puso a su perro disecado, Bartolo, y para tapar la madera de las viejas caballerizas hizo colgar muchos espejos: espejos viejísimos que se sucedían sobre la pared y dentro de ellos se multiplicaba el mundo, lo que ocurriera en él. En esos espejos casi recién puestos se vio entrar en el verano de 1948 a esa joven pareja de forasteros, muy elegantes los dos, ella de blanco y él con un traje de lino impecable, corbata azul, sombrero claro. Se sentaron y pidieron algo de comer, lo que hubiera, acababan de mudarse al pueblo; eran Marcelino Quijano y Gabrielle Luchaire, por supuesto, fue su segundo día en Piedras de Fuego. El dueño los recibió encantado, les dio la bienvenida y les dijo que él también acababa de llegar, "bueno, hace seis meses apenas". ¿Querían probar la fritura de pez de la casa, preparada por su propietario? Les sirvió un vino y se sentó con ellos, esa escena se repetiría todos los días en los años por venir. Todos los días hasta que ella murió.

Piedras de Fuego era el lugar perfecto para que Marcelino Quijano y Quadra pusiera por fin su oficina, le dijo su esposa, un lugar estable donde resolver sus casos, no esa trashumancia en la que habían vivido siempre, de aquí para allá, como si su casa fuera la cubierta de un barco o ya incluso un avión. Claro: estaba Viena, allí quedaba también su casa; pero su patria era otra. En Viena además nadie los dejaba tranquilos, demasiadas comidas con amigos, demasiados conciertos, demasiado teatro, demasiada gente. Y aunque él trataba de salir lo menos que pudiera, era inevitable dejarse arrastrar por la vida social de esa ciudad que aun después de la guerra conservaba mucho de su esplendor y de sus viejas costumbres, un fulgor de la "bella época" parecía brillar todavía en sus calles, aun después de la infamia y el horror. Pero una oficina de verdad sí no había tenido nunca Marcelino Quijano, y era quizás lo que más se necesitaba en su trabajo, la única manera, pensándolo bien, de que no todo ocurriera en su vieja máquina de escribir, su Smith & Bross número 8 que él cuidaba más que a su propia vida, porque con ella la había vivido casi toda, además, sus primeros cuentos cuando quiso ser escritor, sus poemas, sus cartas (por favor, sus cartas), sus polémicas, sus pesquisas y sus investigaciones, los informes para sus clientes, no había paso que hubiera dado sin haberlo dado primero allí, en esa maraña metálica de letras, símbolos y números que lo acompañaban adonde fuera, incluso cuando no tenía que escribir. Cuando no tenía que escribir lo acompañaban más que nunca, más que el piano, la música es siempre la misma. Así que en Piedras de Fuego puso su primera y única oficina Marcelino Quijano y Quadra, con un letrero colgado encima de una de las ventanas del frente de la casa. Cuando yo la conocí, tres días después de nuestro primer encuentro en la taberna, aún lo tenía allí, casi cincuenta años después todavía se leía: "*Raros y Curiosos*". No era, en contra de lo que se pudiera pensar, una librería de viejo ni un anticuario ni un sitio de coleccionismo y monedas y estampillas y ni siquiera de ropa usada, aunque en cualquiera de esas áreas del saber el doctor habría sido igual de exitoso, igual de riguroso, igual de delicado con todos sus casos y clientes. En realidad es muy difícil de explicar lo que hacía, a qué se dedicaba un hombre tan particular, el ser más extraño del mundo y el más hermoso y ejemplar de todos, una especie de vestigio de otros tiempos por su bondad, por sus maneras, por su corrección, por su nobleza, aunque él estaría enfurecido de oír tantos elogios pronunciados en su nombre. Tal vez no es que fuera anticuado y anacrónico, o no solo eso, parecía más bien un alma intemporal. No es que fuera de otros tiempos sino que no era de ninguno y a la vez era de todos, del que quisiera: sabía de historia, de filosofía, de literatura, de música, de cine, de ingeniería, de astronomía, de arqueología, de botánica, de medicina, de fútbol, sabía de todo. En varias lenguas: hablaba perfecto español, que era su lengua nativa, hablaba italiano, francés, alemán, inglés, portugués, latín y griego clásico, aunque él añadiría: "En ninguna digo nada, y menos en las dos últimas, que nadie sabe pronunciarlas". Con su esposa, no menos culta e ilustrada que él, pasaban de lengua en lengua según el caso y según el medio, y cuando discutían lo hacían en español, en sus cartas se hablaban en alemán, en la casa hablaban casi siempre en francés o en italiano, sobre todo desde que llegaron a Piedras de Fuego y allí se quedaron para siempre.

Aunque todo con él era un misterio, su historia oficial decía que nació en Popayán quizás en 1920 o 1921: su cédula decía una cosa, su pasaporte otra. Ambas falsas, decía su mujer. Allá en Popayán estudió hasta los diez años, luego se fue de interno a Pasto, al colegio de los jesuitas, de donde salió a los quince años con algo de latín y menos griego. Viajó entonces a Bogotá y estuvo un año ayudándole a un tío que por las mañanas hacía un periódico y por las noches cantaba ópera, luego fue a Buenos Aires, donde nadie sabe muy bien qué hizo pero después de un par de años de estar allí era ya un joven riquísimo y elegante, vestido siempre de traje entero, como lo haría toda la vida, atildado y de bigote. De la Argentina salió en un barco para Europa, en él iba quien sería su esposa y el amor de su vida, Gabrielle Luchaire, allí se conocieron una noche sobre la cubierta, después fueron al casino, después a la habitación de ella y hablaron hasta que entró el día por la ventana. Era la hija del cónsul francés en Buenos Aires, muerto hacía un mes; era hija única, su mamá se murió dando a luz cuando ella nació. Y era de veras un milagro que dos personas tan parecidas, y sobre todo tan solas en el mundo, se estuvieran cruzando allí, sobre el mar, bajo la luna, que sus pasos coincidieran justo en ese mismo viaje y en ese mismo barco del que bajaron cogidos de la mano, enamorados y listos a pasar juntos el resto de su vida. Se habrían podido casar de inmediato, claro que sí, no había quién lo impidiera ni a quién pedirle la mano, pero prefirieron ser novios por un año más. Fue casi un capricho de los dos, un lujo, sentir esa felicidad. Él vivía en París y ella en Viena, se veían cada dos meses y se escribían una carta todos los días, de suerte que su amor ocurría casi en dos tiempos diferentes, en dos planos paralelos de la vida: el de las confidencias y el relato por escrito, y el de todo lo que hacían y se contaban cuando por fin estaban juntos, a veces allá y a veces acá, a veces era él quien iba y a veces ella, a veces se encontraban a medio camino, en Suiza o en Italia o incluso en Alemania, donde vivía la única pariente que le quedaba a Gabrielle, su tía Gertrude, una viejita procaz y borracha y jugadora que había enviudado por lo menos cuatro veces, a cuál más estruendosa. Era la hermana del cónsul, había heredado de su penúltimo marido un castillo en Augsburgo, debía de tener ochenta años y sin embargo llevaba una vida disoluta y escandalosa y feliz, casi una vida eterna, desayunaba con ginebra, fumaba sin parar, coqueteaba, bailaba, viajaba. Fue una de las dos únicas personas que le ganaron a Marcelino Quijano en el juego. Cuando él me lo contó le pregunté si se había dejado ganar, si era una galantería suya con la única persona viva que le quedaba a su mujer. Me juró que no, que esa vieja sí era el diablo y un encanto y que era imposible vencerla, siempre tenía un as bajo la manga. Murió de cien años, la pobre, ahogada con la espina de un pez.

Pero el día del matrimonio de su sobrina con ese pintoresco colombiano al que ella adoró también desde que lo vio, cómo no lo iba a querer con esa cara de judío triste, todavía estaba entera, se ve en la foto: la novia y el novio mirándose enamorados, en Florencia, la tía mientras tanto levanta una copa de vino, suelta una carcajada, va como a correr hacia adelante. Al lado hay unos mariachis que la miran estupefactos, a ella, quién sabe cómo llegaron hasta allí esos mariachis, lo que tuvieron que hacer para estar en Italia esa tarde cantando *Bésame mucho*. Después de casarse Marcelino y Gabrielle se fueron a vivir a Viena, en una casa muy cerca de la Plaza Beethoven, en el zaguán había un pino. Ya para ese entonces él se dedicaba a hacer lo que hizo toda su vida (eso hacía, es la verdad, ese era su trabajo), fabricar ficciones. Digamos que esa era su actividad principal, de la cual se derivaban otras tantas no menos importantes y no menos inverosímiles, aunque de todas ellas hablaba con la frialdad de un gerente, "mis áreas de trabajo", les decía, "mis negocios", porque además se los tomaba muy en serio, como debe ser, como solo puede llevarse a cabo una empresa así. ¿Era un historiador? ¿Un novelista? Era eso y mucho más: un espiritista y un zurcidor de fantasías, un coleccionista de fragmentos de la vida que a nadie le importaban, ni siquiera a sus protagonistas, y en los que muchas veces está una inesperada explicación del universo, "más o menos", según sus propias palabras, o por lo menos la explicación de un destino, de una tragedia, de un instante, de una decisión que no solo implicaba a quienes la tomaron sino a muchos otros, acaso desconocidos y ajenos a ella, como si todo por debajo de la vida estuviera conectado, como si el mundo fuera un tapiz y cada hilo que se remueve o que se quita en el revés lo arrastrara todo consigo, las claves de cosas que pasan al otro lado de la Tierra, ondas tenues que vibran y llegan a algún lugar muy lejos, una botella de náufrago. Esa era su teoría: que hay que ir recogiendo y guardando los restos de todo, sus escombros. Y cuando uno junta eso, decía, allí está la verdadera trama de la vida.

Esa idea la tuvo desde muy niño leyendo periódicos viejos, los avisos clasificados o fúnebres de un pasquín de finales del siglo XIX, por ejemplo. En la casa de sus papás, que se murieron en un accidente justo antes de que él se fuera al internado en Pasto, por eso se fue, un tío suyo lo mandó para allá, su tío murió también unos meses después, en esa casa había una biblioteca enorme que además de libros tenía eso: documentos antiguos, revistas de hacía casi un siglo, papeles de otros tiempos que él leía como si todo lo que se contaba en ellos estuviera pasando en ese momento, no cuando en realidad pasó, eso era lo de menos. Digamos que ese era su mundo (me dijo): prefería vivir en esa especie de ficción que él mismo cultivaba a partir de esos pedazos inconexos de una historia pasada, solo que él los juntaba, los hacía confluir en un mismo relato que iba armando con total arbitrariedad pero también con total alegría, al carajo la verdad, se prometió una noche de insomnio. Por ese camino descubrió que muchas veces esos datos inútiles que solo parecían tener sentido en sus ficciones, en la trama que él iba tejiendo dentro de su cabeza, esos datos se le revelaban como la respuesta perfecta, muchos años después, incluso siglos, a problemas y misterios que seguían latentes, conflictos que no se habían acabado jamás, ningún tiempo es pasado, era su frase predilecta.

Fue también cuando le dio por el ajedrez y los naipes: se escapaba del internado y se iba a jugar en una posada con un viejo que le enseñó los trucos y la magia del azar. Era un viejo taciturno y cochino, sí, pero cada frase que pronunciaba era como una bomba de cañón, y luego le mostraba cómo se mueven las fichas, cómo se reparten las cartas, cómo hay que ganar. Marcelino volvía de noche donde los jesuitas y a todos los derrotaba ya fuera jugando ajedrez o canasta, el juego que más les gustaba a los curas, un juego propio de espíritus cositeros y perversos. Y como no había quién le ganara se volvió una celebridad dentro del internado, un ídolo. No solo para sus condiscípulos sino también para sus profesores, los pobres sacerdotes de la Compañía de Jesús. Mientras, seguía convencido de que el verdadero placer de la lectura estaba en ese hallazgo moroso de cuantas rarezas se le cruzaran por delante, ya sabría qué hacer con ellas. Como quien va caminando y mira siempre hacia abajo y recoge todo lo más curioso que se encuentra por el piso y se lo lleva para la casa: un torrente de objetos perdidos que encontraban allí, con él, un refugio y luego un orden y luego un lugar en el mundo. Como las monedas, decía, que van de mano en mano y arrastran en su piel la humanidad. ¿Quién las tuvo antes que nosotros? ¿Podemos reconstruir (creía que sí, y lo hacía) la historia de todas las manos por las que pasó ese billete que llevamos en el bolsillo, si es que llevamos alguno? ¿Qué cuenta esa historia si la desciframos, qué parentescos teje más allá del azar? Le empezaron a decir que estaba loco, claro, lo cual no le importaba en absoluto, al revés: cuanto más loco lo creyeran más tiempo le quedaba para leer y mirar hacia abajo, para recoger del piso las huellas del mundo.

Sus papás le habían dejado una plata, no mucha, pero la suficiente para no mendigar ni depender de nadie. Con ella se fue hasta Bogotá al salir del internado y allá trabajó con un hermano de su mamá: un homosexual liberado y desafiante, para esa época, Alexander Cuadra, quien de día hacía un periódico conservador, *Las buenas costumbres, "diario conservador de la tarde para la preservación de la fe, la familia y la tradición"*, y de noche se dedicaba a cantar ópera donde hubiera gente dispuesta a escucharlo, sometía al que fuera a sus tortuosos recitales. La estadía bogotana de Marcelino Quijano y Quadra no duró mucho, sin embargo, apenas un año, pues justo al año su tío protagonizó dos escándalos en una misma semana y todo voló por los aires, había que escapar. El primer escándalo, el más grave, ocurrió cuando la policía encontró al director en jefe y redactor principal del diario conservador *Las buenas costumbres* amancebado en el Parque Nacional con dos hombres cuya identidad se supo luego, la averiguó *EL TIEMPO*: un clérigo agustino llamado Severino Díaz, y lo más terrible aún: el director del periódico liberal *La Cascada,* un célebre polemista y contertulio de todos los cafés de aquella época, Juan de Dios Agraces; también se hablaba de un enano en el "nefando trío", pero nadie lo pudo confirmar. El otro escándalo, que fue el que de verdad acabó con la vida y la carrera de Alexander Cuadra, el que sí lo mortificó, tuvo lugar dos días después de su arresto en el Parque Nacional por protagonizar esos actos obscenos y en contra de la moral pública, aunque el arresto duró apenas unas pocas horas, a nadie le convenía prolongarlo por ningún motivo. Pero desde hacía días una compañía española, de paso por la ciudad, había decidido darle a Cuadra una oportunidad como cantante en una de sus presentaciones en el Teatro Colón, y ensayó con el alma su papel y estaba listo para debutar ante un público ávido y curioso que había ido esa noche sobre todo a verlo a él. Y apenas salió al escenario tuvo tal ataque de pánico que no pudo cantar ni una nota: no le salió la voz. Cada intento se ahogaba en una interjección aún peor y más grotesca, se quedó callado. Al día siguiente, en la madrugada, Alexander Cuadra desapareció para siempre sin dejar rastro, ni siquiera su sobrino supo para dónde se había ido. Nunca más se volvió a saber de él, ni una sola palabra de ese gran periodista y cantante que se hundió en la misma semana, o como lo dijo *EL TIEMPO* al dar la noticia: "*Seres desdichados que un día gozan de todos los auspicios de la fortuna para después caer sin remedio en el abismo de su propia oscuridad, así es el caso del señor Cuadra, que por estos días, y en dos distintos momentos, ha estremecido a nuestra distinguida sociedad…*".

Así que Marcelino también tuvo que huir, también se fue. De forma más discreta, eso sí, sin ninguna culpa, qué culpa iba a tener él de los extravíos de su tío; ni siquiera su tío tenía culpa de ellos, la verdad, nadie es culpable de ser lo que es, eso me dijo una vez Marcelino Quijano y Quadra. Se fue entonces a Buenos Aires a vivir la etapa de su vida más oscura y misteriosa, de la que menos hay registros ni noticias públicos y de la que él mismo hablaba poquísimo, casi nada si no confiaba de manera absoluta en su interlocutor. Se sabe, por ejemplo, que vivió en un apartamento en la calle Corrientes; se sabe que a veces asistía a una tertulia en un café, *La Palomita*, donde se juntaba con poetas, malevos y compadritos y se dedicaba al trago, el tango y el juego y en las tres cosas sobresalía. Dos años le bastaron de vida porteña para hacerse rico, casi nadie sabe muy bien cómo ni por qué. Yo sí lo sé, aunque algunos dicen que esquilmó a una viuda judía, otros dicen que la batió en los naipes y la dejó en la ruina. En realidad fue algo mejor que todo eso, un hombre así era incapaz de hacer daño, de lastimar a sus semejantes aun cuando ni siquiera lo fueran. En una de nuestras conversaciones, eso sí, me dijo alguna vez que es mejor no juzgar a la gente por lo que fue, por lo que llegó a ser en un momento de su vida. Todos cargamos en nuestra espalda, me dijo, con recuerdos que nos habría gustado no tener, no haberlos engendrado nunca. No me dijo nada más; fue una de las pocas veces en que le pregunté por su vida en la Argentina, de donde viajó hacia Europa después de dos años, convertido en un joven rico y suficiente, cada vez más refinado en sus maneras, más cultivado, más sutil en todo. No es que antes fuera pobre, no, pero ahora tenía la plata que quería para hacer lo que se le diera la gana, ahora podía dedicarse solo a leer y a fabricar ficciones. En eso pensaba, me dijo, cuando estaba esa noche en la cubierta del barco en el que iba, y entonces se volteó a mirar una sombra que lo observaba, la sintió muy cerca de él, casi respirándole en el cuello. La vio mejor: era una joven bellísima, no le quitó la mirada de encima; ni ella tampoco. Se saludaron como dicen que se saluda la gente en los barcos por la noche al conocerse, hablando de las estrellas. Ella hablaba español perfecto pero con acento francés, le dijo que Buenos Aires era una ciudad encantadora y única, lástima que quedara tan lejos del mundo, así le dijo. Su papá acababa de morir —le contó—, era el cónsul francés en la ciudad, ella se regresaba a su país después de haber estado casi ocho años en la Argentina; en realidad iba a estar en Francia por unos pocos días, después se iba a establecer en Viena. Él era colombiano, de Popayán, viajaba también a París, allí se quedaba. Hablaron de los viajes, de las ciudades, de las estrellas. Marcelino Quijano le pidió entonces, si no le molestaba, si no era demasiado atrevimiento de su parte, que lo acompañara al casino, donde tenía una cita con un amigo chipriota al que había conocido allí también en el barco. Miró su reloj de cadena terciado en el chaleco: sí, ya era hora. "¿Viene usted conmigo?". Ella asintió, bajaron de gancho por las escaleras, así entraron al casino, sonaba la orquesta, muchas luces, muchos gritos, licor en abundancia, mujeres y hombres elegantes hablando del juego. La ruleta, los naipes, los ojos que los ven. Esa noche, como siempre, Marcelino Quijano ganó todo; esa noche se ganó el amor de su vida, hablaron hasta el amanecer. Su amigo chipriota jamás llegó.

Ese año de novios estuvieron separados, viajando cada dos meses para verse en alguna parte, en Viena, en París, en Augsburgo, en Milán, en Lucerna. Todos los días, sin falta, se escribían una carta: el relato de ese amor que iba creciendo en la distancia, alimentado por las fotos, los regalos, las ganas de volver a verse muy pronto para seguir la conversación, eso es un matrimonio feliz. Por eso decidieron casarse, porque a veces las cartas que se habían estado enviando les llegaban con demora y cuando ya estaban juntos. Entonces las abrían y las leían a cuatro manos, después salían a caminar. En silencio, esas son las conversaciones más importantes de un matrimonio feliz. El suyo fue en Florencia, en la iglesia de la Santa Croce, al frente de la plaza donde se jugaba el Calcio florentino, qué mejor auspicio para una boda, aunque esta fue discreta y casi sin invitados ni testigos, solo con la tía Gertrude, con Bernard y García Blot, con José Fernando Calle y con José Wegrzyn. Luego se fueron todos a festejar en una villa cerca de la ciudad, en Monte Oriolo, y hasta allá llegaron los mariachis contratados por Marcelino Quijano y Quadra para su mujer, la señora de Quijano. No solo cantaron los mariachis, también bebieron y comieron más que los invitados, porque eran más, y al final eran ellos los que parecían de fiesta, dando gritos de charro que retumbaban por toda la Toscana. La foto de ese día lo dice todo, la única que yo vi y que el doctor me mostró esa tarde en su casa cuando fui a visitarlo tres días después de haberlo conocido en la taberna de Franco Bruno: la novia de blanco, el novio con sombrero de copa y pajarita, los mariachis cantando, la tía que va a salir corriendo y lleva el vino en la mano. Si existe la felicidad, así debe ser.

Los recién casados se fueron a vivir a Viena, allí se establecieron después de pensarlo mucho, ambos eran ricos y podían quedarse donde quisieran, pero esa ciudad en particular parecía ofrecerles, sobre todo a él, lo necesario para asentarse por un tiempo y resolver en ella todos los casos que estaban acumulados desde hacía meses. Por supuesto que la mayoría de esos casos implicaban viajes y desplazamientos y peripecias que los alejaban de su casa, así que no es que se hubieran arraigado del todo en ella, no, y nomás llegar de la luna de miel, en Bilbao, ya estaban pensando en coger un tren hacia Italia, donde estaba por resolverse uno de los misterios —él los llamaba a veces "destinos", según la circunstancia— que más le habían costado pero que también más lo apasionaron y que más feliz lo hicieron en la vida, el de María D'Ovidio y los profesores. Gabrielle Luchaire no podía creer que hubiera alguien que se dedicara a lo que hacía su marido, y esa fue quizás una de las razones para enamorase con locura de él: ¿cómo era posible que algo así existiera, que funcionara, que hubiera tanta gente en el mundo dispuesta a pagar por la ficción o por el pasado o por la credulidad? Todavía quedaba esperanza en este planeta. También, en ese primer viaje que hicieron a Italia, digamos que el primer viaje de trabajo y no solo de placer, ella descubrió todas las curiosísimas manías de su esposo, sus hábitos como de otros tiempos, porque lo eran, sus fijaciones, sus agüeros, las supersticiones que lo llevaban por la vida y con las que casi siempre acertaba. Esa es la otra gran razón por la que lo amó como lo amó, se ve desde el principio en el diario que escribía en cada una de esas "salidas", como si fuera la secretaria de ese oficio alucinante y que nadie más, afuera, habría podido creer ni aceptar. Decía por ejemplo en su diario Gabrielle Luchaire, con admiración y ternura, que Marcelino Quijano y Quadra era el único tipo en el mundo, estaba segura de eso, que adonde iba llevaba una guía de viajes como toda la gente, claro que sí. La única diferencia estaba en que sus guías no eran nunca del momento ni se referían al presente, al suyo. Y no es ni siquiera que fueran guías desactualizadas, del verano pasado. No. Eran guías de hacía por lo menos un siglo o más: pequeños libros de principios del XIX o incluso del XVIII que él tenía en su colección y que guardaba muy serio en su maleta de mano, los estudiaba con rigor ya en el tren o en el avión, y cuando llegaba al destino los usaba para ver lo que hubiera que ver allí, esa era su brújula, ¡libros antiguos! Su argumento no era del todo descabellado, me lo dijo la única vez en que viajamos juntos, y aun después de tanto tiempo seguía igual, con esos viejos libros en la mano. Lo que decía era que esas guías de viaje publicadas hacía tanto tenían la virtud de librarlo a uno de la plaga del turismo, de la pasión obscena y voraz y tan inútil que producían en la gente los sitios que se habían puesto de moda. Por eso siempre que llegaba a un anticuario lo primero que buscaba era eso: libros de viajes, los más antiguos que pudiera conseguir, ojalá con más de ochenta años encima. Con ellos salía a ver el mundo y su experiencia era doble, por lo menos más rica que la de todos los demás, porque el suyo no era solo un viaje en el espacio sino también en el tiempo y lo que visitaba podía visitarlo con los ojos del pasado también, como si estuviera en dos momentos distintos de un mismo lugar. Además, me dio a entender, cuando un sitio es de verdad importante nunca cambia; lo que merece ser visto es siempre más o menos igual, si no qué gracia.

Las otras dos cosas importantes que le pasaron a Marcelino Quijano y Quadra en Viena fueron la guerra —la cárcel, la infamia, la risa al escapar— y por supuesto, cuando ya todo ese horror había pasado, su encuentro en el verano de 1948 con Piedras de Fuego, su descubrimiento de ese lugar prodigioso en el que se quedaría para siempre y al que llegó por el azar y por el juego, por un juego de azar. Su cara de judío hizo que los nazis lo encerraran sin preguntar en el campo de concentración de Mauthausen, allí exhibió muy pronto sus dotes de tahúr, por las noches derrotaba siempre a sus captores ya fuera jugando al ajedrez o a los naipes. Dijo desde el principio que era colombiano, que no era judío, que venía de Popayán; no le creyeron, decían que hablaba ladino y no español, que los judíos habían extendido su perversa sombra a todas partes. Un día, sin embargo, llegó una orden desde Berlín, desde lo más alto, decía que al señor Marcelino Quijano y Quadra, ciudadano colombiano retenido en el campo de Mauthausen, natural de Popayán, había que liberarlo de inmediato y había que restituirle todas sus pertenencias: su reloj, sus libros, su máquina de escribir. Al parecer nadie sabía allá arriba, en Alemania, que él ya había recuperado todo eso por la vía legítima del juego, aunque no pudo esconder su risa de felicidad y de satisfacción cuando sus verdugos fueron a sacarlo de la celda en la que estaba y le hablaban ahora con reverencia y con miedo, casi pidiéndole perdón. Salió de ese lugar abominable luego de haber estado allí dos meses enteros; salió vestido con el traje oscuro con el que había entrado, se ajustó su sombrero al cruzar la puerta hacia la libertad, miró su reloj. Llevaba en la mano un maletín, adentro iba su máquina de escribir, su vida. Volvió a mirar su reloj. Era quizás la primera vez que actuaba en causa propia, la única en que tuvo que usar sus "servicios profesionales", como decía él, para resolver un problema personal. Solo que ese no era un problema cualquiera y tenía que sobrevivir también porque de su vida dependía la vida de mucha otra gente, no habría sido justo dejar tantas cosas a medio camino, tantos destinos sin un final feliz. Igual, mientras estuvo recluido, se las arregló para seguir trabajando sin mayores sobresaltos, esa fue otra gabela que logró arrancarles a los nazis con un naipe en las manos. Gracias a eso pudo disponerlo todo para que en el menor plazo posible, esos dos meses de oprobio allí adentro en los que conoció de verdad el mal, el mal absoluto, pero también el heroísmo y la bondad y la entereza, lo liberaran y no solo eso, sino que además lo liberaran con pavor, como si haberlo metido en ese infierno por equivocación hubiera sido el peor error que hubiera cometido el régimen, la causa de su perdición.

El resto de la guerra, o sea casi toda, en Mauthausen lo habían encerrado en febrero de 1940 y lo liberaron en abril, el resto de la guerra lo pasó Marcelino Quijano trabajando sin descanso no solo en sus casos de siempre sino ahora también en todos los que le imponía la situación política de Europa, y por los cuales desarrolló una especial sensibilidad luego de haber estado en el campo de concentración. Parece ser que su vida no cambió mucho; seguía viajando, hacía más o menos lo mismo de siempre. Pero su oficio se multiplicó por seis o por siete y no es de extrañar, pues nunca aprendió a decir que no. Pudo arreglárselas, eso sí, para moverse sin problema aun en medio de la destrucción y del peligro, de las bombas, de los espías, de las balas, de lo que su adorado Ernst Jünger (al que conoció en París por esa época) llamaba las “tempestades de acero”: la guerra como un destino y una maldición, la suerte inevitable de los que salen a matar o a morir, o ambas cosas, “somos todos sobrevivientes”, decía él. Las guerras nunca se acaban, ningún tiempo es pasado.

Pero esa guerra sí terminó: en 1945 se abrieron las alcantarillas y todo se supo: el mundo había estado al borde del abismo, un milagro absurdo lo salvó (“todos los milagros son absurdos”, siempre decía). Y aunque la destrucción de Austria no había sido tan atroz como la de Alemania, desde otro punto de vista sí lo era, desde el punto de vista moral y desde el punto de vista del fin de una sociedad que lo había tenido todo y que fue el verdadero epicentro de lo mejor de la cultura europea durante años y que así acababa su vida, hecha una ruina y un despojo. Eso ya había empezado con la Gran Guerra, es cierto: ahí murió el espíritu austriaco; ahí habían acabado su música, su literatura, su ciencia, su pensamiento, su elegancia de tantos siglos encarnada en los nombres de esas ciudades, Viena, Salzburgo, Innsbruck, el mundo de ayer. Pero la manera como ese mundo, ya muerto después de 1918, se había plegado al horror y lo había permitido y lo había prohijado y había logrado drenar y extirpar lo último que le quedaba, sus sabios judíos, por ejemplo, eso era peor incluso que lo que les había pasado a los alemanes, porque además fue una decadencia sin grandeza, sin heroísmo siquiera, sin nada épico ni memorable que la pudiera salvar, al menos justificar. Luego vinieron los años de una penosa reconstrucción donde casi todo el mundo era incapaz de mirarse a los ojos; un tiempo sombrío de andenes humeantes y destruidos, de almas grises devoradas por la culpa. Nada de eso lo padeció Marcelino Quijano, él llevaba la frente muy en alto, tenía por qué. Y le indignaba un poco esa vida social de sus amigos, que estuvieran pensando tan pronto otra vez en el teatro, en los recitales, en salir a la calle como si nada, "pero qué más van a hacer, pobres", decía Gabrielle con su pragmatismo impasible. Era ella, de hecho, quien trataba de convencerlo de que salieran y se divirtieran; que el mundo siguiera su curso aunque ese exceso de gente le resultara a él insoportable. "Pero qué más van a hacer, pobres", decía ella.

Una tarde de 1948, en verano, un hombre tocó a su puerta allí en Viena. Era un inglés, le entregó su tarjeta: "*Lord Reginald Grantham, Quinto Duque de Norfolk*". Estaba allí porque le habían dicho que nadie podía ganarle en el juego al señor Marcelino Quijano y Quadra; él venía a contradecir ese rumor. Estaba dispuesto a pagar lo que fuera, lo apostaba todo. Marcelino lo hizo entrar, me dijo, pero no en razón. Ese hombre era un enfermo, un ludópata de verdad, sus ojos ya estaban carcomidos por ese fuego que él conocía tan bien: esa hoguera, ese abismo. Le dijo que no, que ya estaba retirado. Pero sabía muy bien que esos argumentos nunca funcionaban, no en esos casos en que la locura ya se había adueñado por completo de su interlocutor, que igual, en este caso, era un hombre exuberante y adorable, divertidísimo, inteligente, elegante, normal en todo lo demás. Pero su obsesión por jugar, por correr a ciegas sobre esa cuerda floja, no tenía límite ni remedio, esa era la justificación de la vida de esas personas, eso era lo único que le daba sentido. Y por lo general, lo había descubierto con los años, esa gente en el fondo no quería ganar; esa gente quería solo jugar, ahí estaba su premio. Así que resignado y lento, haciendo tiempo para ver si algún milagro salvaba a su contrincante, Marcelino Quijano fue por la baraja, la sacó de su biblioteca, allí la tenía al lado del *Quijote*. "Abra usted", le dijo al pobre inglés. "Cartas abiertas", susurró.

II

Volví a ver esa campana, sus pocos restos esparcidos: un amasijo de metal, pedazos de bronce nada más. La música volvió a sonar en la taberna, otro disco. Franco Bruno se había ido a la cocina a escurrir la pasta; nos dijo que no se demoraba, que ya volvía. Así que ahí estábamos frente a esa mesa Marcelino Quijano y yo: una mesa más grande que todas las demás en el lugar, iluminada por una lámpara de aceite, él trataba de intuir un orden, supongo, en ese rompecabezas absurdo, cuál no lo es, tenía un trozo de la campana en la mano y no sabía dónde ponerlo, miraba bien, dudaba, volvía a mirar, se llevaba la mano a la boca, la misma mano con la carta que aún no se atrevía a jugar. Le pregunté que qué era, me dijo que las astillas de la campana de Douchy. Debió de ver mi cara de absoluta ignorancia, entonces me contó la historia: esa campana se la había vendido un anticuario francés hacía unos días, tal cual la veía yo ahí: en átomos volando, a duras penas se podía descifrar. En realidad no era ni siquiera toda la campana sino un fragmento de su inscripción en latín: "*QUI ME TANGIT VOCEM MEAM AUDIT*". "Quien me toca oye mi voz…", me explicó que decía. Se la entregaron en una enorme bolsa de tela que pesaba como lo que era: una sola de las campanas, o lo que quedaba de ella, del campanario de la iglesia de San Lorenzo en Douchy, quizá 40 kilos de peso, quizá más. Pero él estaba casi seguro, quería estarlo, de que se trataba de la misma campana: la que escucharon esa noche Ernst Jünger y Robert Graves a cada lado del Frente Occidental, a cada lado de la guerra. El mismo tañido que escribieron en sus diarios y que los separaba. ¿Los conocía yo a esos autores?, me preguntó Marcelino, le dije que sí, un poco pero sí, sobre todo a Graves por su *Yo, Claudio*. Me dijo que eso era lo único que le importaba de verdad en ese momento, que no había otra cosa en la vida que le interesara tanto por esos días: saber si esa era la misma campana —cómo no iba a serlo—, poder reconstruir de alguna manera su voz y su recuerdo. Había estado buscándola desde hacía mucho tiempo, desde que leyó en los diarios de dos de sus autores predilectos que ambos habían estado la misma noche en Douchy, que allí se habían juntado sus espaldas, que es muy probable que se hubieran conocido o al menos se hubieran dado la mano cuando salieron a la tierra de nadie y allí fumaron y rieron, se despidieron para nunca más volverse a ver. "¿No se da cuenta? Es casi un milagro...", me dijo, absorto en esa constelación desplegada delante de él, la de un brujo; la luz de la lámpara, además, refulgía en esos fragmentos de bronce sobre la mesa como el cielo estrellado. Le pregunté que si no sería robada esa campana, se lo pregunté de verdad, ingenuo, más por curiosidad que para acusarlo de nada. Se volteó a mirarme con indignación, casi con desprecio por mi impertinencia. "Y qué si lo es", me dijo, después de estar un rato los dos en silencio, Franco Bruno aún no regresaba. "Y qué si lo es".

—Vine a buscarlo a usted —le dije entonces, por fin, y se lo dije de la nada, así, antes de seguir hablando de esa campana.

—¿A mí? —me respondió como el buen tahúr que era, sin mirarme, concentrado en su juego con un pedazo de bronce en la mano—. Ya estoy jubilado, lo siento mucho.

—Yo lo sé —le dije—, pero usted es la única persona que me puede ayudar.

Me miró otra vez como antes, distrayéndose por un segundo, solo que esta vez no era una mirada de indignación ni de desprecio sino apenas de curiosidad, casi de compasión. Sonrió y volvió a lo suyo, asintió, puso entonces ese pedazo de la inscripción de la campana donde creía que debía ir: casaba perfecto, el rompecabezas parecía tener sentido. "Quien me toca oye mi voz", volvió a decir. Fue cuando llegó Franco Bruno a pedirnos que probáramos la fritura de mar que acababa de sacar de la olla, ahí estaba, entre unos tallarines recién hechos: calamares apanados, sardinas, pulpo, langostinos, langosta, almejas... Le echamos limón y comimos, yo pedí otra cerveza, el dueño me la trajo de inmediato y me dijo que me había llamado para que terciara en la discusión que tenía con el "doctor Marcelino", pues él creía que ese pedazo (lo señaló) no podía ir allí donde el doctor lo había puesto. Marcelino Quijano sacó entonces un dibujo que parecía ser antiguo y me lo mostró: era una especie de diseño de un campanario, con sus cuatro campanas arriba, y una de ellas se veía a la perfección: esa era la que había que usar como modelo, dijo. El dibujo era de finales del siglo XVIII pero ese no era un obstáculo, todo lo contrario, para saber bien cómo habían sido las campanas de esa iglesia; esas campanas tañendo a rabiar en la Gran Guerra. Y si uno miraba bien (Marcelino señaló el pedazo del que hablaba Franco Bruno), era ahí y solo ahí donde tenía que ponerse esa pieza, no podía ir en ningún otro lado. Claro: es muy probable que esa inscripción latina estuviera incompleta, que le faltaran cosas, pero bastaba cotejarla con el dibujo para saber que así era, así y solo así. Había que arrastrar cada una de esas esquirlas como con un imán, recogerlas y pegarlas todas y esperar a que algún día, ojalá, volvieran a sonar. Vi otra vez la campana, miré el dibujo, me pareció que Marcelino Quijano tenía la razón y que el pedazo ese iba donde él decía. Se lo dije a los dos, Franco Bruno negó con la cabeza, nos dijo que se rendía, está bien, que aceptaba su derrota y que si dos personas veían claro lo que él no, prefería reconocer que acaso se estaba equivocando. La música se apagó de nuevo, vino el ruido del disco que se acaba, la aguja del tocadiscos que se levanta y vuelve a su lugar. Solo se oía un ventilador a lo lejos. "En tres días nos vemos en mi casa", me dijo el doctor Marcelino Quijano y Quadra, se paró de la mesa, dejó todas sus cosas allí, cogió su abrigo, le dio la mano a Franco Bruno, se despidió de la gente y se fue.

A los tres días estuve allí en esa casa, las indicaciones para llegar me las dio Franco Bruno, quien también me dijo: "Llegue puntual, nada le molesta más al doctor Marcelino que la tardanza y la demora; eso y que lo cojan del brazo para hablarle o que lo empujen con un dedo mientras le hablan, no se le vaya a ocurrir…". Me pareció extraña su advertencia, no porque no fuera válida y cierta, no, debía de serlo, sino porque el "doctor Marcelino" nunca me dijo ninguna hora para nuestra cita, solo que en tres días nos veíamos en su casa. Allí llegué a las cuatro de la tarde muy puntual (si así se puede decir) y vi el letrero que colgaba encima de una ventana: "*Raros y Curiosos*". Timbré una vez, nadie me abrió; timbré otra, tampoco. Esperé unos minutos, quizás más de diez. Golpeé tres veces, nadie salía. Entonces, desde el segundo piso, oí una voz que me dijo que pasara, "siga por favor, siéntese y me espera". Eso hice: abrí la puerta, entré, me senté en la sala, vi las fotos que estaban en la pared de en frente: muchas de una mujer muy hermosa en varios momentos de su vida, vieja y joven, supuse que era su esposa, supuse bien. Pero había fotos también de él: una en la cubierta de un barco, de sombrero, apoyado en la baranda, debía de tener veinte o veintiún años a lo sumo. Ya con bigote: ese bigote suyo que era lo que más le daba, junto con las gafas tan gruesas, esa cara de judío irredento que incluso lo llevó al campo de concentración en Mauthausen, según me contaría luego. Otra foto era en Londres, a las puertas del metro de Gloucester Road; otra en Bogotá, en un café, él y varios hombres sentados, levantando un vaso de cerveza. Además de las fotos había un piano de cola, oscuro, y había una enorme biblioteca que apenas se podía entrever, al fondo como en una especie de estudio. Luego, muy pronto, cuando ya bajó y me saludó y empezamos a hablar, fuimos a esa biblioteca y era en verdad descomunal: estanterías desde el piso hasta el techo repletas de libros antiguos, casi todos con las tapas de cuero o de pergamino en muchas lenguas y sobre muchos temas. Libros, más libros, como un delicioso jardín que se iba prolongando de fila en fila, libros unos sobre otros, libros detrás de la mesa, libros en el piso, en las poltronas... Y en el centro del estudio, un escritorio, una lámpara y una máquina de escribir. Pero antes de entrar en la biblioteca, antes de que nos saludáramos y nos fuéramos para allá, vi en la sala en la que lo esperaba un teléfono muy viejo, seguro de los tiempos en que él y su esposa llegaron a Piedras de Fuego, un teléfono de disco, como de principios de la década de los cuarenta. Vi un cuadro original de Pissarro, vi un tocadiscos, vi una ruleta de marfil. Y lo más curioso: vi un buzón de correos abierto y lleno de cartas, al lado de la puerta pero adentro de la casa. Cualquiera podría pensar que se trataba de una obra de arte contemporáneo, una instalación o algo así, pero yo sabía, y muy pronto lo confirmé, que ese era un buzón de verdad, que allí llegaba el cartero.

Marcelino Quijano y Quadra bajó las escaleras y me dijo que lo perdonara: había estado arreglando el jardín todo el día y no se dio cuenta de la hora, se le había pasado nuestra cita, no me oyó timbrar ni tocar hasta que fue a recoger unas tijeras, en el segundo piso, y me vio allí parado, "perdóneme por favor". Le dije por supuesto que no había problema, que antes muy gentil de su parte recibirme en su casa, más pena me daba a mí llegar a incomodarlo; también le habría podido decir que igual nunca me dijo la hora de nuestra cita, que así era imposible llegar tarde o llegar temprano. Me preguntó si quería un jerez, le dije que sí, me lo sirvió, brindamos con discreción, por pura formalidad. Vio que me interesaban las fotos, me habló entonces de su esposa, pensando quizás en el portarretratos sobre la mesa del comedor en el que solo había fotos de ella: una en Popayán —me la señaló, ella al lado de una montaña—, otra en Roma, otra en París, otra en Venecia, otra en Viena. Era una mujer no solo bellísima sino muy inteligente, me dijo; "la mujer más inteligente del mundo", fueron sus palabras, no como un halago ni como una concesión a la nostalgia y a la cursilería y al amor sino como si estuviera ratificando un hecho objetivo. Tenía la escasa virtud de la sensatez, ella, y una aun más escasa, la del buen humor. Era muy culta, sí, pero eso era lo de menos, la cultura se consigue viajando o hasta leyendo, reconoció con un aire de repugnancia, y casi nunca sirve para nada, o solo sirve cuando está en buenas manos: cuando hay eso que antes se llamaba "el espíritu", cuando hay alma y sobre todo cuando hay bondad: cuando la cultura o la ilustración o el refinamiento no son, como casi siempre suelen serlo, un pretexto para la vanidad, para la intriga y el resentimiento y la maledicencia, un disfraz de la amargura, de la envidia, de la mezquindad. En esos casos, tan frecuentes, la cultura es un lastre, el tizón de los peores defectos. "Y además no sirve para nada", dijo el doctor Marcelino, volvió a decirlo. Así que no es que fuera solo culta sino que era inteligente, que es muchísimo mejor, y bondadosa, y noble en el sentido más profundo de la palabra: una persona que piensa de verdad en las otras, que trata de entenderlas con todas sus miserias y caídas; una de esas personas capaces de sentir compasión por quienes les hacen el mal o tratan de hacérselo, pero a esas personas no se les puede hacer el mal porque nunca lo sufren, porque siempre lo matizan o lo minimizan, por eso las odian aún más quienes las odian y quieren dañarlas, no hay peor venganza ante una ofensa que no dejarse lastimar por ella, que ignorarla o sentir lástima por quien la quiso perpetrar. Esa era Gabrielle, dijo Marcelino Quijano y Quadra, una persona irremplazable. Dijo eso y volvió a verla en las fotos, sonrió. Lo curioso es que había sido también una persona muy sola, pues su mamá murió al tenerla y su papá era un diplomático y un gran sibarita que se la pasaba de viaje de aquí para allá, un hombre en lo fundamental bueno pero carcomido por su oficio y por su mundo, cariñoso con su hija aunque sin verla mucho, mientras ella crecía a su lado, yendo con él adonde lo mandaran, casi siempre al cuidado de las ayas (en especial una,

Margarita, a la que adoraba; una negra colombiana que hablaba perfecto alemán) o con su tía Gertrude, una verdadera disoluta y sin embargo una excelente mamá sustituta: una mujer amorosa, detallista, alegre, pendiente siempre de su única sobrina y la única persona que acaso tuviera en la vida, porque con su hermano el cónsul nunca contó.

—Aquí estamos los tres —me dijo, mostrándome otra foto—: fue el día de nuestra boda en Florencia: Gabrielle, la tía Gertrude y yo. Están algunos de nuestros amigos y también los músicos mexicanos: unos mariachis que cantaron toda la fiesta la canción que más nos gustaba, *Bésame mucho*.

—Se ven muy felices —se me ocurrió decirle en el colmo de la tontería, una frase de ocasión más acartonada y más torpe y predecible y obvia no podía haber; a él pareció no molestarle, sin embargo, y apenas sonrió, quizás no por la frase, desde luego que no, sino por toda la alegría y los recuerdos que estaban en esa foto: la tía con una copa en la mano; los novios mirándose enamorados; los mariachis que cantan desde lo más profundo de su corazón, la boca muy abierta, los bigotes enormes de tiempos mejores.

—Dígame para qué vino —me preguntó en español, que era la lengua en la que desde el primer momento, en la taberna, me había hablado cuando nos quedamos solos; como si hubiera sabido que era mi lengua, aunque en presencia de Franco Bruno habláramos en italiano—. Dígame por qué me necesita.

—Ya le dije —le contesté con la misma sinceridad y la misma franqueza con las que me hablaba; una franqueza, la suya, que no era antipatía sino lo contrario, más bien respeto y consideración—: vine porque usted es la única persona que me puede ayudar, eso me dijeron.

—Pierden su tiempo —dijo—, usted y los que lo mandaron, si es que alguien lo manda, pierden su tiempo: yo ya estoy retirado, ya le había dicho, los únicos casos que me interesan son un capricho para mí: los pedazos de esa campana que usted vio en la taberna del doctor Franco Bruno, por ejemplo, cosas así: solo mis cosas, lo demás ya no lo hago ni lo quiero hacer. Ni por todo el oro del mundo, no lo necesito.

—¿Y por qué tiene entonces el cartel pegado? —le pregunté—. ¿Por qué está allí todavía ese letrero?

—Porque lo hizo ella —fue su respuesta muy seca—, porque a ella la hacía muy feliz. No es un cartel: es un recuerdo.

Quise preguntarle por la campana; no es que me interesara ese tema, la verdad, en absoluto, solo me pareció que era la mejor forma de hablar de otra cosa y no incomodarlo más con lo que le estaba diciendo. Si seguía por ese camino era muy probable que no me fuera a ayudar nunca. Le pregunté entonces por los fragmentos de la campana y su inscripción en latín, me mostró los dos libros, los tenía a la mano en una mesa de la sala: una edición inglesa de los diarios de Robert Graves, una edición alemana de los diarios de Ernst Jünger. Era allí donde estaba ese tañido que él quería reconstruir, era allí donde estaba esa campana. ¿Por qué quería rescatar su voz, rehacerla? Pues porque se le daba la gana, para empezar: ya tenía la edad y la plata suficientes para hacer solo eso en la vida, lo que quería, lo único que se le antojara. Pero también porque eso mismo había hecho siempre, ese tipo de cosas absurdas o que al principio lo parecen, solo que ahora quería hacerlas para su propio beneficio, pensando en sus intereses y en su curiosidad. No es que antes no fuera así, me aclaró con mucho énfasis, antes también le tenía que gustar mucho el tema, de ahí nacía todo, si no habría sido imposible montar su empresa, volver sus obsesiones un negocio tan rentable, porque además lo había sido, "y mucho". Ahora en cambio se daba un lujo que solo había tenido al principio, el del arte por el arte, el de volver a hacer lo que hacía cuando era joven y cuando se le ocurrió esa idea pero porque lo hacía muy feliz en la vida, no porque pensara, cómo habría podido, que lo iba a volver rico, que ese era un trabajo; eso vino después. Ya no: ya no quería salvarle la vida a nadie; ya no quería que ningún destino pendiera, por ningún motivo, de su mano. Me dijo casi que se había aburrido de jugar a ser Dios; no me lo dijo con esas palabras, pero casi.

—En cambio mire esta maravilla, a quién más le va a importar sino a mí —me dijo mostrándome otra vez los libros: la página exacta en ambos libros donde se cuenta que una campana sonó en medio de la noche durante la Primera Guerra Mundial. La misma campana, la misma noche a cada lado del Frente Occidental.

—¿Y qué va a hacer cuando vuelva a sonar esa campana? —le pregunté.

—Escribir un libro —me dijo—: una historia con todas las historias que recogí del piso en mi vida, juntarlas todas y contarlas bien, quizás eso era lo que quería hacer desde el principio, por eso empecé. O que ese libro lo cuente alguien más, alguien que quiera creer…

No se equivocaba en eso Marcelino Quijano y Quadra, no me engañaba: su vida había sido, era un triunfo de ese afán desaforado por juntar los hilos del mundo, por anudarlos bien. Pero no los hilos con los que el mundo se teje todos los días sino los que quedan sueltos, los que se le olvidan: las costuras que se le ven, el revés de la trama. Así había empezado, me contó: leyendo periódicos viejos cuando era niño, pensando que quizás podía volver esa vida que estaba allí en ese pasado, en esos papeles muertos, su propia vida. No leía —no las quería leer— las noticias de su tiempo sino esas noticias de un tiempo remoto que pronto se le volvió el suyo: se despertaba todas las mañanas en la casa de sus papás en Popayán, una casa muy grande al frente de Santo Domingo, en el patio había una fuente de piedra, y se iba de inmediato para la biblioteca, sacaba al azar uno de los grandes tomos de las colecciones de revistas y periódicos de hacía un siglo o dos, esa era una de las joyas de esa biblioteca atesorada con esmero por su abuelo, y se iba de regreso a su habitación y leía sin parar cosas que habían ocurrido hacía por lo menos ochenta años, cuantos más mejor. Descubrió entonces que el interés de la gente por la actualidad es una ilusión: la novela resignada que todo el mundo lee y escribe a la vez mientras se le van yendo los días por entre las manos. Él iba a hacer lo mismo pero con el pasado: lo abría, se adentraba en sus grietas, en ellas se instalaba sin que nadie lograra interrumpirlo ni sacarlo de allí, de esa generosa estancia por la que se paseaba a placer y en piyama.

Una vez, durante más de seis meses, leyó con verdadera obsesión un solo periódico, todos los días el mismo ejemplar: el del 10 de noviembre de 1889 de *Le cri du peuple*, "el grito del pueblo", un diario francés de la segunda mitad del siglo XIX. Podía leerlo porque conocía esa lengua, la había aprendido con Mesié Dupont que iba todos los días a su casa a darle cuatro horas de clase, cuatro horas por la mañana, podía leerlo y al final ya se lo sabía de memoria: las vidas que lo transitaban, las noticias que daba, los avisos comerciales, las necrologías, cada rincón de esa fecha que él era capaz de referir con más precisión que si tuviera que hablar de lo que había pasado ayer en su propia casa. Se fue volviendo un muchacho taciturno, recluido entre las paredes de ese universo que era solo suyo y sobre cuya suerte podía disponer como si fuera un tirano, un dios. Rodeado por esos fantasmas que cobraban vida en su imaginación y de los que dejaba registro en un cuaderno que fue el primero de los muchos que llevó toda su vida y en los que iba anotando con minucia los "destinos" a los que había salvado o transformado o intervenido, si se quiere: el archivo completo de su "compañía", desde esa primera etapa de puro solaz y diversión e inocente juego, que eso era al principio, esa es la prehistoria de su "oficio", hasta los casos más complejos cuando ya se dedicaba a lo mismo pero como un trabajo, la asombrosa fuente de su riqueza y su prestigio: las cartas, los naipes, el azar, la vida. Allí, en ese primer cuaderno, escribió por ejemplo el nombre de Cesarine Louvière: una empleada de una joyería, la del señor Prestot, asesinada una tarde por dos ladrones belgas que entraron armados a llevárselo todo, Alfonse Beghein y Marcial Blin se llamaban los asesinos; fue un caso muy sonado que tuvo en vilo a París durante varias semanas, y también a Marcelino Quijano, en Popayán, cincuenta años después, solo que a él no le importaba el tiempo. También escribió el nombre de Marie van Zandt, una soprano nacida en Manhattan que se hizo célebre en Francia y en Italia y que por esos días era víctima de un fanático que la perseguía por cuanto teatro y cuanto salón visitara, hasta que un día, en la víspera del 10 de noviembre de 1889, se le presentó armado con un revólver a su camerino; la tragedia no pasó a mayores, es decir que no fue una tragedia, y al loco lo encerró la Policía en un calabozo, a la espera del veredicto que diera Henri Legrand du Saulle, el más grande psiquiatra de su tiempo. Aunque Marcelino Quijano y Quadra no tuvo paciencia para leer ese veredicto, no fue a buscarlo en el periódico de la siguiente semana en que debía de salir, y en cambio lo escribió él mismo, también en el cuaderno, al final del caso: un dictamen sobre el trastorno que padecía ese orate. Escribió el dictamen y el desenlace del problema, se los inventó. La vida de los demás —toda vida— es siempre una novela; todos los destinos que pueblan los periódicos de ayer se van volviendo ficción, basta leerlos con demora y el paso del tiempo, solo eso, nos los ofrece como el mejor de los relatos sin que la literatura intervenga para nada.

De manera que eso fue lo primero: los periódicos viejos, abrirlos e irse a vivir dentro de ellos, incluso más que si fueran novelas; volverlos literatura, porque ya lo eran, el puro placer de un destino ajeno al que podemos espiar y, si se nos diera la gana, torcerle el rumbo también, por qué no. Entonces Mesié Dupont le regaló una máquina de escribir: una Smith & Bros que había traído de Inglaterra, parecía un telégrafo pero Marcelino Quijano aprendió muy pronto a tocarla como si fuera un piano, quizás porque en sus lecciones de piano tocaba como si estuviera sentado frente a una máquina de escribir, tacatacatacatacatacatacatacatacatacatacataca... Su maestra, la señorita Chaparro, ya estaba cansada de decírselo: "Tú eres escritor, Marcelino, no músico, mira nomás como le pegas al piano...". Y él estaba de acuerdo con ella pero no podía hacer nada, eran sus papás los que insistían con la música, sobre todo su papá, que tenía una teoría no del todo descabellada y es que la música o por lo menos el ritmo nos libra de la locura, nos obliga a no salirnos del único orden que acaso haya en el mundo, el de ese reloj implacable que es todo: el metrónomo del universo, la música de las esferas. Pero cuando Marcelino Quijano pasó del piano a la máquina de escribir fue una especie de milagro, allí sí tenía ritmo, esa sí era su música, le dijo la señorita Chaparro. Entonces fue él quien le pidió que en vez de aburrirse ambos todos los días, dos horas todos los días en clase de música antes de empezar la clase de francés, hicieran una cosa muy fácil, a ver cómo salía: ella se sentaba al piano y tocaba lo que quisiera, está bien, la sonata número 11 para piano de Mozart, esa, esa, sí; mientras él se sentaba en su máquina y escribía sus cosas, con la promesa de no perder el ritmo, mire usted cómo lo hago (y sonreía con su cara de judío, aun desde niño): chinchinchin, chanchanchan, tiriruriru, tiriruriru, tititi, tiririrara... Así quedaban todos tan contentos, la maestra que no se atormentaba por los estropicios del alumno, el alumno que no paraba de escribir, esa era su música, los papás que allá afuera, la puerta del estudio nunca se abría cuando las clases de piano, los papás que allá afuera estaban dichosos de oír que su hijo progresaba cada día más.

Incluso fue una dicha, esa solución, para Mesié Dupont, pues era evidente que se moría de amor y mucho más por la señorita Chaparro, y ella también por él. Se encontraban cada mañana en el estudio cuando ella salía y él llegaba, se saludaban muy formales, fingían hablar sobre Marcelino y sobre cualquier cosa, pero sus ojos no engañaban a nadie, lo que ahí ardía era la pasión. Por eso, cuando un día ya no volvieron más, ninguno de los dos, su alumno fue el primero que dijo: "Eso es que se fugaron". Lo dijo en bata levantadora, con un gran periódico viejo en la mano, una bata de satín rojo y paño que se había hecho coser por Anita la costurera, copiada de una que había visto, "ay, mi niño Marcelino", en una foto en un semanario italiano de 1870 o algo así: en ella salía un príncipe siciliano, Giulio Tomasi, al que todos en su dialecto le decían el "Gatopardo", el Leopardo; era el príncipe heredero de la isla de Lampedusa y esa foto ilustraba un artículo sobre su vida en Palermo y sus objetos más preciosos: su biblioteca, su vajilla, sus ceniceros, su jardín y su telescopio. La misma bata, casi la misma, de puro paño gris y satín rojo, con la que Marcelino Quijano sí dijo que eso era que la señorita Chaparro y Mesié Dupont se habían fugado juntos; sería por eso que él le había regalado la máquina de escribir. Toda la ciudad revoloteaba por el escándalo y el sobresalto, y en cambio él sí fue el primero en decir lo que había pasado, lo que luego se supo con todos sus truculentos detalles, y es que esa madrugada, muy temprano a las 3, los dos maestros se habían dado cita en la catedral (se tenían fe), cada uno con su maleta en la mano, ella envuelta en un pañolón y él con su gabán de siempre, sucio y raído y maloliente. Se besaron, según dijo un loco que los vio, se dieron la bendición y salieron corriendo hacia el occidente. Nunca nadie volvió a saber nada de ellos, pero a los pocos días de la huida Madame Dupont, la esposa legítima de Mesié y quien desde la mañana en que ya no lo vio más sí había pedido que la consideraran una viuda, aunque en Popayán la gente seguía diciéndole "Madán", a los pocos días ella encontró todo lo que confirmaba la sospecha y el rumor y la certeza desde el primer momento de Marcelino Quijano y Quadra: las cartas de amor entre los dos profesores, las obscenidades que se decían en cuanta lengua; los regalos que se daban, los planes que hicieron para fugarse, lo que pensaban de ese pueblo del diablo, lo que opinaban de su gente. El único que sí les caía bien, el único que sale bien librado de ese epistolario infame y lascivo es por supuesto Marcelino, al que los amantes consideraban casi un cómplice, un benefactor. Cuando la viuda, cuando Madame, cuando "madán" llegó furiosa a la casa de los Quijano a culparlos de su desdicha porque había sido en ella donde ese amor protervo había nacido, así dijo, "ese amor protervo", llevaba en la mano esas cartas del pecado y las blandía y gritaba, luego se sentaba en una poltrona a llorar, consolada por la mamá de Marcelino, luego estallaba otra vez y los maldecía a todos e imprecaba, iba al piano, le pegaba, lo tocaba con furia y con violencia como si esa fuera una venganza contra la puta que se le había llevado a su marido, así dijo también, "la puta pianista, la cómica". Luego salió de la casa y nunca más volvió, ni siquiera pasaba por el frente, desde ese día se trazó esa norma de honor que jamás quebrantaría hasta su muerte, un par de años después. Pero las cartas las había dejado esa mañana; en medio de sus gritos y su desgarramiento las botó al aire y luego, al dar el portazo que dio para irse, se le olvidó que las había dejado allí, no se dio cuenta o habrá pensado que esa casa se las merecía más que la suya, malditos. Lo cierto es que allí se quedaron y Marcelino Quijano y Quadra las recogió; con su bata de satín y de paño, enternecido con la viuda, con Madame, con "madán", las recogió y se las llevó para su cuarto. Esa historia también la escribió, es una de las mejores de sus primeros años, la escribió por supuesto en su Smith & Bros que sonaba como un piano, "esa es tu música".

Y fue en las cartas, qué curioso, donde Marcelino Quijano y Quadra encontró su otra gran pasión de la vida, el que luego sería el mejor filón de su "negocio", como él mismo decía, el más importante y el verdadero corazón de las actividades mercantiles que le iban a dar tanta fama y tanto dinero. No era en realidad algo muy distinto a lo de los periódicos sino un complemento, otro ámbito más para hacer lo mismo, inventar. Desde que leyó las cartas del amor prohibido entre Mesié Dupont y la señorita Chaparro se dio cuenta, cómo no lo había pensado antes, de que allí había una veta insuperable para encontrar nuevas historias, nuevos destinos; historias y destinos que incluso se podían entremezclar muy fácil con los de los periódicos, ¿no eran acaso los mismos, no era la misma vida, no era la misma novela? Así empezó a hacerlo, de hecho, y además empezó a gastarse toda la plata que le daban al mes sus papás comprando cartas viejas, buscándolas en las casas de sus amigos, dentro de los libros, en cofres que abría allí donde fuera a ver si algún trazo del pasado le saltaba a las manos. Eso lo escribía luego en sus cuadernos, todo eso, y cuando algo valía mucho la pena lo llevaba al verdadero teatro de la consagración, a la máquina de escribir, se volvía sonata. Y esas sonatas (así les decía) las metía en carpetas aparte y las conservaba y las conservó junto con todo lo demás: los cuadernos, el piano, los periódicos, la pipa que ya había empezado a fumar. Es increíble, porque aun en una ciudad tan delirante y llena de excéntricos como Popayán, aun allí, Marcelino Quijano y Quadra había cobrado el merecido renombre de ser un extraño y misterioso niño genio, una especie de sibarita precoz lleno de manías y de historias, en todos los sentidos de la palabra, un dandi, un señorito huraño y cultísimo que hablaba y que salía muy poco, encerrado entre sus periódicos viejos, y que cuando estaba afuera era casi siempre para incomodar a sus interlocutores con una ironía feroz y no para todos los gustos. El día en que murieron sus papás, en un accidente de tránsito yendo a su hacienda en el norte, nadie quería ir a decírselo, nadie sabía cómo hacerlo. Hasta que por la noche llegó su tío y se lo dijo de la manera más cruda y más cierta: "Quítese la bata, mijo, que se va para Pasto: sus papás se murieron hoy y ya no van a volver más".

Al otro día se fue de la ciudad para internarse en el colegio de los jesuitas en Pasto. Llevaba consigo, en un maletín de cuero, su máquina de escribir. Allá se hizo célebre muy pronto por sus respuestas rápidas y brillantes, por defender a sus compañeros más débiles, porque muchas veces sus lecturas lo llevaban a saber más que los curas, que sin embargo lo apreciaban y lo dejaban tranquilo porque se rumoraba —y era cierto— que les ayudaba con las finanzas o les resolvía quién sabe qué tipo de problemas y de qué manera. Por eso podía salir del internado más que los otros internos, valga la verdad. Fue así como encontró al viejo Miguel en esa fonda del camino: el viejo Miguel Gavilanes, un tahúr imbatible y un borracho de barba, gigantesco y mal bañado, que siempre estaba en la misma mesa. En ella se lo encontró una noche Marcelino Quijano, una noche en que volvía al internado después de que ya había pasado el permiso para los demás, pero no para él. Entró, se sentó, pidió un aguardiente y se puso a leer las cartas que le acababan de entregar: un atado de más de cien cartas viejas de un abogado pastuso que quería traducir a Homero, y lo había hecho ya, del griego al español y con el metro perfecto, y que además quería publicar su traducción en un libro bilingüe, la lengua de Homero a un lado, la suya al frente. Esas cartas eran en realidad mucho más que eso, porque en ellas latían todos los problemas y los chismes y las perplejidades y las certezas de su tiempo, el tiempo en que fueron escritas, renovado en los ojos de quien las leía ahí esa noche en esa fonda, años después. Como un testigo, como un autor. La magia de ese instante se rompió cuando el viejo Miguel se acercó y le dijo: "Yo también sé leer las cartas". No dijo más pero sacó una baraja española, la abrió sobre la mesa, Marcelino Quijano tuvo que levantar sus cosas, lo miró maravillado a ese jayán que olía a incienso. Quizás, si hubiera sido cualquier otra persona, lo habría echado de inmediato con alguna pesadez, o le habría dado la espalda, o se habría ido. Pero algo había en él que lo intrigó y le pareció muy profundo y muy sabio, la mirada, la voz, ese desdén en su atuendo y en su forma de ser, la manera en que iba por el mundo hasta llegar a esa mesa para abrir su juego y empezar una conversación que duró los cinco años que Marcelino estuvo en el internado, yendo todas las noches a la fonda a jugar con el viejo Miguel, a aprender sus artes que eran infinitas a la hora de vencer en los naipes y el ajedrez y la ruleta y cualquier azar que le pusieran por delante: él, sin saberse cómo, solo Marcelino Quijano lo descubrió, lograba siempre descifrar la lógica de cualquier juego, era imposible ganarle. No hablaba mucho, solo sentencias lapidarias, y sin embargo le enseñó todo lo que sabía a su amigo "el de Popayán", como le decía, le dio todos sus secretos y todos sus trucos y todas sus razones, y cuando se despidió porque Marcelino salía ya del internado y se devolvía para Popayán, lloró como un niño, le dio una medalla de la Virgen y apenas le dijo: "Seguí leyendo las cartas, no se te ocurra parar...".

No lo hizo Marcelino, jamás. Ni de regreso en Popayán ni en Bogotá, adonde se fue a trabajar con su tío, el hermano de su mamá, ni luego en Buenos Aires, donde una estrella iluminó su suerte, la Cruz del Sur, siempre decía. La plata que había heredado de sus papás, que no era poca, no una gran fortuna, tampoco, pero la suficiente para vivir con holgura y darse sus gustos, sostener sus caprichos, esa plata la usaba para seguir comprando cartas y papeles y periódicos viejos, ese hábito no solo no lo había dejado sino que era ya una parte esencial de su vida, lo que más le gustaba hacer: perderse en la vida de los otros, en el tiempo, y dejar que esa fuera su historia también, los problemas que de verdad lo ocupaban, el presente azaroso de hacía uno o dos siglos, lo que fuera, que se volvía el suyo, una realidad tan arbitraria y sin embargo tan cierta como esa por la que ahora caminaba en Buenos Aires, desde su casa en la calle Corrientes, Junín con Corrientes, hasta el teatro Grand Splendid, en la calle Santa Fe. Una tarde volvía de allá y oyó que una mujer decía: "Dale, abrímela, abrila y leé, que sea la última de hoy...". Se lo decía a un hombre joven y nervioso que estaba parado en la puerta de una casa, él miraba para todos lados, negaba con la cabeza. Marcelino se había detenido justo allí a prender su pipa, trató de cubrir con la mano el fósforo que acababa de encender, entonces oyó esa voz de esa mujer que decía desde adentro de la casa: "Dale, abrímela, abrila y leé, no va a pasar nada, la leés y te vas, por hoy es todo...". La vio bien: era una mujer mayor, una anciana en silla de ruedas, con gafas oscuras, maquillada y toda vestida de negro. El muchacho se dio cuenta de que alguien los escuchaba, le dijo a la mujer que luego hablaban, se lo dijo con un énfasis particular, como para que ella entendiera algo, quizás que ya no podían decir nada más. Pero ella no lo entendió y empezó a preguntarle aún con mayor insistencia: "¿Qué pasa? Decime qué es lo que pasa, decime si me las vas a leer o no, entrá...". El muchacho la cogió de la mano y se despidió, cerró la puerta, se fue; Marcelino Quijano lo vio alejarse: era un cartero, vestido con su uniforme y su gorro, el gran morral de cuero a su espalda lleno de cartas. Le pareció una escena extrañísima, inquietante. Tanto que al día siguiente volvió a pasar por esa casa: una casa señorial, de grandes ventanas, pero no había nadie en la puerta. Ni ese día ni el siguiente ni el otro ni el otro tampoco: todos los días, cuando iba a caminar, Marcelino Quijano se fijaba en esa casa, se paraba un rato al frente para ver si estaba la mujer o si volvía el cartero o si alguien entraba o salía; pero no. Hasta que por fin pasó, fue otra vez por la tarde. El doctor estaba fumando su pipa, ya se iba, y vio que el cartero llegaba en bicicleta, la amarraba cerca del jardín y se metía en la casa. Allí estuvo por más de dos horas, casi tres. Luego salió, vio a todas partes, volvió a montarse y se fue.

Al otro día, ya desesperado, Marcelino Quijano fue hasta donde la mujer, a esa casa que había estado espiando las últimas tardes. Tocó a su puerta, le abrió un criado, se anunció, "la señora lo atiende, siga por favor...". Entró y era como un museo, como le gustaba a él: reliquias por todas partes, cuadros de próceres, paisajes bellísimos, libros, un piano —cómo no, un piano—, candelabros, muebles viejos, el olor del tiempo: nada huele más que el tiempo. Ella estaba al final de una sala, en su silla de ruedas, con sus gafas puestas, las gafas oscuras de su ceguera;

mirando hacia ese abismo al que suelen mirar los ciegos, acariciaba a un perro que apenas lo vio venir ladró desencajado, uno de esos perritos diminutos que empiezan a ladrar y sus ladridos los van arrastrando y los hacen saltar como si fueran pulgas. Ella le dijo que se calmara, "calmate Boris, calmate, sha, sha", y después levantó la mirada y preguntó que quién estaba ahí, "quién es". Él le dijo su nombre: "Marcelino Quijano y Quadra"; le dijo que quería verla. "¿Ah sí? ¿Y para qué?", preguntó ella, no le disgustaba del todo la idea. Le dijo la verdad: la había visto hablar con un cartero en la puerta de su casa hacía unos días, un par de semanas, y eso le había producido una gran curiosidad; más que curiosidad, inquietud e intriga, para qué se lo iba a negar. "Lo mío también son las cartas", le dijo sin sentirse ridículo, ella sonrió. ¿No tenía eso que ver, quizás, con la notica que tanto se había comentado en la prensa hacía casi un mes, la desaparición sistemática del correo en Buenos Aires? La mujer ni se inmutó, como si no hubiera ofensa en la insinuación del doctor Marcelino, porque además no la había: él solo preguntaba, sin malas intenciones. "¿Sos policía vos? Si ni siquiera sos de aquí...", le dijo ella, acariciando al perro, al pobre Boris que no paraba de temblar y de gruñir y de lamerle la mano a su dueña. "Claro que no", le dijo él, claro que no lo era. Solo que le había parecido muy rara toda esa coincidencia, lo suyo también eran las cartas, le ofrecía excusas si la había molestado, ya se iba. Se levantó el sombrero para despedirse, pensó en lo ridículo que debía de verse levantándole el sombrero a una ciega, se volteó para irse y empezó a caminar, entonces oyó que ella le decía: "Volvé mañana, querido, volvé más temprano que hoy y entonces vas a saber...".

Por supuesto que al otro día estuvo allí más temprano, al menos tres horas antes que la visita de la víspera. Tocó a la puerta, lo recibió el mismo criado, lo hizo entrar, solo que esta vez no lo llevó a la larga sala del día anterior sino a un estudio más pequeño, en el primer piso también, al otro lado, hacia la izquierda, una pequeña biblioteca como en la penumbra, apenas si se veían las cosas aunque un reloj no paraba de sonar, cada segundo como un hachazo: tac, tac, tac. Marcelino Quijano entró e iba a sentarse sin que el mayordomo —debía de serlo, con librea, guantes y chaleco, cómo no iba a serlo— se lo ordenara, pero fue justo él quien se adelantó a prender la luz y a decirle que no se podía sentar, que "su puesto" estaba "allá", y le señaló una puerta al lado de una estantería. Fue y se la abrió, le dijo que entrara, que se acomodara sin problema allí, que la señora ya llegaba y que podía escucharlo todo, que no saliera hasta que no se lo dijeran. A tientas, casi a tientas, el doctor Marcelino buscó una butaca y se sentó, justo al lado de la puerta; un poco confundido, un poco indignado, muerto de la curiosidad y de la intriga, quiso prender la pipa pero después no, era una imprudencia y una grosería; estaba en un cuarto diminuto, no sabía ni siquiera si era un baño o qué, no parecía un baño. Entonces oyó que alguien entraba a la biblioteca, oyó cómo alguien, que debía de ser el mayordomo, arrastraba la silla de ruedas. La mujer tosió, era inconfundible su voz aun cuando no hablaba, Boris ladró, se fue hasta la puerta, vino hasta la puerta detrás de la que estaba Marcelino Quijano y Quadra y se echó a husmear y a ladrar, él alcanzaba a sentir ese pequeño hocico acechándolo por entre la hendija de abajo, su dueña le dijo: "¡No más, Boris: salí, salí!". Boris se fue, quizás se fue donde estaba ella, que habló entonces muy duro, quién sabe si siempre hablaba así en esos casos o era porque sabía que detrás de la puerta alguien más la escuchaba; le dijo al cartero, que acababa de entrar: "¿Me trajiste las cartas?", él le respondió que sí: la voz de un joven tímido, asustado, insignificante. "Sí señora, acá las tiene", dijo. Sonaron unos papeles: en realidad era el sonido de las correas de un maletín de cuero, primero, y luego el sonido de quien mete la mano en ese maletín, luego sí sonaron los papeles: como un puñado de muchos papeles puestos sobre una mesa; y luego el sonido de un sobre de papel que se abre, alguien lo abre, lo rasga, y después el sonido de una carta que se desdobla y luego la voz que la lee: la voz tenue y temerosa del cartero, que empieza así: "Corrientes, Agosto 15, querido Tommaso...".

Estuvo allí sentado, allí adentro, no supo por cuánto tiempo: dos horas, tal vez tres. Tampoco le importaba, se habría podido quedar toda la vida en ese cuarto oscuro y le habría dado igual, así de feliz y perplejo estaba. Y lo que vio detrás de esa puerta, lo que oyó, más bien, era un verdadero prodigio: el cartero iba abriendo al azar las cartas que llevaba consigo (las sacaba de su maletín: siempre el mismo sonido, sus manos sacudiendo el cuero) y se las leía a la mujer, quien mientras tanto iba opinando sobre lo que en ellas se contara o se dijera, a veces solo con monosílabos, "sí", "no", a veces con interjecciones, "caray", "pucha", a veces con palabras de aliento o de solidaridad o con frases enteras y enigmáticas: "pobre chica, hay que decírselo...", "no puede ser tan cobarde, no, tiene que entrar en razón", "la vida es más fácil de espaldas"... Que esa era una lectura azarosa lo supo Marcelino Quijano porque ella lo conminaba a él, al cartero, a seguir abriendo y abriendo cuantos sobres pudiera, "cualquiera, cualquiera, abrí, abrí ese, sí, ese, el que querás", le decía alegre y desesperada. Entonces él procedía a leer la carta de principio a fin, empezando por la fecha hasta terminar en la firma o en la posdata, si la había, y la mujer le decía al terminar cada lectura que sí o que no, "esta sí", "esta no, mejor otra". Así estuvieron por dos o tres horas hasta que el cartero le dijo que se tenía que ir, "me voy sha, doña Karina, mañana vuelvo...". Ella le agradeció mucho y tocó una campana, se oyó que alguien abría la puerta principal de ese estudio, luego el mayordomo le dijo al cartero que lo acompañara. Se oyeron los pasos de los dos salir y alejarse, caminar hacia la puerta de la casa, Boris el perro se fue detrás de ellos, sus ladridos también se oían alejarse. Marcelino estuvo tentado a abrir la puerta de ese cuarto en el que estaba, ¿era al fin un baño, era el ropero de la biblioteca? No había nada de luz, quiso otra vez prender su pipa, otra vez se arrepintió. Tampoco abrió la puerta, le habían dicho que no hiciera nada hasta que no lo llamaran, se estuvo quieto, inmóvil, tratando de saber qué ocurría del otro lado. Pasarían cinco minutos o diez, le parecieron eternos. Hasta que la mujer lo llamó por fin, le dijo que saliera, "salí, salí por favor...".

Sí, eso era lo que hacía, le dijo ella: abrir cartas ajenas, abrirlas y leerlas. Para qué se lo iba a negar, era eso. "No sé ni por qué confío en vos, será mi intuición de ciega...", le aclaró. Y sí, lo había hecho siempre, desde niña: tomaba de los buzones del correo las cartas y las leía; en su propia casa, llena de gente, habitada por tíos y primos y hombres mayores de negocios y mujeres que parecían muy finas y decentes pero que en realidad eran unas casquivanas y unas lisas —porque eran finas y decentes—, en esa casa también lo hacía, para qué se lo iba a negar: robaba las cartas, las abría en un rincón, se las devoraba todas y luego las guardaba en un cofrecito que le había regalado su abuela, un cofre de madera forrado en cuero verde con sus iniciales inscritas, "*K. G. B.*", allí se quedaban esos pedazos de la vida de la gente que ella le quitaba y los leía como lo que eran: una novela inconclusa; un cuento que nunca se acaba. Luego, ya vieja, perdió la vista, se quedó ciega. Se quedó ciega y se quedó sola, en esa casa enorme, acompañada solo por su perro y su criado, sin hijos, sin más familia que la que tuvo una vez y de la que no quedaba nada, apenas el recuerdo, esas fotos, esos cuadros: sus tíos, sus primos, su marido degollado en la Gran Guerra; todos judíos, todos muertos. Por eso, un día que tocaron a su puerta, vio que era el cartero, supo que era él cuando Arturo, su mayordomo, le recibió unas cartas que le enviaban a ella, cosas sin importancia, una postal de dos amigas suyas que estaban en París, las gemelas Languedhoc a las que todos en Buenos Aires les decían "las gemelas Languidezco", un par de recibos de su banco, poco más. Entonces le dijo a Arturo que le dijera al cartero que siguiera, por favor, que quería proponerle algo. Lo hizo entrar al estudio, ese mismo estudio en el que estaban, le pidió que se sentara. Y sin titubeos ni pretextos ni subterfugios le propuso lo que se le había ocurrido mientras lo oyó en la puerta dejar el correo, no lo había dejado en el buzón porque eran cartas recomendadas y alguien tenía que firmar. Le propuso que se las vendiera, le pagaría muy bien, mejor que lo que le pagaban en la oficina postal, mucho mejor. El cartero reaccionó estupefacto, altivo, dignísimo: cómo se le ocurría semejante disparate, ¿estaba loca? "Está loca usted, por favor, cómo cree. ¿Sho, sho?

Por favor, no, no, no", le dijo. Se paró y se fue de allí, ni siquiera se despidió. Ella le preguntó a Arturo si ese chico era joven, qué tan joven era; su mayordomo le dijo que muy joven, "es tan joven que ofende su juventud, señora", le dijo. Entonces vuelve, pensó ella, si es tan joven vuelve. No le falló el vaticinio: pasaron tres semanas largas, apenas, y un día alguien tocó a la puerta, era otra vez el cartero. Traía unas cartas para la señora, más postales desde París; "también me gustaría hablarle, por favor", dijo, un asunto privado. Arturo, que tenía esa orden, lo llevó hasta el estudio y le dijo que esperara, pronto volvió con ella en su silla de ruedas. La bruma de su ceguera, tras las gafas, la hacía ver como si siempre estuviera sonriendo y mirando hacia arriba, quizás lo estaba siempre. "Abrí una de esas cartas y me la leés", le dijo al cartero, ahora estaban solo los dos. Esta vez él no protestó, no dijo nada, apenas metió vacilante la mano en su maletín y sacó al azar un sobre, lo abrió (ella lo oía, oía el rasguido del papel), ya tenía la carta en la mano. La mujer lo apuró, "dale, leé, leé". Y él empezó a leer.

Llevaban un año así: cada tanto llegaba el cartero a su casa cargado de buenas noticias, las de los otros, las que florecían —o no: pero esas para ella eran también buenas noticias, al menos eran noticias— en el cercado ajeno. Pasaban toda la tarde juntos leyendo, ella opinaba entonces sobre lo que había en esas cartas: la felicidad, las tragedias, los amores que nacían o se acababan, las angustias, las intrigas, la bondad, la maldad, la infidelidad, la enfermedad, la muerte. A veces quería quedarse con alguna y estableció una especie de norma, una convención: cuando decía que sí es porque se quedaba con esa carta; cuando decía que no, a secas, es porque el cartero podía volverla a meter en el sobre, pegarla otra vez, llevarla hasta su destino que a punto había estado de no serlo jamás. Karina Garabundo Betler, así se llamaba, escuchaba maravillada todas las historias que bullían en el maletín de la posta, no había para ella destino mediocre en medio de esa novela inconexa que el cartero le leía de tarde en tarde y que era su único motivo de felicidad en la vida, lo que más atizaba, lo único que atizaba su interés y sus ganas de vivir. Por eso, antes de que él se fuera, le entregaba un sobre con una suma de dinero que excedía en mucho lo que se ganaba al mes en la oficina de correos, pero mucho más que eso. Y cuanto más riesgosa era toda la operación, cuantas más cartas le llevara y cuanto más interesantes y jugosas fueran, más le pagaba, y lo hacía además sin ningún remordimiento, dichosa: habría entregado toda su fortuna con tal de no privarse del deleite mayor de asomarse al destino de la gente y espiarlo y vivir de él, qué horror, sí, pero también qué alegría, qué vértigo, qué forma de ver cuando ya todo era oscuridad.

Marcelino Quijano y Quadra le preguntó entonces que qué hacía con las cartas con las que se quedaba, para qué las guardaba. Fue allí cuando lo que era solo intriga se le volvió la mayor admiración de la que era capaz, asombro y maravilla. Karina Garabundo se quedaba con esas cartas para poder ayudar, para desviar el destino de la gente como quien desvía el curso de un río. Por supuesto que lo que le interesaba era el relato, sin duda, eso era lo fundamental: asistir a los dramas de personas a las que ni siquiera conocía, solo por el puro placer de hacerlo; imaginarse a partir de un fragmento toda una vida, imaginársela y disfrutar de ella desde la ventana, espiarla con la puerta entreabierta. Pero había en esas cartas ciertos casos tan desgarradores y tan desesperados, o tan extraños, o tan enternecedores, que a ella se le ocurrió que quizás una mano sigilosa y anónima, la suya, pudiera intervenir un poco, aliviar las cargas, ser como el hada madrina de los cuentos de hadas, ¿por qué no? Era millonaria pero ya estaba vieja y ciega, sola, pronto se iba a morir, no tenía herederos ni nadie a quién dejarle su dinero, sus casas, sus joyas. Qué mejor que eso que le daba tanta emoción, le devolvía la vida: ayudar si podía a resolver los problemas de los demás, tirarles una tabla de salvación, algo muy parecido a la esperanza, por lo menos un pequeño sucedáneo. Tampoco hacía milagros, eso sí que no, pero hay para quienes cualquier ayuda, la que sea, es un milagro; y ese era su consuelo y esa era su premisa, hacía lo que podía, ni más ni menos. Le habría gustado tener más manos para lograr más cosas, multiplicarse, pero ya veía él: dependía del azar —eso era inevitable, de eso dependemos todos— y de un mayordomo melancólico y de un pequeño perro y de un cartero medio bruto, más no tenía; es que no todo lo compra el dinero. "¿Y la policía?", preguntó Marcelino Quijano, ella asintió: desde hacía un par de meses se investigaba en la ciudad la pérdida sistemática del correo, muchas empresas y muchas personas se habían quejado de que en algún lado se había roto el camino y las cartas no llegaban. Era imposible que esa investigación, sin embargo, llegara a buen fin, "quiera Dios que no", pues su cartero, y enfatizó en el pronombre, "su" cartero había tenido una idea brillante al empezar, quizás la única que le iba a ser dado tener en toda su vida, el pobre: en vez de llevarle sus cartas, las que le correspondían a él, y así habría sido muy fácil rastrearlo, en vez de eso le llevaba las que les robaba durante toda una semana a sus compañeros, por eso se demoraba tanto recolectándolas: todas las mañanas sacaba del maletín de sus colegas un puñado de cartas y postales, y cuando ya tenía un "lote" que valiera la pena se iba para donde Karina Garabundo y le leía al azar carta por carta, una a una. Los problemas más fáciles de resolver para ella, claro, eran los económicos: pagarle la casa a un padre de familia que la iba a perder y estaba al borde del suicidio; saldar la deuda en el colegio de un niño que vivía solo con su mamá y le ayudaba a vender empanadas los domingos cerca del estadio, pero lo iban a expulsar de la escuela. Luego había dramas más complejos y sutiles, asuntos espirituales, amorosos, políticos... Era allí cuando tenía que discernir y escoger bien, sabía que cada carta degradada era una vida a la que habría podido hacer muy feliz, salvarla. Por eso era más el sufrimiento por lo que dejaba de hacer que la satisfacción por lo que hacía, en sus ojos de ciega no había jactancia moral, jamás, sino un gran remordimiento: el fantasma de todo lo que habría querido hacer y no pudo; la suerte contrariada de esos destinos que se le cayeron de las manos y a los que no pudo rescatar, pero esa es la ley de todo destino, también, en eso consiste. Y algo es mejor que nada; al menos algo hacía por alguien, habría querido más pero le faltaban las manos.

Desde esa tarde, y por los próximos dos años hasta cuando Karina Garabundo murió, dejándole todo, Marcelino Quijano y Quadra trabajó sin descanso para ella, esa se le volvió la vida entera, abrir y leer cartas ajenas, escoger cuáles merecían una solución y cuáles no, saber más bien cuáles de los dramas que aparecían en ellas se podían arreglar y cuáles eran irresolubles, ante los que no cabía más que volver a cerrar el sobre y mandarlo a su destinatario original. En realidad lo que hicieron fue una sociedad en toda regla, pues Marcelino aportó no solo su energía y su trabajo sino también su dinero: él quería hacer eso que ella hacía, salvar a la gente. Incluso fue suya la idea de ampliar el "portafolio" de servicios que ambos prestaban, y eso incluía una explotación del pasado mucho más ambiciosa, aprovechando la experiencia que él tenía como lector impenitente de periódicos viejos. Así abrieron un capítulo de la compañía (él ya le decía de esa manera; ella apenas se reía y negaba con la cabeza) en el que se dedicaban al espiritismo y a tranquilizar a la gente pasándole reportes muy puntuales de lo que hacían y decían sus muertos desde el más allá; también había una especie de fábrica de ficciones históricas que él propuso y llevó a cabo: un camino para actualizar las vidas que había ido acumulando en sus cuadernos y en sus escritos y en sus lecturas desde hacía tiempo, y con ellas mantenía en vilo a muchos de sus clientes que pensaban que eso que él les contaba y les escribía estaba ocurriendo en tiempo real, que era algo que ocurría en ese momento. Pero lo principal seguía siendo la ayuda a quienes un día se habían sentado, habían mojado en tinta su pluma, habían escrito esa carta, la habían soplado varias veces y luego doblado, la habían puesto en un sobre y la habían enviado: no hay carta que no sea una botella de náufrago, decía siempre Marcelino Quijano y Quadra. Y esa seguía siendo la prioridad para ellos, al menos para ella: las cartas, siempre las cartas. Fue Karina quien muy pronto le cambió el nombre a su nuevo socio, aunque más que el nombre mismo era la forma en que lo escribía, con el apellido de su mamá tal como había sido toda la vida, Cuadra, con "C". "Es muy vulgar, querido, muy común, tenés que inventarte algo mejor", le dijo. Al otro día ella misma le entregó sus tarjetas timbradas, con la escritura de su nombre que sería desde ese día y para siempre: "*Marcelino Quijano y Quadra, Raros y Curiosos*". Cuando ella murió, dos años después, así decía en su testamento: "*Todo lo que me pertenece, salvo mi casa en Buenos Aires que se la lego a mi fiel amigo y empleado Arturo Estepario, esto con la condición de que se haga cargo de mi perro Boris, si es que aún vive, todo se lo dejo al señor Marcelino Quijano y Quadra: mi casa en Bariloche, mi casa en París, los tres automóviles, las joyas depositadas en Nueva York y en Viena, los cuadros, mis bienes muebles e inmuebles, las cinco cuentas en los cinco bancos, el dinero en efectivo que está en la caja fuerte del estudio en la casa en Buenos Aires, las cuentas que me adeudan, las acciones en los clubes y los bonos en las tres compañías: cuanto tuve en vida y aún conservo se lo entrego todo al antedicho señor, de nacionalidad colombiana, quien sabe muy bien cuál es el destino de mi herencia y quien tiene todo en sus manos para acrecentarla y llevarla con decoro, provecho y dignidad…*". Marcelino Quijano y Quadra, con "Q".

Solo que cuando yo lo vi en su casa en Piedras de Fuego, esa tarde al tercer día después de la taberna, me dijo que estaba retirado, que no perdiera el tiempo. Igual me invitó a que fuéramos a su biblioteca, y fuimos. Por supuesto que fuimos.

III

—La verdad es que no lo recuerdo —me dijo, y cerró el libro que tenía en la mano—: fueron tantos los casos que ya no sé cuál es cuál, pero de ese en particular no recuerdo nada. ¿Bélgica? ¿El Reino de Bélgica y Boyacá? No, no sé de qué me habla. Lo siento pero no.

—Es muy extraño porque fue una guerra internacional, tendría que acordarse... —le dije yo, dándome perfecta cuenta de que era una impertinencia y un atrevimiento; me estaba moviendo sobre el filo de la navaja, caminaba por él a ciegas, pero si no era así nunca iba a lograr que me ayudara, ni siquiera que me contestara algo—. Piénselo bien, doctor, se lo suplico.

—¿Pero es que usted cree que esa fue la única guerra internacional que organicé y que dispuse? —fue su respuesta muy orgullosa, y con ella me lo estaba diciendo todo: era obvio que sí se acordaba, de lo contrario no hablaría de "esa guerra"—. Claro que no: fueron muchas más, no solo esa...

—Bueno —le dije yo, y él me miró a despecho pero también resignado; era su manera de reconocer que su argumento no era válido ni era bueno y que lo había derrotado—: pues hábleme entonces solo de esa guerra, de las otras si quiere no...

Me volvió a mirar Marcelino Quijano y Quadra: esa mirada suya (aprendí a descifrarla luego) que era a la vez de compasión y de agotamiento, la mirada del que está acostumbrado a no decir casi nunca que no, el que carga por principio con los dramas y los problemas y los asuntos de los demás y los hace suyos, y está diciendo todo el tiempo que no va a hacer lo que sin embargo sabe que acabará haciendo muy pronto, y lo sabe muy bien, por eso estábamos allí en su biblioteca, por eso yo estaba en su casa, tres días después de haber ido a buscarlo en la taberna de Franco Bruno. Él me miró con sus ojos tristes detrás de esas gafas de marco oscuro, los lentes muy gruesos, con su bigote tan bien cortado y tan pequeño, su cara de judío sin redención, nunca pude dejar de pensar en eso cuando lo veía; me miró y sonrió, como quien dice muy en serio: "Pero qué es lo que busca este pendejo". Cogió entonces otro libro de su escritorio, lo empezó a ojear, yo no le dije nada más sobre el tema, no quería molestarlo. Menos en esa biblioteca hermosa y colorida, repleta de libros hasta el techo, desbordada por ellos, que no solo se agolpaban en las estanterías y en donde hubiera espacio sino que en muchos casos parecían estar colgando de su puesto, los unos encima de los otros, como los frutos maduros que ya se van a caer de un árbol, que están por caerse y se caen y sacuden el follaje, con él se funden. Lo más bonito que tenía esa biblioteca, lo más deslumbrante eran las letras doradas de los lomos de cuero, avivadas por la lámpara que estaba al lado del escritorio, encendidas por esa luz que con ellas se multiplicaba. Vi los tomos completos de la *Enciclopedia Británica*, verdes y en orden, cogí uno cualquiera y lo abrí al azar, era justo el que traía la entrada sobre el Congo Belga. Se lo mostré y me dijo: "Es que no hay azar, en la vida eso no existe; y se lo digo yo que lo único que sé hacer de verdad es jugar". Se sentó en una de las dos poltronas que había, prendió su pipa, se sirvió otra copa de jerez, esta sí para tomársela toda y con ganas, se la tomó de un solo trago.

Me habló entonces de su vida, le gustaba hablar: me habló de Popayán y de la biblioteca de su abuelo y los periódicos viejos, de Pasto y el internado y el juego, de Bogotá y su tío, de Buenos Aires, de Europa. Nada que yo no supiera, pues su fama era tán grande que se decían muchas cosas de él: que era un sibarita, que era homosexual, que era dipsómano, que era ludópata, que practicaba las artes ocultas, que era negro y que se había sometido a un siniestro tratamiento para fingir la blancura, que era blanco, incluso que era albino, que era judío, que era banquero (ninguno de esos rumores lo indignaba, salvo ese), que maltrataba a su mujer, que era un sátiro, que era un agente secreto de muchos gobiernos, que era el verdadero autor detrás de las novelas de Agatha Christie. En realidad era un hombre decente, noble y sencillo, rodeado de misterios porque se dedicaba a un trabajo heterodoxo, a servir a los demás, se dedicaba a su familia, al recuerdo que le fue quedando de ella, esa casa suya en Piedras de Fuego, poblada de fotos, de libros, de fantasmas. Quien me recomendó ir a buscarlo también me dijo que ya estaba retirado, que no iba a ser nada fácil convencerlo, pero que si no era él no era nadie, que solo el "doctor Marcelino" podía ayudarme. Me dio una especie de libelo, un folletín con una foto suya en la que salía mucho más joven que cuando yo lo conocí esa tarde en la taberna de Franco Bruno, y ahí estaba el resumen de su biografía, la lista de servicios que su empresa prestaba, los casos por los que era célebre y un nombre en cada página, abajo, sin números de teléfono ni una dirección ni nada, solo ese nombre: "*Raros y Curiosos, Piedras de Fuego, Marce-*

lino Quijano y Quadra". Ya sentados en su biblioteca le pregunté si todo lo que estaba allí escrito era cierto, me dijo que esperaba que sí, nunca se preocupaba por esas cosas, no le importaban, mejor dicho, que la gente diga lo que quiera. Solo le había molestado en la vida, de hecho, que alguien hubiera sido capaz de creerlo banquero, "por favor, por favor", ese insulto sí lo enfurecía de verdad y varias veces tuvo que poner en su sitio, con énfasis y altivez, al que lo estuviera repitiendo en su presencia.

De resto era todo más o menos así, y este es el resumen no solo de nuestras conversaciones sino también de su alucinante archivo y sus memorias, hoy en mi poder: durante dos años trabajó con Karina Garabundo en Buenos Aires, fue su socio y fue su amigo; "esa es la estrella que me tocó en suerte, la Cruz del Sur", me dijo. De no haber sido por ella nunca se le habría ocurrido, jamás, que su pasión por los periódicos viejos y por el pasado, sus caprichos y sus manías que le habían valido la fama de loco y de excéntrico, le iban a servir también para ayudarle a la gente, para alivianar el destino de los otros cuando se pudiera. No había día en que no pensara en ella, en que no la recordara con cariño y nostalgia: su voz aguda y porteña y su risa, la forma tan apasionada como intervenía en cada caso y cada historia, su pesadumbre y su desespero cuando se daba cuenta de que esa tragedia que tenía entre manos, esa carta, no era tan terrible ni tan grande ni tan grave ni tan triste y había que dejarla ir, volverla a poner en su sobre, depositarla otra vez en su senda, en el curso que llevaba antes de que el cartero la extraviara. Y decía derrotada: "Las tragedias de cada quien son sagradas; ese es el único derecho que nos queda: saber qué nos es trágico en la vida y qué no...". Nunca se le olvidó esa frase de Karina Garabundo, tampoco su predilección por los niños y los viejos: en esos casos no podía resistirse a ayudar, nunca, y era implacable cuando tenía que vengar alguna infamia, la mezquindad, la humillación a un débil, el atropello. Entonces era como si su ceguera la iluminara, lisiada pero imponente, tejiendo las intrigas que mejor éxito tuvieron durante esos dos años argentinos en que Marcelino Quijano y Quadra supo lo que quería hacer en la vida, eso. Y cuando ella murió una tarde de verano, sonriente en su silla de ruedas, él supo que la hora había llegado y que tenía que irse adonde lo necesitaran más. A Europa, por ejemplo, la guerra estaba por empezar y ya su fuego soplaba en la nuca de todos. Se despidió de Arturo, de Boris y de Juan, el pobre cartero que no tenía consuelo, les prometió que volvería, se montó en ese barco y se fue. Aunque es curioso, me dijo, porque nunca volvió a la Argentina, nunca quiso romper ese conjuro y esa magia que lo habían hecho tan feliz y que le habían cambiado la vida; la suya y la de todos aquellos que tuvieron la suerte de que él se les cruzara en el camino.

Llegó a París y se instaló en el apartamento que le había dejado Karina Garabundo, los dos últimos pisos de un edificio en el Barrio Latino. Qué cuadros, qué espejos, qué lluvia. Allí puso su escritorio, su lámpara y su máquina de escribir; en ella le escribía, todos los días, una carta a Gabrielle Luchaire. Luego salía a caminar, esa era otra de las grandes pasiones que tenía en la vida: caminar, caminar sin descanso, siempre por los mismos lugares hasta que sus pies los conocieran de memoria. Una tarde regresaba a su casa y vio llegar al cartero, son todos iguales en todas partes, lo eran: de gorra y uniforme, en bicicleta, un maletín de cuero rebosante de papeles. Lo vio dejar la bicicleta en el piso e irse con un sobre en la mano hasta una casa en la esquina, como quien busca una dirección, y eso debía de hacer el pobre, quién lo duda. Marcelino Quijano no lo pensó dos veces y se puso manos a la obra: se acercó a la bicicleta, abrió el maletín (el cartero lo había dejado allí, qué iba a sospechar nada) y arrancó un puñado de cartas y se las metió dentro del abrigo que llevaba puesto, siguió caminando con ellas muy bien escondidas, bajo la lluvia, las apretaba en los bolsillos para que no se le fueran a salir ni a mojar. Incluso, cuando iba a entrar a su edificio, saludó al cartero, que volvía, le agradeció mucho y el pobre apenas si supo por qué, su sonrisa de oficio, tan francesa, tan parisina, lo decía todo. Le preguntó que cada cuánto venía, estaba esperando un documento importante desde Colombia, se lo recomendaba mucho. El cartero le respondió que cada tres días, a la misma hora. "Acá estarán sus cartas siempre puntuales, señor, no se preocupe usted por nada", le dijo y después corrió a coger su bicicleta. Marcelino Quijano lo vio alejarse y no pudo evitar la pena, lo vio entre la bruma, mojándose, su figura se iba difuminando cada vez más, y cada vez más, y cada vez más. Hasta que volteó la esquina y ya no estaba, se perdió. "¡Es por una buena causa!", le gritó el doctor en español, aún apretando las cartas entre su abrigo: como si sintiera el río de todas esas vidas latiendo allí, como si pudiera empuñar al destino para que no se le escapara. En el bolsillo llevaba también las tarjetas que acababan de entregarle en una tipografía de Montparnasse: "*Marcelino Quijano y Quadra*, *Raros y Curiosos, París*".

De esa primera cosecha de cartas con la que inauguraba su gestión en Europa, de esa primera "pesca", como él decía, el doctor Marcelino no encontró mucho, poca cosa, la verdad: postales y mensajes oficiales, deudas por pagar (pagó un par: Karina las habría pagado), tormentos anodinos y burgueses, una pelea sin mayores consecuencias de un par de primos al acecho de una herencia, una delación, una infidelidad, nada más. Solo una de esas cartas lo conmovió, solo una de ellas llamó su atención. Era de una mujer en Ault, al norte del país, en el mar, que le escribía a su hermana en París y le decía que ya no aguantaba más, que estaba desesperada y que ese cura del demonio, "*ese cura del demonio, ese instrumento del mal, ese ludópata y vicioso del juego y del azar y de la oscuridad y el esoterismo que no piensa en más…*", la seguía chantajeando y la amenazaba con contar su secreto, "*nuestro secreto…*". No quedaba claro de qué se trataba el asunto, no se sabía tampoco cuál era el misterio, qué escondían las dos hermanas; siempre ese fragmento de la vida que es el correo ajeno, como decía Karina Garabundo, esos sedimentos que van por un río y apenas los vemos pasar. Pero lo que fuera tenía que ser muy grave porque la que escribía la carta, Camille se llamaba, Camille Joubert, le pedía a la que estaba en París, y que nunca recibió nada, que por favor le mandara el arsénico para matar al cura, lo iba a envenenar. Ya había pensado en acuchillarlo, sí, pero no se sentía capaz, le iban a faltar las fuerzas, estaba segura de eso. En cambio el veneno era lo más fácil: entrar a hurtadillas hasta donde el canalla vivía, "*ese rufián, la deshonra de Dios*", deslizarle en la comida la ración suficiente para que no pudiera levantarse jamás, ni en el mismísimo infierno, ni siquiera allá. Pero tenían que actuar con rapidez, necesitaba el arsénico, "*o la muerte para mí, si no logramos acabar con tanta perversidad…*". Marcelino Quijano dobló la carta, al otro día la volvió a leer. "Ante la duda, querido, leés dos veces, eso hacés", decía todos los días Karina Garabundo. ¿Un cura ludópata, perverso y esotérico? ¿Un vicioso del misterio, lo oculto y el azar? Tenía que ir a verlo; tenía que ir a ayudar a esa mujer.

Cuando Marcelino Quijano llegó a Ault, una semana después, quedó perplejo ante la belleza del pueblo, no se lo había imaginado así, las casas enclavadas en la montaña y al frente el mar, abajo la playa, de piedras gruesas y ásperas. Llegó a pie desde Woincourt, muy cerca de allí, la guerra ya había empezado y el tren paraba solo en esa estación, entonces había que bajarse y caminar. Iba con su sombrero y su abrigo, la gente lo miraba recelosa al pasar, un extranjero, dirían todos, un judío. Y aunque era invierno el cielo estaba despejado, ese sol del norte que cuando se asoma es insaciable, y el viento más. Vio el sobre de la carta, vio la dirección del remitente: "*Camille Joubert, 27, Rue d'Eu*". Para allá se fue, lo guiaba uno de sus mapas antiguos. Pronto, muy pronto, estuvo al frente de una casa de ladrillo, las ventanas no eran grandes y estaban empañadas, la puerta era verde y de madera, había un pequeño aldabón; tocó tres veces. Le abrió una mujer que había estado llorando, estaba llorando, se secó las lágrimas al verlo. "No llore más, por favor, vengo a ayudarla", le dijo él en su francés de Popayán y enseñado por Mesié Dupont, se lo dijo sin ceremonias ni solemnidad, casi en secreto. La mujer lo miró de arriba abajo, aterrada, pero después volvió a secarse las lágrimas y se asomó a la calle para estar segura de que no hubiera nadie, lo hizo entrar y cerró con llave la puerta. Adentro había apenas una salita con dos poltronas, una mesa y un reloj; afuera sonaban las ráfagas de viento agitando las ventanas. Había una jaula y en ella un pájaro triste, un jilguero. "Tranquila, le repito que estoy aquí para ayudarla", volvió a decirle el doctor Marcelino y ella lloró otra vez, ahora desconsolada. Él no hizo nada, claro que no, no era su estilo, qué la iba a abrazar o qué iba a cogerle la mano, por favor. En cambio le pasó un pañuelo y le mostró la carta, ella la vio desconcertada, le preguntó que cómo la había conseguido, de dónde la había sacado, de dónde. "En el correo", dijo él, y la puso otra vez en el sobre, como si fuera suya. Solo que eso no era lo importante, eso era lo de menos, ahora había que arreglar las cosas, ¿no? Ahora había que buscar una solución. Se callaron por un momento, ella lo miró de nuevo, exhausta: a veces solo podemos confiar en un extraño, qué rara es la vida, a veces estamos tan desesperados que encontramos la salvación en la primera persona que se nos cruza por delante. Vivir, sobrevivir, se nos vuelve un acto de fe; y nos aferramos a cualquier asidero porque en ese momento todo lo es, cualquier cosa, cualquier persona, una cara amable que vemos en la calle, un hombre que no sabe —o sí, como en este caso— que lleva nuestra suerte entre sus manos, que de ellas pende, de ese hilo tan sutil y tan frágil y que es lo único que acaso nos quede en este mundo. La fe es un acto de fe en la fe, nada más, decía Marcelino Quijano y Quadra.

Entonces ella le contó su historia: había nacido allí, en ese pueblo que era su mundo, en él estaban sus amigos, su familia, su pasado, su vida entera. Y estaba sobre todo su madre, que la había criado junto a su hermana Adelaide: Adelaide Joubert, tal como decía el destinatario de ese sobre que Marcelino Quijano llevaba consigo y que había vuelto a guardar en el bolsillo de su abrigo: "*Adelaide Joubert, 32, Rue Jean de La Fontaine, París*". Las dos se adoraban, lo compartieron todo siempre, todo, incluso ese secreto del que se hablaba en la carta. ¿Cuál era?, preguntó el doctor Marcelino con toda naturalidad, quitándole misterio al misterio, despojándolo de su prestigio y su valor. Quizás por eso ella lo miró intrigada, quién era ese hombre tan extraño, qué hacían allí los dos, en su propia casa, por qué estaba confiando en él, debió de pensar, no sé. Y cuanto más lo veía, cuánto más se fijaba en sus ojos extraviados y dulces —los mismos que yo conocí esa tarde en la taberna de Franco Bruno: dos fulgores que ni siquiera la nostalgia y la vida habían logrado apagar—, cuanto más lo veía más sentía que era cierto, que estaba allí para ayudarla, por fin alguien. Suspiró, se secó las lágrimas y se lo dijo: habían matado a un hombre el invierno pasado, las dos, su hermana y ella, lo empujaron desde los riscos y fue a dar al mar, nadie las vio. No se arrepentían, al contrario. Era el esposo de su mamá, su segundo esposo, no su padre, que murió en Verdún en la Gran Guerra. Este era en cambio un hombre perverso y violento: un pescador que había logrado engatusarla, la había seducido y le daba una vida miserable, la esquilmaba sin compasión, era evidente que estaba con ella solo por el dinero, un dinero que ni siquiera tenía. Así fue durante un par de años desde que lo conoció una mañana en el mercado, se enamoraron, fueron novios por unos meses y luego se casaron, ella pudo hacerlo sin ningún remordimiento, había sido una viuda ejemplar casi toda su vida, sus dos hijas eran ya unas mujeres mayores: casi como si tuvieran su misma edad, como si hubieran nacido al tiempo, eso pasa un día cuando crecen nuestros hijos, que se vuelven nuestros contemporáneos. Y no hubo quien pudiera convencerla de que estaba entrando al infierno; nadie pudo retenerla, cerrarle las puertas de esa hoguera. Se casó con el hombre al que amaba, eso era todo lo que le importaba y decía. A veces, al llegar borracho por la noche, la maltrataba, le pegaba, sí. “Pero a esta edad qué se va a poner uno con cosas”, decía ella, incluso con un golpe evidente en el ojo o en el brazo que el maquillaje no podía ocultar. Seguía trabajando como costurera y lo que ganaba se lo daba a su marido, que era capaz de bebérselo todo en un solo domingo, y regresaba atrabiliario donde su mujer, le pedía más, y más, y más. Incluso la pensión de Remy Joubert, el padre, la pensión de un héroe y un mártir de la guerra caído en Verdún, incluso esa plata se estaba yendo como agua en las manos del pescador, que el diablo lo tenga en su gloria, que arda en el infierno aunque en su caso sea una redundancia.

Pero una tarde vino lo peor, fue en el otoño del año pasado. Estaba Camille en la casa de su mamá, la había ido a visitar y la pobre mujer aún no regresaba de Woincourt con unos cortes de tafetán. Y mientras la esperaba, sentada en la sala, vio cómo el pescador, Atilio, se le iba acercando cada vez más. Hedía a brandy, lo olió desde que él le abrió la puerta, la hizo pasar y le dijo que su madre no estaba, ella alcanzó a intuir algún peligro, una remota sensación de vacío e incomodidad. Le iba a decir que volvía luego, que se iba al pueblo, pero en cambio se quedó. Sin saber por qué se quedó allí, con ese hombre que era siniestro y feroz. Le dijo algo, él a ella, ni siquiera se le entendía. Y cuando menos pensó ya lo tenía encima, tratando de besarla y de quitarle la ropa, aunque lo peor era el olor: ese aliento del fondo de su alma oscura, le dijo Camille Joubert a Marcelino Quijano, arrancado del fondo del infierno. Y era enorme y fuerte y salvaje, no había cómo librarse de su peso, de su sombra ominosa. Ella gritó lo más duro que pudo, gritó tanto que ninguno de los dos oyó cuando se abrió la puerta, la abrió su madre, y el estallido de un golpe en mil pedazos lo apagó todo, fue como si en un instante el mundo se hubiera detenido, en silencio. Luego vio cómo la sangre le caía en el vestido: la sangre de él, que le brotaba sin parar de la cabeza, se la cogió todavía aturdido por el golpe, se volteó a ver y era su esposa con una lámpara en la mano, destrozada, el recuerdo de un lámpara. Las miró a las dos, se fue corriendo como lo que era, una fiera acorralada; lo perseguía la estela de su propia sangre: el rastro de su infamia, que allí quedó por mucho tiempo en el piso de la casa y luego en el pavimento, por las calles de Ault hasta borrarse y parar donde él paró, se tiró agotado al andén, durmió hasta el otro día cuando lo recogieron los gendarmes y lo devolvieron a su cama.

Camille se lo contó a su hermana, por supuesto, y ambas decidieron que había que matarlo. Fue una decisión inmediata y práctica, sin cuestionar siquiera su pertinencia o su bondad ni sus implicaciones morales. Había que hacerlo y ya, además había que hacerlo lo antes posible, por el bien de todos. Y lo harían ellas, ese era su deber, no el de sus maridos. Porque los hombres son muy torpes, muy evidentes, y los suyos eran incapaces de hacer algo así y hacerlo bien, sin que nadie se enterara. Lo harían ellas entonces, lo hicieron: casi dos meses después, una noche de invierno, un miércoles en que había cielo despejado. Sabían que él subía siempre, ese día, todos los miércoles, al acantilado. Allí se quedaba viendo las estrellas, cuando podía, o si no viendo al horizonte: viendo el mar, oyendo su voz que va y que viene, la voz de ese abismo, el rumor de su soledad. Era quizás el único momento en que Atilio

Mistral parecía en paz, sobrio y sereno, el único momento en que le quedaba algo de humanidad. Parado en ese risco y su alma quieta, como el agua. Así lo vieron las dos hermanas antes de empujarlo al vacío, con todas sus fuerzas; ni siquiera sabían si lo hicieron las dos o solo una de ellas, fue tan rápido y tan confuso todo, solo gritaron —alguna gritó, tal vez las dos— y al siguiente instante él ya no estaba, se había ido. Quizás eso fue lo último que vio en su vida el pescador, debió de sentir los pasos a su espalda, luego el grito, se volteó y las vio aterrado, al otro día lo encontraron muerto en la playa, la gente dijo que estaba borracho, que ya se sabía que algún día le iba a pasar eso. Cubrieron su cuerpo con una red de pescar, lo velaron ese día, era el momento de descansar.

Pero Camille, que era piadosa y cristiana, no pudo hacerlo. Ni la primera noche, ni la primera semana, ni el resto del año. No pudo descansar. No es que se arrepintiera, jamás, hicieron lo correcto, eso era lo que había que hacer. Y sin embargo algo en su corazón la hacía sentirse triste o preocupada o inquieta, ni siquiera sabía con certeza qué. Era como si quisiera que Dios la tranquilizara, que le asegurara que lo que había hecho estaba bien. Su hermana era mucho más fuerte, más resuelta, nunca hablaba del tema y la única vez que lo hizo le dijo que lo volvería a hacer una y mil veces, cuantas fueran necesarias para acabar con esa maldición y ese infierno. De hecho se fue muy pronto a París, Adelaide Joubert, pues su marido encontró un mejor trabajo en la ciudad, era lo que habían soñado toda la vida. Se fue pero se fue tranquila, según dijo, y eso no lo habría podido hacer si ese hombre hubiera estado todavía allí, en la casa de su mamá, contaminando el aire con su aliento retorcido y vulgar. Y era como si la madre también hubiera descansado, al fin y al cabo eso había sido siempre, dijo, una viuda, eso era y eso sería por el resto de sus días. Camille en cambio necesitaba sosegar sus miedos, que ya no tuviera tanta angustia; volvió a decirle al doctor Marcelino que no es que estuviera arrepentida, quizás eso era lo que en el fondo la atormentaba: que creía haber hecho el bien, que estaba segura de haberlo hecho, y ella como su hermana lo volvería a hacer, pero solo necesitaba que Dios la tranquilizara.

Por eso, le dijo al doctor Marcelino, por eso fue una tarde de rodillas donde ese cura maldito, "perdón que le hable así pero es lo que es, que Dios me perdone también". Había que verlo en el púlpito, además, allí era un manantial de luz, el más compasivo, el más bondadoso, el más ecuánime de los hombres. Y todos decían lo mismo: que no había pecado, por grave que fuera, que él no supiera entender y perdonar; no había alma atormentada a la que él no le devolviera la paz. De rodillas llegó Camille a verlo esa tarde, se postró en el confesionario y se lo contó todo, encerrada en ese humillante recinto mientras el cura, del otro lado, la escuchaba y le pedía cada detalle de su oprobio y su debilidad, sin escándalo, sin decirle nada. Hasta que ella terminó por fin y él le dijo que se fuera, que estuviera tranquila, que ya se le ocurriría algo para la redención de su alma. "¿Sin contrición ni penitencias, padre, sin escarnio?", preguntó temblando la pobre muchacha, el maligno le dijo que no, que a su debido tiempo, "vete ya, vete", le dijo y ella se fue. No volvió a saber nada del tema, no volvió a pensar en nada que tuviera que ver con él (era como si se hubiera quitado de encima el peso del mundo), habían pasado dos semanas desde su confesión y el cura no rompía su silencio. Pero un día se cruzó en la calle con una de las beatas que iban a misa de 6 y que le dijo: "El padre Joel la quiere ver, vaya esta noche a su habitación, a las 10". A esa hora estuvo allí, envuelta en una larga manta negra que era de su mamá, la llevaba por el frío, no por otra cosa, lo esperó por un larguísimo rato. Cuando la hizo entrar a su oficina, en la penumbra, lo vio consultar todavía las cartas del tarot; no la saludó ni siquiera, ese manantial de luz era ahora un témpano de hielo. No le dijo que se sentara, no le dijo nada, solo una cosa: "Quítate la ropa, los pecados nefandos se acaban de esta manera…". Ella no supo qué hacer, estaba tan asustada que se quitó la ropa. Él la acarició, se desnudó también. (Mientras le contaba esto a Marcelino, se le quebró otra vez la voz; él le dio de nuevo el pañuelo, ahora sí le puso la mano en el hombro, le dijo que estuviera tranquila). Así fue durante muchas noches, la misma escena brutal, en el mismo lugar: el cura se aprovechaba de ella a cambio de su silencio. "¿Y el secreto de confesión?", le dijo Camille una noche llorando, humillada. "Por eso", respondió él con total cinismo, "por eso".

Marcelino Quijano pensó en regalarle el arsénico a Camille Joubert, habría sido lo más justo: ese cura era el mal. Pero sabía también, por experiencia propia, y esa era la razón de ser de su oficio, que un problema más grande nunca soluciona otro, nunca hay que multiplicar los males para creer que así se acaban. Y era obvio que ella tenía la suficiente conciencia, la suficiente entereza para no poder cargar durante el resto de sus días con un crimen así, otro más. Le dijo entonces que estuviera tranquila, se lo repitió, le dijo que había ido a ayudarla. Salió de esa casa y se fue hasta la iglesia, no estaba muy lejos de allí. Se sentó a fingir que rezaba —como todo el mundo, eso es rezar—, vio quiénes entraban y quiénes salían. Lo mismo hizo al otro día, y al otro, y al otro, y al otro: así durante una semana entera, siempre vestido con su traje completo y su sombrero, el abrigo en la mano, ya la gente empezaba a preguntarse en el pueblo quién era ese judío tan extraño, de bigote y gafas, que había llegado sin saberse cómo ni cuándo ni de dónde, y que todos los días iba a la misma hora a la iglesia, ¡a la iglesia un judío!, se sentaba, rezaba un rato y luego se iba al café a jugar a las cartas: retaba al que estuviera allí y ponía sobre la mesa un fajo de billetes, a ver quién podía ganarle. Nadie pudo, por supuesto, nadie. No había vuelto a ver a Camille Joubert, eso habían acordado los dos: mientras no se resolviera de verdad nada era mejor que no se vieran, que nadie supiera que se conocían, que él estaba allí para ayudarla. Pero muy pronto, gracias a sus visitas a la iglesia, descubrió no solo que el cura era un degenerado y un sátiro y un estafador, eso ya lo sabía, era obvio desde el primer momento, sino también que casi todo el pueblo estaba extorsionado por él, eran poquísimos los que no vivían bajo el signo de su tiranía y su amenaza de contarlo todo, revelar los secretos de un pueblo entero, el horror. Y el método era por lo general el mismo: un burdo chantaje a partir del sacramento de la confesión, usado luego para amedrentar a los fieles, que no solo tenían que pagarle de muchas maneras el silencio, unos con dinero y otros con joyas y otros con sexo, otros con más secretos, sino que además tenían que contribuir en público a robustecer su imagen de hombre justo y bueno, la idea esa de que era casi un santo y un redentor. Por eso la gente decía de él lo que decía en el pueblo; de ahí su fama que era como una alienación. Y nadie reconocía y nadie contaba nada por temor a su venganza, de dientes para afuera todos lo celebraban y así se sostenía su mentira: esa era la moneda de cambio, una de ellas, con la que sus víctimas tenían que pagarle, y era la razón al mismo tiempo por la que su clientela nunca se acababa, nunca estaba vacío el confesionario.

Pero una debilidad tenía ese cura, Joel Altair, un vicio que era su verdadera y única perdición. Ese vicio era el juego y el azar: las fuerzas que están detrás del mundo y sus suertes; la forma en que uno puede llegar a dominarlas, "pobre diablo", pensó Marcelino Quijano. Y sin embargo eso era lo que lo fascinaba hasta lo más profundo, ni siquiera el desenfreno de la carne o la codicia lo hacían flaquear tanto, pues al fin y al cabo de ellos vivía, ese era su negocio y ya los tenía domesticados y los manejaba tan bien y con tanto cinismo y tanta solvencia que siempre lograba lo que se proponía. En cambio lo otro, el misterio, el vértigo de jugarlo todo y perderlo todo, adivinar el porvenir, eso sí lo enloquecía y estaba más allá de su control y su poder. Sobre su escritorio tenía toda clase de barajas y naipes y cartas, varios instrumentos esotéricos, manuales de santería, un ajedrez, una escuadra de metal, un péndulo, absurdos conjuros en muchas lenguas. Tenía también, colgados en la pared, tres cuadros que lo decían todo: uno en el que estaba Alejandro Estuardo, el Conde de Buchan, "el lobo de Badenoch", ese malhadado noble del siglo XIV que le jugó su vida al demonio y la perdió; otro de Paolo Boi llamado "el siracusano", el más grande ajedrecista de su tiempo, quien también desafió sin fortuna a Satanás; y otro cuadro aun más revelador: una reproducción, triste y descolorida, de *El ajedrecista*, de Friedrich August Moritz Retzsch, en él Fausto y Mefistófeles juegan sobre un tablero de marfil. En los tres casos el tema era el mismo, el enfrentamiento con el diablo. El ajedrez como un espejo de la vida y de la lucha entre el bien y el mal. Con esos datos, esas claves, Marcelino Quijano y Quadra sabía que no podía fallar; tenía una idea, que terminó de resolver allí, y la iba a llevar hasta el final. Porque en ese truculento cura de provincia se daban cita las dos cosas: la ludopatía y la magia, el azar y la credulidad. Pero ambas como si fueran una sola, el anverso y el reverso de la misma moneda. "Otro loco más", pensó Marcelino Quijano y Quadra al ver ese escritorio y esas pinturas. Lo había ido a buscar por fin, después de tantos días de estar espiándolo, y no lo encontró, por eso pudo meterse en su oficina, en su grotesco mundo y verlo muy de cerca y confirmar lo que ya sabía y lo que pensaba de él. Esas cosas, todas ellas, eran sin duda el retrato de un alma atormentada y mediocre. Justo en eso pensaba Marcelino cuando oyó por detrás una voz que le decía, muy bajo: "Por fin aquí". El doctor se volteó y vio al cura casi respirándole en la nuca: su cara libidinosa y festiva, esos ojos que nunca paraban de arder. Fue la única vez que los vio bien pero no sintió miedo sino apenas asco, desdén. Le dijo que sí, que lo estaba buscando.

—El extranjero por el que toda la gente se pregunta en este pueblo —dijo el cura—, el gran tahúr y jugador, parece que es invencible. Dicen que es usted judío.

—Bueno, todos lo somos de alguna manera —le contestó Marcelino.

—¿Y por qué viene a mi iglesia entonces, a la casa de Dios? —le preguntó el cura.

—Porque usted me quiere ganar —le dijo—: aquí estoy.

El otro lo miró intrigado, había mordido el anzuelo. Marcelino Quijano y Quadra ejecutó entonces su plan como un verdadero profesional; como si lo hubiera urdido con Karina Garabundo, que habría estado tan feliz y tan orgullosa de verlo así: su primera salida, la primera vez que actuaba solo. La antorcha estaba en las mejores manos. Era un plan a la vez sencillo y brillante, tan sencillo que cualquier otro lo habría considerado imposible, un fracaso. Pero Marcelino sabía muy bien que a ese cura no lo podía comprar ni con toda la plata del mundo, pues siempre iba a volver, no lo podía amenazar tampoco ni tenderle una trampa, era un absoluto cínico, allí estaban su poder y su maldad. Así que tenía que derrotarlo con sus propias armas, tentarlo con lo único que de verdad lo conmovía, con el juego y el más allá. Porque además algo había aprendido en la vida hacía mucho el doctor, a pesar de su juventud, era joven en esa época, tenía veintidós años, había aprendido que la gente que tiene esa obsesión por lo oculto y lo esotérico siempre está buscando una confirmación, cualquier oportunidad o cualquier indicio para asegurarse de que sus creencias sí son ciertas. Como si el mundo fuera el instrumento y el pretexto de sus fijaciones, por eso cualquier concesión que uno le haga a esa gente con respecto a sus delirios, cualquier guiño que uno le ofrezca, le resulta una provocación y una felicidad muy grandes, una trampa de la que no va a poder escapar. No es refutándolos como uno derrota a esos orates, me dijo Marcelino Quijano, sino arrastrándolos con calma hacia su propio abismo; explotando su debilidad que es hacerles creer que no están equivocados, que sus locuras sí son ciertas. Es cuando bajan las armas y están perdidos, son nuestros, me dijo. Fue el caso de ese cura avieso que había logrado someter a todo un pueblo a sus designios y a sus chantajes y al que el doctor cercó como quien cerca a un alacrán, rodeándolo de fuego hasta obligarlo a enterrarse, desesperado, su propio aguijón. Le dijo eso: "Yo tengo el secreto y la respuesta", y luego lo convenció de que era el diablo en persona que había ido a buscarlo, le dijo que sus conjuros y sus ruegos habían encontrado por fin el camino y que él estaba allí para darle la razón. El otro no lo podía creer, temblaba de la felicidad y el terror y la duda; en el fondo nada sorprende tanto a los fanáticos y a los supersticiosos como encontrarse un día frente a eso que quizás ellos mismos (ellos más que nadie, quizás) también creían que era un desvarío. Marcelino Quijano sabía que eso es así, por eso sabía que su plan no iba a fallar.

Se sentó con el cura a jugar al ajedrez, si no fuera ridícula la escena le habría parecido una bonita metáfora: eso hacen Dios y el diablo con los hombres. Solo que ellos dos no eran ni lo uno ni lo otro, por suerte para todos. Volvió a ver el cuadro de Fausto y Mefistófeles, sonrió. Marcelino Quijano lo había convencido de que tenía que derrotarlo si quería ser dueño del secreto, se lo dijo con esas palabras, cuanto más oculto pareciera todo mucho mejor, cuanto más misterioso fuera el asunto más brillante la trama, el engaño, estafar al estafador. Y era casi conmovedor verlo; si no hubiera sido el malnacido que era hasta lástima habría inspirado, pues de verdad tenía toda su alma puesta en ello y ese sacerdote implacable, corrupto, despótico parecía ahora un niño nervioso y arrobado ante la confirmación de todas sus ilusiones. Sonreía, incluso le ofreció un vino al doctor, que él por supuesto no aceptó; "el diablo nunca bebe", le dijo, como para ahondar en lo grotesco del momento. Y lo cierto es que ese bellaco ni siquiera jugaba mal, tenía talento, movía sus fichas con inteligencia y decisión. La felicidad no lo nublaba, no

lo suficiente. Igual el doctor Marcelino había ido allí para perder, esa era la consumación del plan, Cristo en la cruz. Pero le parecía indigno del diablo —y más aún de él, que era el jugador que era— dejarse ganar con facilidad, así que se empeñó a fondo él también y fue una partida intensa, difícil de verdad. En dos o tres jugadas estuvo a punto incluso de lanzarse a matar, traicionado por ese instinto de maestro que le había inculcado Miguel Gavilanes, "el ajedrez es lo más parecido a la vida porque uno mata o lo matan", le decía. Se contuvo, sin embargo, y volvió por sus fueros para dejar ganar al cura, fingiendo hasta el final que era una partida verdadera, un juego de vida o muerte, y de alguna manera eso era: el peón del rey blanco dos escaques hacia adelante, igual el peón del rey negro; el peón del alfil blanco dos también, se lo come el peón negro; el alfil blanco avanza cuatro casillas, asedia al peón de la dama negra; el caballo negro se pone delante de su rey; la dama blanca avanza dos casillas, dos al frente del alfil de su rey; el caballo negro sigue, va hacia adelante; el peón de la dama blanca avanza dos casillas; la dama negra sale: avanza cuatro casillas y amenaza a la torre del rey blanco; el peón del caballo del rey blanco avanza una; el peón negro se lo come; el alfil del rey blanco avanza y se come al peón de la dama negra; el rey negro se mueve a la casilla de su dama; el peón blanco de la torre del rey se come al peón negro; la dama negra se devuelve tres casillas, delante del peón del alfil de su rey; la dama blanca avanza y se la come; el peón del caballo del rey se come a la dama blanca; el alfil del rey blanco se come al alfil negro: jaque mate. Marcelino Quijano escribiría luego, en un papel que guardó en su archivo, cada movimiento.

Y cuando el cura lo mató después de casi seis horas de estar allí sentados, emitió un grito aterrador, ese sí, que era el de un poseso, un feroz y descompuesto demente que había estado esperando toda su vida para que eso ocurriera, para esa escena. Fue la otra vez que perdió en el juego Marcelino Quijano; esa y la de la tía de Gabrielle. Igual le pareció que el suyo era lo que Karina Garabundo habría llamado un "plan de postín": uno en el que aun la víctima recibía alguna ayuda; uno en el que aun a los malos les tocaba un pedazo del bien, qué remedio. Mientras tanto, Joel Alțair se retorcía de dicha y no lo podía creer, caminaba agitado por su oficina, sudaba, se frotaba las manos, iba y venía, daba saltos impropios de su edad y de su condición, pero esa humillación hacía parte de la venganza. Entonces le preguntó a Marcelino, al diablo, que qué pasaba ahora, que cómo era eso. Quizás el idiota se había imaginado que el cielo se abría con una tormenta, lenguas de fuego, espíritus saliendo de la tierra. Son tan predecibles los cultores del mal, pensó Marcelino, son todos tan estúpidos. Aunque en ese momento sí pasó algo inquietante y extraño, algo que parecía dispuesto para el plan: una ráfaga de viento agitó las ventanas, en Ault empezó a llover y no paró hasta la mañana siguiente; un cáliz que había en esa oficina se vino al piso, el cura lo vio sobresaltado, ¿era apenas eso el diablo, un cáliz que se cae? Todo tenía que estar pareciéndole muy vulgar y burocrático al cura, miraba para todas partes, al acecho de algo nuevo, algo importante y trascendental. Marcelino Quijano lo tranquilizó cuando le dio el dinero, cinco mil francos, una fortuna en ese entonces. Luego le dijo que se tenía que ir del pueblo, que allí ya había cumplido su misión, que la guerra lo esperaba, que tenía que hacer todo en favor de Alemania. El otro asintió, desorbitado. Le dio también un documento escrito en un idioma incomprensible, le dijo: "Aquí está la clave, solo cuando esté lejos podrá leerlo". Para eso había usado la vieja técnica de la esteganografía, de la cual Karina Garabundo era no solo una experta sino, sobre todo, una defensora y una entusiasta.

—¿Qué es la esteganografía? —le pregunté yo esa tarde en su biblioteca: habrían pasado cincuenta años de esa noche en que engañó al cura haciéndose pasar por el diablo.

—Es lo más absurdo y lo más fácil del mundo —me dijo, sonriendo—: es una técnica para ocultar los mensajes dentro de otros mensajes, una especie de idioma dentro del idioma para decir cosas secretas y prohibidas. Nunca falla con los locos: les da uno un mensaje cifrado y todo lo creen cierto.

Sacó un libro de su biblioteca, el doctor, y me lo dio: un manual de la esteganografía desde sus orígenes hasta nuestro tiempo, vi la fecha para saber con exactitud qué tan nuestro era ese tiempo al que se refería el título del libro: noviembre de 1936, *Principios básicos de la esteganografía, Biarritz, 1936*. Siempre que puedo vuelvo a abrir ese libro, aquí lo tengo a mi lado. Recuerdo lo que me dijo también Marcelino Quijano y Quadra: "Todo lo que uno escribe puede tener otro sentido, por eso la poesía es la mejor esteganografía que hay". No entendí muy bien esa frase; aún hoy creo que no la entiendo, le doy la vuelta y pienso en ella otra vez, quizás eso quería decir. Le pregunté que qué había pasado con el cura, su primer caso en Europa, su primer éxito. Me dijo que de inmediato se había ido del pueblo, el oscuro velo cayó del cielo de Ault, la lluvia se lo llevó. ¿Qué decía el mensaje esteganográfico? Nada, nada en especial: que no siempre gana el que gana la partida, eso decía. Y que a Dios no le gusta guardarle nada a nadie, que recordara muy bien eso. Aunque no se sabe si Joel Altair alcanzó a leer o no el texto encriptado, si lo pudo descifrar. El doctor Marcelino buscó en su biblioteca un periódico viejo, lo sacó de una carpeta, me lo mostró: un periódico francés del 2 de enero de 1941, *La Croix*, La Cruz. Lo abrió y me hizo ver la foto de un hombre muerto, leyó lo que decía: "*Ayer murió, durante la primera sesión de la asamblea de los Jóvenes Agrícolas Católicos, el señor Joel Altair, un antiguo sacerdote, quien irrumpió en la sala gritando consignas de guerra y dando vivas a Hitler. Se especula que se trata de un caso de posesión, y aunque las fuerzas de seguridad, tanto civiles como eclesiásticas, trataron de calmar al sedicioso, su furor era tal que rodó por las escaleras y perdió la vida en el acto. Después se dijo una misa por la salvación de su alma…*".

—¿Y la muchacha? —le pregunté—. ¿Qué pasó con ella, qué pasó con Camille Joubert?

—No sé —me dijo el doctor—, no sé. No la volví a ver. Yo fui a ayudarla y eso hice, pero más no podemos hacer, como tantas veces me decía Karina. Además, ido el cura, el único que sabía su secreto era yo, ¿no se da cuenta? El arsénico quedaba solo para mí, así que me fui de ahí esa misma noche yo también.

Se fue el doctor de Ault esa noche, bajo la lluvia. Caminó hasta Woincourt con su sombrero puesto, el abrigo en la mano. Emparamado, chorreando agua, las gafas empañadas, su cara de judío más triste que nunca; aunque no estaba triste, solo que era así, y no era judío. Llegó a la estación, el próximo tren salía solo hasta la tarde siguiente, a las seis. Preguntó si había hoteles cerca, le dijeron que no. Bueno, sí: solo una pensión en Tully, a 5 kilómetros de allí. Miró su reloj —un reloj de cadena, amarrado a su chaleco—, lo vio bien, le quitó el agua. Sí, dijo, y se fue para allá.

IV

En realidad no era una pensión: era más bien una casa grande a las afueras de un villorrio en la que la gente se quedaba a dormir, eso era todo. Porque Tully no era un pueblo tampoco, como le dijeron en la estación de tren de Woincourt, sino apenas un pequeño lugar de paso con sus casas de ladrillo y sus árboles desnudos, aunque eso sin duda era por culpa del invierno, había que verlos florecer en primavera, la sombra que le daban a esa villa pequeña pero honrada, todo menos un lugar de paso, no señor, todo menos un villorrio. "Será de paso para ustedes los forasteros, para nosotros no", le dijo el dueño del lugar, el señor García Blot, ese era su nombre, García Blot: un apellido español primero, "así me llamo, ese es mi nombre", y luego su apellido francés que no podía serlo más, ni él tampoco: joven, locuaz y de maneras histriónicas, la nariz roja, la mirada perdida. Marcelino Quijano y Quadra llegó después de caminar por más de una hora, pero todavía llovía y no había nadie en las calles, así que ni siquiera se podía preguntar dónde estaba la pensión. Le dijeron que no tenía nombre, o mejor dicho que sí lo tenía, *El Silenciario*, solo que no había carteles ni avisos ni nada como para que uno se pudiera guiar. "Preguntando se llega", le dijo el empleado de la estación, con esa antipatía que en ese país es un talento, me dijo Marcelino Quijano. Caminó sin parar con su brújula y su mapa yendo por la carretera que anunciaba dónde era Tully. Llegó y no vio un alma en las calles, ni una sola, ni siquiera alguna luz de una casa que estuviera encendida. Volvió a ver su reloj, eran las 11 de la noche, temió encontrarse con el cura Joel, ¿y si había cogido él también esa ruta? Abrió su guía de viajes —yo la vi en su biblioteca cincuenta años después: *Un viaje por toda Francia*, de Peter Heylin, Londres, 1679— y vio lo que decía de ese sitio. Con gran esfuerzo trató de verlo porque no se leía nada, carajo, debió de maldecir, se metió bajo un alero y buscó algo de luz y leyó que allí decía que Tully no era un buen lugar para quedarse, que era un villorrio y nada más. ¡En 1679, hacía de eso más o menos doscientos cincuenta años! ¿Y si se devolvía a Woincourt? Quizás pudiera sobornar a los de la estación y quedarse a dormir allí, en una de esas bancas durísimas de madera donde se había sentado para secarse la ropa y cambiarse de medias, su obsesión en los viajes eran las medias: llevaba siempre varios pares adonde fuera, y si llovía su consuelo era que cambiándose de medias no se iba a sentir mal, no se iba a sentir miserable; mojado sí, qué remedio, pero miserable no. Tal vez lo mejor sí fuera devolverse otra vez a Woincourt, cogió camino de nuevo. Fue entonces cuando vio una casa a la salida del pueblo, una casa de estilo inglés, grande para lo que se veía allí, con un farol prendido en la entrada, la puerta abierta. Sin importarle que fuera una grosería ni nada, entró en esa casa; se lanzó hacia adentro, al menos alguien en ella tenía que darle una razón, una respuesta, un tiro, lo que fuera. Faltaba mucho todavía para su tren, de manera que era mejor estar allí, o donde fuera, que en esa fría estación a la que estaba regresando sin ningún entusiasmo. En el peor de los casos lo sacaban a patadas, o lo mordía un perro, o lo insultaban: nada peor le podía pasar que estar bajo la lluvia en esa carretera, de aquí para allá, como un péndulo, como un sonámbulo, como un fantasma, como un idiota, así se sentía. Menos mal las medias las tenía secas, eso sí. La dignidad por encima de todo.

Y justo al entrar se encontró con García Blot barriendo un tapete; lo vio sacudiendo la escoba, refunfuñar. "Buenas noches", le dijo en francés, quitándose el sombrero. El otro se volteó y es como si la cara se le hubiera iluminado en un rapto, sonreía de medio a medio, ya no era el que agitaba contra el tapete la escoba como si estuviera matando a una rata. El tapete debía de ser más viejo que Francia, pensó Marcelino, viejo y sucio. No sabía por qué pero siempre en la vida se había fijado en esas cosas, era un enfermo de los detalles, de aquello que a todos los demás de seguro les resultaba insignificante, ni lo veían siquiera. García Blot se limpió las manos detrás de un mostrador, tenía un platón con agua caliente —Marcelino se dio cuenta luego de que el agua estaba siempre caliente, también él se lavaría allí las manos—, las metió y después se las secó y mientras se las escurría, agitándolas para un lado y para el otro, muy veloz, saludó al recién llegado, le dijo que era bienvenido en *El Silenciario* aunque no hubiera espacio. ¿De verdad se llamaba así esa pensión?, preguntó el doctor. El otro le contestó que sí, que ese era el nombre. Y además no era una pensión sino una casa en la que la gente se quedaba a dormir, eso era todo. "Tenemos agua caliente, desayuno, diez habitaciones, tres baños, la cocina, la entrada y la biblioteca", dijo el dueño, aunque también le dijo que por desgracia esa noche ya era demasiado tarde y todos los cuartos estaban ocupados, no había la menor posibilidad de quedarse allí esa noche, "esta noche no, lo siento". Marcelino Quijano se rascó desesperado la cabeza, se quitó el sombrero y se rascó, aún chorreaba agua por todas partes. ¿Y si se quedaba en un rincón cualquiera, en un sofá?, preguntó, de verdad aterrado ante la idea de tener que volver a la carretera a esa hora, bajo la lluvia, una hora de camino otra vez hasta Woincourt. "Es imposible, señor, ya le digo", le dijo García Blot, aunque era evidente que su corazón empezaba a apiadarse de ese forastero todo empapado y sin embargo elegante, de corbata y chaleco, el abrigo en la mano, sombrero, las gafas gruesas de un judío a la fuga, quizás lo fuera, habrá dicho para sus adentros el francés, o al menos lo pensó porque igual le dijo al doctor que se quedara a tomarse un café o un té, que se secara un poco, que descansara, después sí verían qué hacer, la noche estaba muy fría y la lluvia no ayudaba, "mire cómo está usted, buen hombre". Se fueron entonces a la biblioteca, allí iban a estar cómodos, dijo García Blot.

Y mientras el otro se iba a la cocina a preparar el té —"sí, mejor un té", le dijo sin preguntárselo siquiera, y se fue a prepararlo—, Marcelino Quijano se quedó viendo los libros de la biblioteca. Siempre lo hacía, es la mejor forma de conocer el alma de la gente: ver los libros que cada cual tiene y ver también cómo trata cada quien a los humildes, ahí está dicho todo. En el caso de la biblioteca de esa pensión, o lo que fuera, esa casa en la que la gente se quedaba a dormir y nada más, los libros no eran muchísimos, tres paredes apenas, tres grandes estanterías de madera. Lo curioso es que todos esos libros tenían más o menos la misma encuadernación, de distintos colores, azul o roja o café, pero la misma; como si la hubiera hecho la misma persona, las mismas manos. Los títulos, eso sí, eran los mejores de la literatura universal, la filosofía y la teología. Allí estaba todo: *Crimen y castigo*, *David Copperfield*, *Romeo y Julieta*, *El discurso del método*, *Crítica de la razón pura*, *Los miserables*, *El contrato social*: esos y todos los libros más importantes que se hubieran escrito en la historia, incluidos la *Biblia*, el *Ramayana*, el *Corán*, en fin. Una magnífica selección, se dijo el doctor, lo que debe tener y leer un hombre decente, no sobra ni falta nada, los clásicos. Y como su pasión había sido siempre el pasado, quiso ver qué ediciones eran las de esos libros. Sus ojos de bibliófilo, no me cuesta imaginármelos, iban más allá de los títulos, al acecho del papel, la tipografía, las márgenes, la fecha de impresión, buscando ese tesoro que tantas veces está allí junto al texto, albergándolo, ¡un libro es tantas veces un cofre! Marcelino Quijano y Quadra, que sabía eso muy bien, sacó al azar un tomo cualquiera, lo vio por el lomo: *Las tribulaciones del joven Werther*. Ah, qué maravilla, pensó: Goethe, el gran Goethe. Abrió entonces el libro y algo extraño había en él, algo rarísimo. Porque no parecía un libro que hubiera pasado jamás por la imprenta y en cambio estaba todo mecanografiado, desde el principio hasta el final. Y al leer el texto la sorpresa fue aun mayor, pues no tenía nada que ver con la historia que había escrito Goethe y que el doctor conocía de sobra, ese fue uno de los primeros libros que leyó en su vida. Se acordaba perfecto de todo, por eso no entendía qué era ese delirio que tenía entre las manos, pasaba las páginas y cada vez entendía menos. Cerró el libro, sacó otro: lo mismo, una historia conocida pero reescrita por alguien, también mecanografiada y encuadernada, también con el título en el lomo: *El médico a palos*, de Molière. Solo que no era *El médico a palos*, era una historia por completo diferente, con idéntico título pero un argumento caprichoso y original que prescindía sin ninguna vergüenza de la obra del pobre Molière. Ay, se dijo Marcelino Quijano y Quadra, ay, qué es esta profanación, esta herejía. No sabía de veras si reírse o llorar, oscilaba entre el estupor y la dicha, qué carajo es esto, carajo. A ver, otro libro, a ver con Hegel, hasta ahí podíamos llegar. Lo sacó, muerto de pavor. Bueno: *La fenomenología del espíritu* "intervenida" quién sabe por qué mano feliz y creativa, convertida ahora, en ese ejemplar, en un diálogo teatral en el que dos ciegos, según alcanzó a intuir Marcelino mientras lo ojeaba, discutían al parecer sobre el Espíritu Santo.

"¿Cuál es ese?", preguntó García Blot al volver de la cocina con una bandeja con dos tazas de té y una canasta de galletas. La dejó en la mesa de centro y se acercó a ver el libro que Marcelino tenía entre las manos. "Ah, sí: la 'Fenomenología'", dijo como si nada. ¿La "Fenomenología"?, pensó Marcelino, ¿así nomás? ¿La "Fenomenología" y ya? García Blot debió de ver su cara de espanto, casi de indignación, porque sonrió. Le dijo que se sentara a tomarse su té y a comerse esos bizcochos, los había horneado por la mañana allí mismo, estaban deliciosos: uno era de menta, el otro de albaricoque. Y ya sentados le contó la historia de esa biblioteca, la había escrito toda el único huésped de esa casa que vivía en ella, el único que se había quedado para siempre: don José Fernando Calle, un soldado portugués que un día entró por esa puerta, traía solo una maleta, pidió una habitación, la más grande que tuvieran, y allí se instaló sin decir por cuánto tiempo. Habían pasado ya veinte años desde entonces y nunca se fue, era como un miembro más de la familia, todos los meses pagaba muy puntual el valor de su cuarto. Fue él quien un día dijo que ese salón donde estaba el armonio alemán merecía ser una biblioteca, y prometió hacerla con sus propias manos. Primero cortó la madera y la pulió, hizo las tres estanterías, las puso contra la pared. Luego dijo que había que llenarlas y empezó a frecuentar el café del pueblo donde se reunían a hablar y a discutir los escritores, los pintores, los intelectuales y los poetas de Tully que habían sobrevivido a la guerra, la Gran Guerra. No eran tantos pero sí muy elocuentes, uno al menos por cada gremio: un escritor, un pintor, un intelectual (así se hacía llamar) y un poeta. Su conversación solía ser siempre sobre libros, por supuesto, y don José Fernando Calle la oía en silencio desde una mesa lejana, con una libreta en la mano, anotando cada título que se ventilara en la tertulia. Después, al llegar a la casa, se sentaba en su escritorio y empezaba a escribir un libro, el que se le ocurriera, con el mismo título que hubiera escuchado en el café. Escribía a gran velocidad, como un poseso, en una máquina de escribir que sonaba varias noches hasta la madrugada, tacatacatacatacatacatacataca, y al final salía de su habitación con su más reciente obra, que podía ser eso: *Crimen y castigo*, *La nueva Atlántida*, la *Odisea*, *Crítica de la razón práctica*... Cuando el texto ya estaba escrito era cuando su autor, por llamarlo de alguna manera, lo encuadernaba él mismo, lo refilaba, buscaba el cuero y, con una máquina de segunda que se había comprado, una prensa holandesa que le vendió un judío, le daba la forma final con la que ese libro entraba por fin a la biblioteca: un clásico de la literatura o del pensamiento o de la fe, sí, pero cuyo autor era siempre el mismo, José Fernando Calle, de quien empezó a decir García Blot que nadie podía negarle que era el autor de toda la literatura universal. Y era cierto. Esa era la historia de esa biblioteca.

—Increíble —dijo Marcelino Quijano en español, más pensando en voz alta que otra cosa—: en este villorrio, en este sitio de paso...

—Villorrio no —respondió García Blot, airado—: una villa digna y decente, señor. Y será de paso para ustedes los forasteros, para nosotros no.

—Tiene razón —le dijo Marcelino, ya en francés—. Tiene razón, discúlpeme.

—Mucho gusto —le dijo el otro en español—: me llamo García Blot, así como suena: el apellido español es mi nombre, el otro es mi apellido. Soy el dueño.

—Marcelino Quijano y Quadra, un gusto.

Marcelino vio otra vez la biblioteca: no lo podía creer. Eso sí es tener talento, pensó. Ni siquiera él con su obsesión por los periódicos viejos y el pasado había llegado a tanto, aunque en el fondo fuera más o menos lo mismo: cogerlo todo y volverlo a hacer, por qué no. García Blot le preguntó que de dónde venía, le dijo que desde la estación de trenes de Woincourt, tenía que regresar a París y el próximo tren salía al otro día en la tarde, pero allá no había dónde dormir, le habían dicho que quizás en Tully, en esa pensión, *El Silenciario*. El dueño negó con la cabeza y le dijo que era todos los días igual: con tal de no trabajar, con tal de no recibir a nadie de afuera, los funcionarios ferroviarios de Woincourt, y en general toda su gente, hacían siempre lo mismo, enviaban a Tully a los extranjeros para que durmieran allí. Sí, era cierto que en la región no había muchos hoteles, y menos ahora con la guerra. Era cierto que las puertas se iban cerrando una a una, las puertas y las ventanas, y *El Silenciario* era quizás el único lugar del Somme que mantenía su espíritu hospitalario, una luz que nunca se apagaba. "¿O sea que me puedo quedar?", dijo Marcelino con la velocidad de un ave de rapiña, García Blot apenas sonrió y le propuso que mejor se acabara su té y sus galletas, que ya verían. Le explicó también que el problema con los extranjeros después de que Alemania hubiera ocupado Francia era que mucha gente le tenía terror a que cualquier visitante resultara siendo un agente secreto, un espía, alguna cosa así. No era solo el proverbial chauvinismo francés, no, "y la palabra nos la inventamos nosotros". Ahora era miedo de verdad: el miedo a la quietud, a la calma del mar antes de la tormenta, porque la guerra llevaba ya un largo año pero aún no ocurría nada allí, había incluso más paz que en tiempos de paz. Y eso era mucho peor, decían todos, en cualquier momento se desborda el cielo y no quedará piedra sobre piedra. Por ahora Hitler estaba concentrado en los países del norte, en Escandinavia, sobre todo en Noruega, tratando de cerrarles por allí el paso a los ingleses, impidiendo que esta vez le hicieran a Alemania lo que le habían hecho en la Gran Guerra, cortarle el suministro del acero. Pero cuando las cosas fueran en serio, Francia, ahora en manos del enemigo, iba a sufrirlo todo; no en vano estaba en la mitad del mundo, lo era. Marcelino Quijano sonrió: quién no está en la mitad del mundo, quién no lo es, iba a decirle a García Blot, que hablaba en francés y en español por igual, ambas lenguas con la misma vehemencia. ¿Por qué?, le preguntó más bien. Le dijo el dueño que por una razón muy sencilla y muy bella: su mamá era española, de Gijón, asturiana, y su papá francés. García era el apellido de su mamá y Blot, por supuesto, el de su padre, que había sido un hombre extraordinario y liberal, un defensor a ultranza de las mujeres. Lo era tanto que siempre quiso que su hijo mayor llevara primero el apellido de su madre, y como eso era imposible según la ley, decidió entonces que se lo iba a poner de nombre, así que lo bautizó García Blot García. Su hermano en cambio sí tenía un nombre cristiano, se llamaba Bernard y vivía también en Tully, era el jefe de la oficina de correos. Supongo que al oír eso Marcelino Quijano debió de dejar la taza del té que se estaba tomando, o dejó el bizcocho en el plato, se habrá quedado un instante pensando en eso, satisfecho mientras el francés le hablaba y le hablaba sobre su familia, sobre la guerra, sobre los nombres cristianos. Pero no lo escuchaba el doctor; lo oía aunque sin tener la menor idea de qué era lo que estaba diciendo, con toda su mente puesta en la oficina de correos que dirigía el hermano de García Blot García, Bernard Blot. Cuando algo así le ocurría, y siempre le ocurría, cuando alguien le hablaba y él estaba en otro lado, era como si sonara una cantata de Bach dentro de su alma. Veía las gesticulaciones de su interlocutor, lo "veía" hablar, pero era inútil: solo sonaba esa música; sus pensamientos volaban de verdad, como pájaros, y en muy poco tiempo llegaban a los lugares más distantes, allí hacían su nido.

Por eso no oyó lo que García Blot le preguntó varias veces, mientras él solo asentía, sonriente y estúpido. "¿Cómo dice usted?", volvió a decirle el dueño de la pensión, sin duda molesto, puso un poco más de agua en el té. En esos casos Marcelino Quijano solía contestar que sí, no hay pregunta que no se pueda responder de esa manera, decía, esa era otra más de sus férreas teorías, de las cuales estaba lleno. Uno responde que sí, me dijo un día, y si esa no es la respuesta indicada o esperada ya le volverán a preguntar otra vez. Pero es más fácil y más cortés decir que sí que decir que no: la afirmación lo cierra todo, en el mejor de los casos, la negación se debe explicar siempre, uno no puede decir solo que no, cuando lo hace tiene que justificar por qué lo hace. Así que Marcelino Quijano y Quadra le dijo que sí a García Blot, quien lo miró estupefacto, por supuesto. Le estaba preguntando que si apoyaba a Hitler en la guerra y el doctor le dijo que sí, que sí, que sí. Es muy probable que el otro pensara que cómo era posible que un judío apoyara semejante monstruosidad, y trató de decírselo, con las palabras más suaves y todos los matices de los que era capaz, que eran muchísimos; le dijo que le extrañaba mucho que alguien perteneciente a una minoría estuviera de acuerdo con el nazismo, y entonces Marcelino Quijano, sin entender cómo habían llegado, de la nada, a ese tema, le dijo que claro que no, que él no apoyaba en absoluto al gobierno alemán. Quiso decirle que tampoco pertenecía a ninguna minoría, pero le pareció que eso al final tampoco es cierto, jamás. De una u otra forma todos en algún momento de nuestra vida pertenecemos a una minoría, eso somos. Solo que él no era judío; se lo iba a decir, cuando sonó el estruendo. Primero una explosión lejana, como un trueno difuminado en esa noche de lluvia que lo hacía tan verosímil, casi tan necesario. Luego vino otra más grande, y luego otra, y luego otra. Ambos se miraron inquietos, volvió a retumbar todo en la casa, el té se salía de las tazas. Una mujer entró corriendo a la pensión —o lo que fuera: no estaba la hora para andar haciendo precisiones— y le dijo a García Blot que por favor saliera, su hermano se había enloquecido, estaba disparando desde la oficina de correos balas de cañón. No parecía estar borracho ni drogado ni en trance: solo gritaba que la guerra iba a empezar, que había que defenderse desde ya. Había colgado la bandera tricolor en la ventana y, sin saberse cuándo, logró poner un cañón en la puerta, lo arrastró hasta allí ayudado por sus funcionarios, cual si fueran soldados. Les hizo cantar *La Marsellesa* y detonó la primera bala, que fue a caer en el cementerio, qué ironía, incluso se abrieron tres tumbas, los muertos estaban sobre la tierra. García Blot se cogió la cabeza, caminaba por toda la biblioteca, se limpió el sudor con las servilletas de lino que había llevado para el té, marcadas todas con sus iniciales, fue algo que notó Marcelino Quijano y Quadra: "*G. B. G.*". Le dijo entonces a la mujer que por favor llamara a don José Fernando Calle, a "Mesié Calle", que estaba allá arriba en su habitación, que lo llamara urgente, se tenían que ir al pueblo. La mujer titubeó nerviosa, se quedó parada, no fue arriba. Blot la miró enfurecido, le estaba pidiendo un favor, santo cielo, él tenía que buscar las llaves y su abrigo. Ella lo miró aún más asustada, iba a llorar. "¿Qué pasa?", preguntó García Blot. La mujer bajó la cabeza y se lo dijo: el problema es que José Fernando Calle estaba en la oficina de correos con su hermano, él también era parte de esa locura. Estaba vestido de militar, ¡con un casco de 1914!, y era quien comandaba los movimientos de la tropa. ¡Los "movimientos de la tropa", había que oír semejante majadería! Ya los clientes de la pensión, de la casa, de lo que fuera, habían bajado, unos en piyama, otros no, todos consternados por el escándalo a esa hora. El dueño los tranquilizó, les dijo que se comieran esos bizcochos que acababa de dejar en esa mesa (una mesa ahí), que los había horneado en la mañana, estaban deliciosos. Les dijo que ya volvía, se lavó otra vez las manos en el platón detrás del mostrador, se puso su abrigo y salió. Marcelino Quijano y Quadra, ante la mirada curiosa de la clientela, hizo lo mismo: se lavó las manos en el platón detrás del mostrador, vio que era de aluminio, lo calentaba sin descanso un pebetero de petróleo. Se lavó las manos allí, se puso su sombrero, su abrigo, dijo que buenas noches y se fue él también hacia el pueblo, hacia la oficina de correos. A la guerra.

—Te lo suplico, Bernard: ¡para ya! —le dijo García Blot a su hermano: la gente del pueblo los miraba escandalizada.

—¡No! —le respondió el jefe de la oficina de correos, vestido con su uniforme entero, como si su gorra fuera la de un general— ¡Ya dije que aquí nos quedamos a defender a Francia de la ocupación alemana!

—¿Y no lo puedes hacer mañana, con más discreción, sin disparar? —le preguntó su hermano, no sin razón—. Esto es ridículo, recuerda lo que decía papá: uno puede sobrevivirlo todo, pero nadie sobrevive al ridículo.

Bernard Blot vio a su hermano, bajó la cabeza, parecía avergonzado de verdad; por un segundo todos creyeron que el mayor lo había hecho entrar en razón. Sudaba como en una trinchera, respiraba fuerte, fumaba sin parar. Pero de repente dio otra vez la orden de fuego, con un grito desgarrador y heroico, y sus hombres le hicieron caso: tres carteros que estaban detrás del cañón, con su uniforme, lo dispararon como si estuvieran en el frente: uno abrió la culata, el otro metió la munición, y el otro apuntó otra vez hacia donde habían estado yendo todas las balas, hacia la iglesia de Saint Firmin. La gente se tapó los oídos y se tiró al piso con la detonación, incluidos los gendarmes que ya habían llegado al lugar y estaban más asustados que nadie, tres pobres policías mal trajeados y mal comidos y mal dormidos, y sobre todo mal pagos, sobre todo eso, que miraban la escena sin saber qué hacer, forzados por los curiosos a que le pusieran coto a semejante escándalo, y más en invierno, la ciudadanía de Tully no estaba dispuesta a tolerar esos sobresaltos bajo la lluvia, de noche, mientras unos desquiciados se acantonaban en la oficina de correos, símbolo tradicional del espíritu pacífico de ese pueblo, a disparar balas al aire, balas de cañón que rompían la niebla e iban a dar quién sabe a dónde, aunque ya unos muchachos habían dado la noticia: todas las balas habían caído en la iglesia de Saint Firmin, cuyo viejo cementerio volaba por los aires, y sus inquilinos con él, y era como si en efecto allí hubiera habido una batalla, la "Batalla de Tully". "Es un 75 del 97", dijo Marcelino Quijano y Quadra, lo dijo viendo con detenimiento, en la oscuridad, no se veía casi nada, el cañón. "Creo que es un 75, sí", volvió a decir. García Blot lo miró sorprendido, como si no pudiera creer que alguien fuera capaz de adivinar algo así, una información que además de poco servía en medio de la barahúnda. Vino entonces una nueva andanada, la gente volvió a gritar, otra vez todos se lanzaron al piso. Uno de los policías, el que parecía ser el jefe, un hombre viejo y de bigote, gordo, de pelo largo, le gritó a Bernard Blot que dejara ya la idiotez, por favor. En el pueblo había niños, mujeres, ancianos, extranjeros, veteranos de la guerra: ¿qué pretendía con esa locura, qué buscaba? El otro respondió que ya lo habían oído, que estaba defendiendo el honor de Francia. Dicho lo cual, volvió a la carga: pum, pum, pum, pum. Se veía solo el humo; olía a pólvora y ese olor se fundía con el del mar. Los tres policías se miraron, tal vez tenían ya que empuñar sus pistolas y disuadir a los orates como si fueran unos ladrones, unos borrachos que estuvieran alterando el orden y la paz de la villa. Uno de aquellos gendarmes dio el ultimátum: si no paraban ya la iban a pasar muy mal, por lo menos tres meses de cárcel, quizás más. Los curiosos, muchos de los cuales estaban en bata de dormir o con largos abrigos de piel o de paño para soportar el frío, se unieron al reclamo, a riesgo de recibir una nueva carga, que en efecto volvió a sonar: pum, pum, pum, pum. Al suelo todos, algunos ya hacían chistes, gritaban felices, otros gritaban indignados, otros tiritando. "¡Paren ya!", gritó el jefe de la policía luego de sacar su pistola y dar un tiro al aire, uno más en esa noche hendida por tanta pólvora, solo que ese disparo, al lado de los que habían estado retumbando desde hacía rato, parecía la voz de un niño entre una algarabía de soldados. Pero el jefe de la policía hablaba muy en serio: el próximo tiro no sería al viento sino hacia la oficina de correos, contra alguno de esos sediciosos que perturbaban la tranquilidad de todos. Basta ya. Y entonces apuntó hacia el edificio, listo a disparar.

En ese momento llegaron los muchachos que habían estado yendo a la iglesia a ver dónde caían las balas de cañón, llegaron gritando, tenían a un hombre amarrado, lo habían visto escapar del cementerio, o tratar de hacerlo, entonces se le lanzaron todos y lo ataron, y ahí lo llevaban. Era un militar, un soldado con el uniforme alemán. Más que un soldado daba la impresión de ser un oficial de alto rango, un general o algo así, pues su abrigo era de calidad, con muchas insignias y medallas. O eso parecía, estaba tan oscuro que nadie veía nada. García Blot le habló en alemán al fugitivo —o casi, al prisionero—, le dijo que se identificara, que diera su nombre. Hubo un silencio sepulcral frente a la oficina de correos, quién lo diría: después de los gritos, los cañonazos, las amenazas, la locura de hacía apenas unos minutos, ahora nadie hablaba, nadie decía nada. A veces el silencio suena, me dijo una vez Marcelino Quijano y Quadra, a veces es lo único que escuchamos, cuando mucha gente está junta y se calla, cuando se empieza a callar, las voces se van apagando, como luces en la noche, el viento las sopla y una a una se apagan. Así se oía el silencio allí: nadie hablaba, nadie decía nada. Tampoco lo hizo el prisionero, no respondió lo que García Blot le había preguntado, y si lo había hecho él era porque era el único que sabía alemán en el pueblo, por eso se tomó el atrevimiento de preguntarle a ese general o lo que fuera quién era y qué hacía allí, qué buscaba. Pero no dijo nada el tipo, ni una sola palabra. Entonces el jefe de la policía les pidió a los muchachos que lo acercaran más, que lo pusieran bajo la luz, había un farol en el andén de la oficina de correos: la única luz a esa hora, como una llama votiva. Ya para ese momento el sitio estaba lleno de curiosos, incluidos los clientes de *El Silenciario*, que se habían vestido y habían salido a ver qué era lo que pasaba, de dónde salían esas balas de cañón que habían roto su descanso y su paz.

Pero cuando pusieron al prisionero sobre el andén y bajo la luz la cara de horror y de sorpresa de todos no se hizo esperar, el silencio era ahora un enjambre de murmullos, de voces en sordina y aterradas, de cosas que cada quien decía al tiempo y solo se oía eso, muchas voces hablando a la vez, especulando, señalando lo que era obvio. Y es que sí lo era, el tipo era idéntico: la misma cara, el mismo bigote, los mismos ojos, el mismo pelo. García Blot le volvió a decir, solo que mucho más enfático, casi gritándole, que se identificara, "díganos quién es usted, qué quiere aquí". El prisionero apenas se encogió de hombros, como quien ofrece excusas por no poder responder lo que le preguntan. Decía que no con la cabeza, eso era todo. También dijo en francés, pero lo dijo muy mal, con pésima pronunciación: "No puedo, perdón". Ahora fue el jefe de la policía el que lo cogió de la solapa de su abrigo de general (que nadie se olvidara de que Francia estaba ocupada por Alemania pero la dignidad de la patria estaba por encima de todo) y le dio un fuerte golpe contra el andén, le dijo en francés que dijera su puto nombre ya. El prisionero, asustado, volvió a negar con la cabeza, nerviosísimo, volvió a decir en su mal francés que lo perdonaran, que no sabía ni tenía nada, que él no era, que él no era, eso repetía o trataba de hacerlo sin cesar, como si intuyera muy bien qué era lo que estaba pensando, desconcertada, toda esa gente que lo rodeaba y lo miraba sin poder creerlo, pero es que de verdad era idéntico. Los rumores no paraban, el enjambre sonaba cada vez más. "¿Verdad que es él?", decían algunos, y los demás respondían que sí, o que no, "¿lo es, sí lo es?", preguntaban los otros, nadie se callaba.

Ya adentro en la oficina de correos, bajo una lámpara, su parecido con Hitler era aún más sorprendente. Todavía olía a pólvora por las balas de cañón (ya nadie se fijaba en Bernard Blot y sus hombres, que también estaban allí, José Fernando Calle con su uniforme de la Primera Guerra Mundial), y era como si ese olor le diera al parecido un tinte aún más macabro. ¿Pero y si era él, si no era solo un estremecedor y absurdo parecido? "Es él", dijo el jefe de la policía, sin la menor duda. Todos lo volvieron a ver: estaba amarrado en una silla, petrificado de pavor, tiritaba de frío. García Blot le había hecho preparar un café, "humanidad con el enemigo", dijo. Marcelino Quijano lo vio bien otra vez, con detenimiento: sí era un parecido enorme, casi inmoral, pero no era. Estaba seguro de ello, solo que no lo decía por pudor, al fin y al cabo él también era un extranjero. Hitler era un cobarde, además, qué iba a estar en un pueblo insignificante, un villorrio, un sitio de paso, haciendo nada, haciendo qué. Era imposible que fuera Hitler, pero eso hacía a ese tipo mucho más inquietante y peligroso: ¿qué hacía de verdad ahí, qué quería? Como si le hubiera leído el pensamiento, aunque por suerte sin escribir un libro con él, fue José Fernando Calle quien habló y dijo que era imposible que fuera Hitler, qué majadería estaban diciendo. Sí, el parecido era asombroso. Pero Hitler era el conductor de un ejército, de un país entero, y no tenía tiempo para llegar hasta un pueblo infeliz como Tully, él sí lo dijo así, "un pueblo infeliz como Tully". Además Hitler era un pusilánime, también lo dijo con esas palabras, qué iba a estar haciendo nada en ese cementerio, por favor. Ellos sí habían visto movimientos alemanes por la tarde cerca de la iglesia y por eso decidieron sacar, a hurtadillas, un cañón del viejo arsenal, se lo robaron sin que nadie se diera cuenta. Luego habían ido a la oficina de correos y desde allí decidieron dispararle al enemigo, o a quien fuera, para asustarlo, para persuadirlo de largarse de allí. Por "ellos" se refería a su querido amigo Bernard Blot y a los valientes carteros de su oficina que se habían portado como unos verdaderos héroes. Pero dicho eso quería dejar muy en claro que nunca nadie pensó allí que el enfrentamiento fuera contra Hitler en persona, ni contra un destacamento alemán de importancia. No eran tan idiotas, por favor. Solo que los habían visto moverse durante toda la tarde, a un grupo de gente extraña, militares, y decidieron sacarlos a balazos antes de que se tomaran el pueblo, antes aun de averiguar quiénes eran y qué querían y para qué. Y ese no era Hitler, estaba seguro de que no lo era. Tully se había resistido desde el principio a la ocupación, sí, y ese era un gesto que la engrandecía. Pero no había que perder el sentido de las proporciones.

Todos miraron otra vez al prisionero, que también los miraba, aún más confundido que ellos, desorbitado. Pedía que le dieran más café, uno de los carteros se lo hacía beber de una taza. Marcelino Quijano le dijo en español a García Blot que el tipo no era, que lo dejaran tranquilo ya. Más bien había que preguntarle, tratar de hacerlo, aun a pesar de su mal francés, quién era de verdad, qué hacía allí, qué idioma hablaba. El prisionero le respondió entonces que él hablaba español; lo hizo con un grito de dicha y de alivio, como si se le estuviera apareciendo la Virgen. "¡Yo sé castellano, yo sé castellano!", decía, clamaba. Su acento era muy fuerte pero pronunciaba las palabras mejor que en francés. Además luego dijo algo mucho más articulado, como para que no quedara duda de que sí hablaba muy bien en español. "Si prometen no hacerme daño les diré todo, solo tienen que liberarme, por favor", dijo.

El jefe de la policía, autoritario y risible, dio la orden de que todo el mundo abandonara la oficina de correos: todos esos curiosos que habían logrado entrar en ella para ver de cerca a Hitler o a su impostor. Como era de esperarse, afuera ya no solo se oían los murmullos sino incluso gritos y carcajadas y cada quien narraba su versión de los hechos en un incomprensible alboroto del que también se oían las risas y las interjecciones, las burlas, los resuellos, las toses, la humanidad. Adentro, antes de que el prisionero hablara, hubo una polémica jurídica muy importante, pues el jefe de la policía preguntó que quién era Marcelino Quijano y por qué seguía allí, "¿y este hombre quién es?", dijo. García Blot, en un puro acto de fe, aseguró que era su amigo y su huésped y que era una persona de la mayor prestancia, hablaba español perfecto, además, así que se tenía que quedar. Es curioso, diría luego Marcelino, me lo dijo a mí, porque entonces no se conocía en absoluto con García Blot, apenas si se habían visto en la biblioteca de la pensión y había ocurrido todo muy rápido. Pero es como si el otro, el hermano mayor, supiera que iba a ser amigo del doctor desde ese día y para siempre, es como si de verdad lo conociera de antes. A veces pasa así: que basta una mirada, basta una palabra, basta un gesto y ya sabemos cómo es y será esa persona a la que tenemos delante, sin conocerla siquiera, pero un instante nos revela su alma, nos une con ella para toda la vida. Fue el caso de los hermanos Blot y Marcelino Quijano y Quadra y José Fernando Calle. Allí, en ese justo momento en la oficina de correos, frente al prisionero que iba a empezar a hablar, aún no ocurriría esa amistad que fue maravillosa y ejemplar y que les cambió la vida a todos —incluso al prisionero, a él también—, todavía no se habían anudado esos destinos. Y sin embargo García Blot le aseguró al jefe de la policía que ese hombre tenía que estar allí, ponía sus manos en el fuego por él. El gendarme asintió, sin perder su mirada de recelo y de severidad, esa mirada que ahondaba su ridiculez, la hacía casi enternecedora. Dio la orden de cerrar las puertas y las ventanas, uno de los carteros prendió unas hojas de eucalipto en una vasija de barro, dijo que era para ahuyentar el olor de la pólvora que se había quedado adentro; solo que ahora olía a pólvora y a eucalipto, bajo ese olor empezó a hablar el prisionero.

Lo hizo en un español perfecto aunque de fuerte, fortísimo acento extranjero, que no era sin embargo el de un alemán ni el de un inglés. Dijo que era polaco, de Varsovia. Se llamaba José Wegrzyn y era actor profesional —"eso lo vemos", le replicó García Blot—, había estudiado teatro con Gabriela Zapolska, luego entró a la compañía de Ludovico Solski, en Cracovia, en la que interpretó varios papeles aplaudidos por el público y la crítica: el del cosaco Samenko en *El sueño plateado de Salomé*; el de un mudo y un ciego, Daniel, en *Judith*, la obra de Friedrich Hebbel. Pero su mejor actuación, según él, se daba sin duda cuando tenía que interpretar a personajes de la política y la historia recientes de Europa, como su celebrada encarnación del canciller Otto von Bismarck en el *Federico el Grande* de Adolfo Nowaczynski. Y desde hacía un año en el papel de su vida: el de Herr Battler, una parodia de Hitler en *Ginebra*, la obra de George Bernard Shaw. Por eso había ido a parar a Tully, dijo, esa era la razón. Marcelino Quijano y García Blot se miraron desconcertados, no entendían nada. Fue tan evidente su reacción que el jefe de la policía les pidió, "por amor a Dios", que le tradujeran de inmediato lo que el prisionero había dicho, y ellos procedieron a hacerlo, lo hizo García. Luego le preguntaron al prisionero, a Hitler, a Battler, que por qué decía eso, no entendían cómo su interpretación de ese personaje, "vaya personaje", terció Bernard Blot, el hermano menor, lo había llevado hasta Tully en la Picardía, en Francia. José Wegrzyn se explicó mejor: llevaba un año haciendo de Battler en el Teatro Polski, el Teatro Nacional de Polonia, y un día lo buscaron en su camerino cuatro hombres que querían hablar con él, eran españoles. Le dijeron que había mucho dinero de por medio, le iban a pagar como nunca en su vida, más incluso que como le habían pagado en las películas en las que había salido, diez en total. Iba a enumerarlas, nombre por nombre, pero García Blot le suplicó que no lo hiciera, "buen señor, no, por favor no, deje eso ya", le dijo, y le dijo que así estaba bien. Contó entonces que los cuatro hombres eran republicanos, "fue en junio o en julio del año pasado". ¿Por qué lo buscaban? Sabían que hablaba muy bien español, esa era una de las razones. ¿Por qué hablaba tan bien español? Porque lo había estudiado en la escuela: ocho años de lecciones sin descanso bajo la férula implacable, así dijo, "la férula implacable y sabia" de don Gumercindo Altamira, un español que vivía en Varsovia. Además había interpretado el *Don Juan* de José Zorrilla, cómo no iba a saber español. Lo cierto es que los cuatro republicanos lo buscaban por eso, querían proponerle una misión secreta. Sacaron de un maletín el dinero, eran fajos y fajos de billetes que él nunca en su vida había visto, dijo que sí sin pensarlo, sin saber siquiera qué era lo que tenía que hacer por esa plata, cuál era la misión: no le importaba, por ese dineral habría matado al mismísimo Hitler.

Bueno, no lo tenía que matar. No. Pero sí tenía que encarnarlo por fuera del escenario. Los republicanos en el exilio francés habían logrado interceptar las comunicaciones entre el gobierno alemán y el gobierno de Franco y le habían hecho creer al segundo que una reunión secreta entre Hitler y él era posible y urgente, pero nadie se podía enterar. Era tan confidencial y tan oculta esa trama —les decían a los franquistas los presuntos alemanes, los creadores de la verdadera trama— que en Berlín iban a dejar

a un actor para que personificara al Führer mientras el real viajaba encubierto hasta algún lugar de la frontera con Francia. El propósito de la intriga era lograr la liberación de cientos de prisioneros republicanos que se habían quedado de ese lado de los Pirineos, sobre todo mujeres y niños cuyas familias sí habían logrado salir cuando el desastre final en 1939. El plan parecía perfecto: un libreto, un actor, un escenario. José Wegrzyn quedaba a la espera de lo que fuera preciso, su papel no tenía que ser otro que el que había interpretado todos los jueves y los viernes por la noche, durante años, en el Teatro Polski. Ya le avisarían cuándo y cómo sería todo, solo debía esperar. Le dejaban la mitad del dinero, la otra mitad se la daban después de consumar con éxito la misión. Además tenía una ventaja, casi la de un espía de verdad: como sabía español tan bien iba a estar al tanto de lo que fueran diciendo y pensando sus víctimas, sus espectadores, o más bien sus actores de reparto, fue lo que le dijeron los cuatro republicanos. Pero entonces, en septiembre, Hitler trató de invadir la Gran Bretaña, el andamio de Europa se vino abajo. García Blot García le tradujo todo al jefe de la policía, que asintió, gravísimo.

La guerra pareció entorpecer los planes de los republicanos del exilio, dijo el prisionero, y como no volvió a saber de ellos llegó a pensar que nunca más los vería, que esa plata que le habían dado era como un regalo del cielo, o un lastre o una maldición, eso también lo pensó. Un día, sin embargo, un hombre se le cruzó en la calle, fingió que se le caía encima pero en realidad le entregó un papel. Allí estaban todas las instrucciones, el plan se reanudaba, ahora más que nunca; ahora era cuando o no sería jamás. Tenía que llegar hasta San Juan Pie de Puerto, en la frontera entre Francia y España, donde le darían el resto de las indicaciones, una escolta de actores lo iba a acompañar: su guardia pretoriana, su sombra. Había que darse prisa, salir mañana mismo. Y como su papel se había acabado por orden de las autoridades nazis, como *Ginebra* había sido prohibida por Hitler, por Battler, José Wegrzyn no tuvo ningún problema en ir a su casa, armar su maleta y buscar el camino de Francia, sorteando eso sí los puestos de control que lo salpicaban como trampas mortales, pero de todos ellos salió ileso, incluso en varios los soldados lo detuvieron más por su asombroso parecido con el Führer que por otra cosa. Lo detuvieron, rieron, le dijeron alguna palabra en alemán y lo dejaron ir. Llegó a San Juan Pie de Puerto y desde allí, con sus "hombres", ocho actores como él contratados para la ocasión, ocho vascos que no debían decir ni una sola palabra, salvo su presunto intérprete, cruzó la frontera por donde estaba convenido y llegó hasta Roncesvalles, allí era el lugar de la cita con Franco. Cuando lo conocí, Marcelino Quijano y Quadra me dijo que él había logrado corroborar y documentar ese encuentro a principios de octubre de 1940, la entrevista secreta entre el falso Hitler y el "Caudillo". Y parece que la actuación de José Wegrzyn fue tan convincente, tan magistral y tan brillante, que logró engañar no solo a Franco sino a todo su séquito, pues aunque su alemán no era perfecto el de los españoles era pésimo, y como su parecido físico con Hitler era alucinante podría decirse que esa fue la mejor función de su vida. Decían —me dijo Marcelino— que por eso unos días después se reunieron de nuevo los dos dictadores, o se reunieron por primera y única vez de verdad en sus vidas: para purgar en parte, sobre todo del lado español, la vergüenza del engaño y de la farsa, de ese timo que se mantuvo para siempre en secreto como la peor afrenta y gracias al cual salieron de la cárcel muchos presos republicanos que no habían logrado irse al exilio en los días finales de la guerra.

De manera que el relato del actor esa noche en la oficina de correos fue exacto, porque después, algún tiempo después, Marcelino Quijano lo pudo comprobar y por otro camino, con otras fuentes, justo cuando ejecutaba el plan para sacarlo de la cárcel en Varsovia, adonde la Gestapo lo metió al enterarse los alemanes del complot del que había hecho parte en España. ¿Cómo lo supieron ellos? Nadie lo sabe, nadie lo supo; Bernard Blot decía que había sido el jefe de la policía de Tully, decía que ese tipo era un abyecto de los alemanes. Es muy probable que lo fuera, ocupada como estaba Francia pero sobre todo el alma de la mayoría de los franceses. Lo cierto es que esa noche todos oyeron embelesados cómo José Wegrzyn contaba en español, y García Blot traducía, la forma en que engañó a Franco y le dijo, a través de su "intérprete", uno de los vascos de su escolta al que le hablaba en secreto, que por favor liberara a los presos de esa lista que allí le entregaba. Era una lista que le había dado bajo la mesa el gobierno francés, con el que Alemania estaba conviviendo, y a él, a Hitler, a Battler, le convenía mucho cumplir el deseo de sus aliados, esa era la única forma de garantizar que no lo fueran a traicionar; que la guerra no se le saliera de las manos. El argumento era tan absurdo que aun a Franco le pareció absurdo y le preguntó a su interlocutor, también acudiendo a su intérprete, también en secreto como había visto que hablaba el otro con el suyo, qué tenían que ver esos presos españoles de esa lista con el gobierno francés, qué interés podían tener los gabachos (parece que esa fue la palabra que usó) en esa gente. Fue el único momento de la entrevista en el que por poco se va todo al diablo, pues Hitler no esperó a que su intérprete le tradujera las palabras hondas y patrióticas y sensatas del Caudillo y en cambio se lanzó a contestarlas de inmediato, como si lo hubiera entendido todo, como en efecto había ocurrido. Los españoles se miraron inquietos —contó Wegrzyn, aunque eso también lo averiguaría luego Marcelino Quijano por su cuenta— y estuvieron a punto de descubrir que unos cómicos los estaban engañando. La situación la salvó el propio impostor, que se dio cuenta en el acto de su error y como buen discípulo del método de Stanislavski se lanzó a una improvisación en la que su apresurada respuesta parecía más bien la frase introductoria de un discurso vehemente y eléctrico, uno de aquellos que solo el Führer era capaz de pronunciar. Hitler miró a su intérprete, se le acercó al oído y le dijo en castellano, muy bajo: “Voy a perorar, hable usted de la patria”. Y empezó a perorar sin freno y sin concierto, un parlamento en pésimo alemán con la misma voz que tantas noches había usado sobre el escenario del Teatro Polski. El séquito de Franco lo miró maravillado, el Caudillo también. El intérprete vasco dijo lo que se le dio la gana, que era lo mismo que entendían los traductores españoles que le hablaban al oído a Franco, quien mientras su “colega” hablaba y gesticulaba levantó la mano y la movió como quien firma un papel, y al segundo tenía un papel al frente, y una pluma, y lo firmó sin que Hitler (Battler) dejara de exaltar la amistad entre dos pueblos hermanos, dijo que era como si hubiera resucitado Carlos V. Esa fue la orden gracias a la cual más de doscientos prisioneros republicanos salieron de la cárcel al siguiente día y cruzaron los Pirineos hacia Francia, muchos de ellos para jamás volver a su país.

La entrevista con Franco acabó en los mejores términos, contó José Wegrzyn, después de que una tuna le cantara letrillas castellanas y endechas al presunto Führer, a él, que sonreía y aplaudía al son de la música. Luego se abrazaron los dos tiranos y cada uno se fue de allí tal como estaba convenido, de la manera más discreta y sigilosa. José Wegrzyn cruzó con sus hombres la frontera y volvió a San Juan, donde le dieron el resto del dinero, también a los ocho actores vascos que lo habían acompañado en la proeza de engañar a Franco, quién lo creyera, un polaco. Todo había salido a la perfección, ya los presos estaban libres e iban camino de Hendaya, según informaba un cable secreto desde Irún. Quizás la última batalla que ganaba la República, su victoria póstuma. Los cuatro españoles que lo habían contratado le dieron la mano y le agradecieron mucho, dijo, y él emprendió el camino de regreso hacia su casa, la fría Varsovia sobre la que ahora gobernaban los nazis. Iba a pie hacia la estación para buscar un tren que lo dejara en París, cuando llegó corriendo uno de los actores vascos que lo habían acompañado en la entrevista de Roncesvalles, uno de sus hombres, su intérprete. Le dijo que era una lástima que no hubieran tenido tiempo para conocerse más, que había sido un gusto trabajar a su lado, cuidarle la espalda. ¿Tenía tiempo para una cerveza o un vino?, preguntó el vasco, y el polaco le dijo que sí: ni siquiera llevaba consigo su reloj, tenía todo el tiempo del mundo. La verdad es que le daba tristeza, tristeza y miedo, volver a su país, a su ciudad en manos de esa gente infame. No tenía trabajo, no tenía fe; así que cualquier cosa que le propusieran era mejor que devolverse a Varsovia. Ni siquiera se había dado cuenta pero aún llevaba puesto el disfraz del Führer, todos lo miraban en la calle, unos con pavor, otros con sorna, otros le gritaban que cuándo pensaba invadir España y después se reían. Él, en vez de quitarse ese abrigo con sus insignias se lo amarró mejor, quiso jugar un poco, a ver hasta dónde era capaz de llegar con el papel, ya había ido demasiado lejos. Fue su intérprete vasco quien le propuso que siguieran haciendo lo mismo pero por su propia cuenta, yendo de pueblo en pueblo, por qué no, como una cuadrilla de circo en la que el protagonista era Hitler, Battler. Podían hacer mucho dinero, viajar, conocer, beber sin parar. José Wegrzyn no tuvo que pensárselo mucho, le dijo que sí. Qué podía perder si nada tenía, mejor eso que irse para su cama, debajo de la cual ahora ardía el infierno.

Esa fue la razón que lo llevó hasta Tully —dijo el actor, más parecido que nunca al Führer—, por eso había llegado hasta allí con sus ocho soldados. E hicieron lo mismo que habían hecho en todos los demás pueblos desde hacía un par de meses, esconderse detrás de una iglesia, fingir una emboscada y un ataque, llamar la atención, lograda la cual luego era más fácil que la gente saliera a ver el espectáculo, un número mediocre y casi mudo en el que la sensación sí era, sin embargo, el parecido de José Wegrzyn, "mi parecido", con Hitler, los espectadores hacían una larga fila para hablar unos minutos con él. A pesar de estar ocupada por Alemania desde hacía unos meses, o quizás por esa misma razón, Francia parecía estar cada día más fascinada con todo lo que tuviera que ver con el nazismo, ni se diga lo que tenía que ver con los jerarcas de ese partido y ese horror. Era un divertimento rentable el de los cómicos, un chiste que estaba saliendo bien. Solo que nunca se imaginaron, dijo el polaco, que en ese lugar los fueran a recibir a sangre y fuego, que les dispararan desde la boca de un cañón. Estaban apenados, sí, había sido una idiotez… A propósito, preguntó Wegrzyn: ¿Dónde estaban sus amigos? ¿Dónde habían ido a parar los pobres vascos que venían con él, sus "hombres"? Todos se miraron allí en la oficina de correos, nadie sabía nada, nadie lo había pensado. La verdad es que esos muchachos solo lo habían atacado y amarrado a él, por eso estaba en esa silla ahora contándolo todo. De los demás nadie se había ocupado, tal vez ya estuvieran muy lejos a la fuga, tal vez ya se hubieran largado de allí, era lo más probable. José Fernando Calle dijo que ellos, Bernard Blot y él, sí habían visto el movimiento de mucha gente en el cementerio: oficiales alemanes, el usurpador. Se habían estado preparando para algo así desde hacía mucho, enfurecidos con la ocupación, y sintieron que el momento había llegado, por eso no lo pensaron dos veces: sacaron el cañón que habían robado del arsenal y llevado a la oficina de correos y dispararon a mansalva para sacar corriendo a quien fuera, ni siquiera había que averiguarlo, para qué. Bernard Blot asintió, dijo que sí. No estaban locos, como había quedado comprobado, solo estaban defendiendo el honor de Francia. Eso era todo, esa era la historia del falso Hitler que fue capturado en Tully. Un gran actor polaco, había que verlo en esa silla, amarrado, tomando hasta las últimas gotas de un café que un cartero no paraba de escanciarle.

El jefe de la policía salió a darle un parte de tranquilidad al pueblo de Tully, les dijo a todos que ya el asunto estaba aclarado, que volvieran a sus casas, que se fueran a dormir. Hitler no era Hitler, por fortuna, sino solo un actor polaco de visita en el país. Las balas de cañón, aunque incómodas y aterradoras, sí, eran el símbolo de un gran malentendido, en el cual había que agradecerle al señor Bernard Blot, de la oficina de correos, su patriotismo, su defensa loable aunque inútil del honor de Francia. Quedaba para otra ocasión que el enemigo, el verdadero enemigo, sufriera en carne propia los golpes mortales de ese cañón que ese día los había perturbado a todos allí y que quedaba incautado y en poder de la gendarmería. Podían todos estar tranquilos pues no pasaba nada, podían todos regresar por donde habían venido. Y así lo hicieron; así se dispersó ese enjambre de voces y murmullos que hasta hacía nada zumbaba todavía, ahora se iba acallando muy lento, se difuminaba mientras cada quien volvía a su casa, las puertas se iban cerrando, luego las ventanas, luego las cortinas. Muy pronto Tully volvió a quedar a oscuras, como siempre en el invierno, aún llovía. Solo una luz estaba prendida, la de la oficina de correos. Una mesa, una lámpara, cinco hombres: Marcelino Quijano y Quadra, García y Bernard Blot, José Fernando Calle, José Wegrzyn. Esa noche, en ese momento, su destino ya se había cruzado para siempre.

V

Esa noche se quedaron hablando los cinco hasta la madrugada. Cambiaron el café, que parecía no tener fin, por una botella de vino. Una, dos, tres, muchas más: a diferencia del café el vino no puede ocultar su condición mortal, dijo Marcelino Quijano. Todos rieron. No en vano es la sangre de Cristo, dijo José Fernando Calle con su acento portugués, aún vestido para irse a la guerra, o como quien regresa de ella: se quitó su casco y lo dejó sobre la mesa, se puso las manos atrás, arriba de la cintura, y levantó la cabeza hacia arriba, como inclinándose sobre el espaldar de la silla en la que estaba: parecía muy cansado de verdad, después de un largo día de batalla, él los conocía bien, había peleado en la Gran Guerra desde el principio hasta el final. Del lado de los aliados, por supuesto, contra Alemania y Austria. Había ganado, aunque nadie gana en la guerra. Y lo dijo en serio, no por decir una frase feliz y demagógica, una de esas consignas que tanto lo irritaban: "Todas las balas son perdidas", "En la guerra solo hay vencidos", "Nadie sabe nunca de qué lado de la trinchera está"… Sí, eran frases ciertas la mayoría de las veces, incluso algunas de ellas eran frases hermosas, imposibles de negar. Pero también eran obviedades y boberías de escritorio, cosas que se dicen para apaciguar la consciencia, en el mejor de los casos; como si la especie humana no fuera el estruendoso fracaso que es: un abismo, caer en él, el vacío del que está hecho y el golpe al final. Como si el hombre no hubiera nacido para pelear.

Marcelino Quijano, en cambio, era un optimista incurable. Claro: la guerra, el horror, la maldad, eso éramos sin remedio ni salida, eso también. ¿Pero y el arte y la belleza y la bondad? José Fernando Calle lo miró complacido y luego asintió. Tenía razón: esas cosas, y algunas más, algunos seres, algunos momentos, algunos recuerdos justificaban que el mundo exista, no todo era malo y atroz. No. Solo que él sí sabía lo que era estar en la guerra, el fusil al hombro, el olor a pólvora y a sangre y a carne calcinada, los ojos de miedo de todos los que estaban en el campo de batalla, la sombra de la muerte como una nube de tormenta que a cada instante se desgaja. Y era cierto: había visto lo más ruin, lo peor, pero también cosas sublimes y estremecedoras: un compañero suyo que arrastró por kilómetros, en los hombros, el cuerpo mutilado de su mejor amigo, le iba cantando la canción que cantaban cuando eran niños y la vida —y la guerra— era un juego. Le decía que su mamá lo esperaba al otro lado de la frontera, que no se muriera todavía. Y aun cuando se murió, no lo quiso abandonar y más que nunca lo cargaba y seguía con él a cuestas, esperando a que estuvieran por fin en Francia, en su patria, para enterrarlo allí.

Los hermanos Blot eran pacifistas de tiempo completo, en especial García. Su hermano Bernard también lo era pero a su manera, aunque estaba llegando al límite de su paciencia: no creía en nada ni en quimeras ni en la patria, pero si le tocaba iba a desenfundar otra vez un cañón para mantener a raya a los alemanes. No le gustaba la guerra, claro que no, pero la prefería al nazismo. "Eso nos quedó muy claro hoy", dijo el actor José Wegrzyn, con su fuerte acento polaco, aunque su español era de veras excelente. Esa era la lengua en la que hablaban, me contó Marcelino Quijano, era la que todos entendían allí, su lengua franca. "¡Yo en cambio sí prefiero a mi partido y a mi pueblo!", gritó el actor representando a Hitler, era el papel de su vida. Es que era idéntico, mejor incluso que el propio Führer. Todos se carcajearon al verlo erguido y tan serio, con su bigote menudo, su mirada extraviada, su puño en alto enérgico y rampante. A veces la gente lo paraba por la calle, contó, nunca nadie se quedaba indiferente ante su rostro que era el vivo retrato de ese orate que estaba incendiando a media Europa con sus idioteces y sus desafueros. Una tarde, en Varsovia, una mujer lo llevó a su casa, se desnudó delante de él, hicieron el amor. Entonces ella le dijo en mal alemán pero se lo dijo: "Yo sé que usted es Hitler, no el actor". José Wegrzyn le respondió como un rayo: "Eso quiere decir que sí soy el actor". A la mañana siguiente el marido de ella se suicidó; era alemán, un gran empresario radicado en Polonia. Pero qué podía hacer él, nada. Era solo eso: un cómico, la encarnación de un personaje. Y no era su culpa, en absoluto, que la función le saliera así de bien, adonde iba solo recibía flores y ovaciones. "Bueno, y una que otra bala de cañón", dijo mirando a Bernard Blot, que levantó los hombros y luego su copa y brindó. "Por Francia", dijo el cartero, todos asintieron y bebieron, la luz de la mañana empezaba ya a regarse por esa oficina que la noche anterior había sido un campo de batalla.

José Wegrzyn le preguntó entonces a Marcelino Quijano que qué hacía allí, quién era. El doctor estaba ya curtido en mentir sobre su vida, no le convenía que la gente supiera mucho sobre ella. Igual si contaba la verdad tampoco nadie le creía, así que optó por decir siempre lo mismo, que era escritor; "vendedor de ficciones", decía. "También soy colega del señor Blot", dijo mirando a Bernard, que le preguntó muy feliz: "Ah, ¿o sea que usted también es cartero?". "Más o menos", respondió Marcelino, "más o menos". Sonrió, ellos también. "¿Escribe usted teatro?", le preguntó José Wegrzyn, muy interesado, vaciando en su copa el último rastro de vino que quedaba en la botella sobre la mesa. Marcelino Quijano le dijo que sí, aunque le aclaró que sus obras se representaban fuera del escenario. Sus interlocutores lo miraron divertidos y escépticos, creían que ya estaba borracho; todos lo estaban, el vino se había terminado. Quizás por eso Marcelino les contó la verdad, les dijo quién era. A pesar de su juventud tenía un buen olfato para conocer a la gente y medirle la densidad del alma, como solía decirlo, le bastaba una mirada, una conversación, un gesto para saber si podía confiar o no en quien tuviera delante. Y esos hombres allí eran hombres de honor, no tenía la menor duda. Es más: cada uno de ellos era, a su manera, un espécimen tan raro como él mismo, un alma solitaria y anacrónica. Lo había descubierto desde el primer momento: la pensión de García Blot García, los libros de José Fernando Calle, las cartas de Bernard Blot, la cara de Hitler de José Wegrzyn: qué más garantías necesitaba para confiar en ellos, qué mejor que encontrar en la vida amigos de verdad. Y esos lo fueron para siempre, desde ese día y hasta que todos murieron. Primero el actor, luego el maestro Calle, luego García Blot y por último su hermano Bernard, hacía muy poco, o eso me dijo el doctor Marcelino Quijano cuando lo fui a visitar a su casa, tres días después de verlo por primera vez en la taberna, y me contó su historia.

Pero además no solo fueron sus amigos sino sus ayudantes y sus socios, agentes activos y prominentes, de tiempo completo, de su empresa, la "organización", como a veces todos le decían. Es que ninguno podía creer lo que oía cuando él les dijo ese día quién era y qué hacía, la verdad. Ninguno podía creerlo porque era algo tan bello y tan bueno, más en aquel tiempo, que parecía una ilusión, una novela: un hombre que usaba su fortuna y su ingenio para salvarle la vida a la gente; un ladrón de cartas que así descubría los destinos ajenos para desviarlos con su mano providencial y hacerlos mejores y más felices, a veces, solo cuando se podía, en eso consiste el destino, decía Karina Garabundo. Un escritor de ficciones, pero tejidas con los hilos de la realidad, desentrañadas del mundo sin inventárselas casi. Era un trabajo de ensueño, ellos querían estar en él. Cada uno con lo suyo, cada quien es cada quien. Pero eso a Marcelino Quijano también le servía, cómo no iba a servirle, lo supo en el acto allí sentado con ellos. Un posadero, un actor, un cartero, un escritor de clásicos de la literatura universal: a ver si no le iban a ser útiles esos magníficos dementes, él recién llegado a París para iniciar las actividades de su empresa en suelo europeo. Gente así era la que él necesitaba y por eso ese día les dijo toda la verdad y los contrató de inmediato, aunque ellos estaban tan dichosos con la sola idea de formar parte de algo así que no lo dejaron casi ni terminar y ya estaban agitados y febriles, dispuestos a emprender cuanto antes su primera misión.

Marcelino Quijano los tranquilizó primero, les dijo que había que ir con calma. La vida era una larga partida de ajedrez; una ruleta también y muchas otras cosas más, pero ante todo una partida de ajedrez en la que había que mover cada ficha con mucha paciencia. "Sobre todo la vida de los demás es una partida de ajedrez en este trabajo, y nosotros somos los ajedrecistas", les dijo. Cada cliente suyo era una ficha y había que saber muy bien cómo y dónde y cuándo ponerla, esa era la gracia; "*qué Dios detrás de Dios la trama empieza…*", como en el poema. Por ahora no había que hacer nada, esperar. Cada quien tenía que seguir en lo suyo, ya él les iba a avisar qué necesitaba. Tenía que volver a París, organizarse, montar su oficina. Su novia estaba en Viena y pronto se iban a casar, les dijo, así que nadie tenía por qué correr, ni siquiera él, todos rieron. Por lo pronto le iba a ser muy útil, eso sí, cualquier cosa que le pudiera enviar Bernard Blot. Que fuera el cartero de Tully era una suerte, algo de verdad providencial porque por sus manos pasaban todas las vidas de esa región y también las de quienes se cruzaban con ellas, quizás desde muy lejos, quién sabe desde dónde. Eso era lo que le pedía: el ojo siempre al acecho de lo que pudiera servir. Con discreción, por supuesto, ese era uno de los pilares de aquel oficio delirante, nadie podía sospechar nada. Había que escoger muy bien además a los beneficiarios de su ayuda —su "servicio", les debió de decir— porque salvar a todo el mundo era imposible, eso ni Dios. De manera que había que tirar la red muy bien, cernir la vida de tanta gente y esperar a que el azar y la suerte hicieran lo suyo. Ellos eran solo su instrumento, su mejor camino. Bernard Blot asintió muy serio, comprometido desde ese instante con una labor que se le antojaba a la vez monumental y hermosa, como si sus manos fueran ahora los guantes de una divinidad bienhechora que necesitaba palpar muy bien, intuir lo que late en cada carta y la dicha que puede florecer en cualquiera de ellas, aun las más insignificantes o las más tristes o las más humildes, esas eran las mejores. Me dijo Marcelino Quijano, cuando lo conocí, que desde el principio supo que ese cartero haría muy bien su trabajo, y no se equivocó: a lo largo de los años Bernard Blot fue quizás el mejor de sus hombres, el más fiel, el más discreto, el más competente y el más compasivo. Su hermano García también fue un miembro notable de la organización, pero de una manera muy distinta, dándole siempre un gran colorido, mucha gracia, una exuberancia que nunca estaba de más. José Fernando Calle era la sabiduría y la bondad: un corazón enorme en el que latía el mundo entero, o como decía siempre José Wegrzyn, un corazón tan grande como su biblioteca. El actor también llegó a ser pieza clave de todo, solo que fue el primero en morir, en 1952. Hasta su funeral en el cementerio de Powązki fueron sus cuatro amigos a despedirlo, vestidos de blanco, empuñando una copa de vino francés. José Fernando Calle puso en su tumba una bala de cañón, Bernard Blot una corona de flores enviada por los republicanos del exilio español. Solo en un periódico en Varsovia alguien contó la historia del estupendo impostor que había timado a Franco y a media Europa con su encarnación de Hitler, y a Hitler mismo también lo engañó, por eso tuvo que pasar buena parte de la guerra escondido y huyendo de los nazis.

Pero es que podría decirse (lo decía Marcelino) que esos cinco años de la guerra fueron los más duros para todos allí en la organización. No era nada fácil para él llegar a una ciudad nueva que hacía muy poco había caído en las manos de los alemanes y llevar a cabo en ella todas sus actividades, que no podían parar. Su vida ocurría a caballo entre París y Viena, donde su cara de judío triste le valió ese encierro de unos pocos meses en Mauthausen: de hecho fue un mes después de esa noche en la oficina de correos en Tully, ya de regreso en su apartamento parisino. Fue en febrero, lo recordaba muy bien. Trabajó en varios casos a la vez, casos menores y sin ninguna importancia, aunque Karina Garabundo le había enseñado que todos los casos son igual de importantes, "¿o creés que la vida de cada quien no es importante para cada quien?", le decía con su acento porteño, uno se la imagina. "Estás loco si creés eso, querido, estás muy equivocado. Eso es lo más besho que tiene lo que hacemos: que no hay vida que carezca de importancia, que no hay destino que no merezca serlo por intrascendente que nos parezca...". Digamos entonces que esos días de febrero de 1941 antes de viajar a Viena los pasó Marcelino Quijano y Quadra dedicado a asuntos de relativa sencillez; "asuntos veniales", los llamaría él. Un par de deudas, quizás, un par de tragedias amorosas, un marido a la fuga (otro más), una anciana a punto de perder el colegio en el que enseñaba latín y en el que por las noches operaba una célula combativa y descabellada de intelectuales comunistas. A todos los salvó Marcelino, cada una de esas cartas que leyó tuvo la mejor suerte posible gracias a él. Hacía lo que podía, "hacemos lo que podemos", era el lema de Karina. ¡Ay, cuánto la extrañaba! No había día en que no pensara en sus frases lapidarias, su gracia para decirlo todo, su encanto, su brillo, su humor, su inteligencia. Tenía un retrato suyo en su escritorio: con las gafas oscuras puestas y sin embargo se le veía el brillo de los ojos, la forma como sonreía con ellos e iluminaba el mundo. La veía y pensaba que ojalá algún día alguien supiera que había existido, que la vida de muchos seres en esta vida era mejor y más feliz gracias a esa argentina de otro planeta. Antes de irse para Viena vio su retrato otra vez, se despidió de ella. "Que estés bien, Kari, donde estés, que te aprovechen allá y no les robés todas las cartas", le dijo viéndola en la foto, con su traje violeta y ese collar de diamantes que decía que le había regalado un papa. La foto era en sepia (también la vi en Piedras de Fuego) pero él reconocía los colores escondidos en ella: el azul radiante de sus ojos, el blanco perfecto de sus dientes, el pelo gris que nunca se quiso pintar porque le parecía hermoso. "Nos vemos al regreso, Kari", le dijo Marcelino y salió de su casa.

Pero en la estación de Viena lo detuvieron los nazis; ya eran los dueños absolutos de ese país también. Le pidieron su pasaporte y al ver que era colombiano le dijeron que era falso, que ellos sabían que era judío y ciudadano francés. Su alemán no era entonces tan fluido y correcto como lo sería luego, pero trató de explicarles a esos cretinos que se estaban equivocando de manera grave con él. Primero porque sí era colombiano y no era judío, y además porque no sabían con quién se estaban metiendo. Esa advertencia los enfureció de verdad y lo enviaron esa noche a un cuarto con otros judíos; con judíos reales, mejor dicho, a casi todos los pudo ayudar después. Sobornó a uno de los centinelas y le pidió que le enviara un mensaje a su novia; el mensaje era ese sobre que decía: "*Gabrielle Luchaire, Arthaberplatz 14*" y adentro una carta en español contándole que lo habían detenido por su cara de judío ("*no los culpo*", le decía) y pidiéndole que por favor se pusiera en contacto muy rápido con el señor Bachofen von Echt, un viejo amigo suyo que había vivido en Buenos Aires, en realidad una más de sus víctimas recurrentes a la hora de jugar y un político austriaco muy bien conectado con todo tipo de gente, en especial con la extrema derecha a la que de alguna manera pertenecía aunque su verdadera y única pasión, además del ajedrez y el arte, era irse de caza y escribir libros sobre ese antiquísimo deporte que en su caso era más bien un asunto de honor. Él sabría qué hacer, y en efecto así fue: a los pocos días visitó a Marcelino en el campo de concentración de Mauthausen, adonde ya lo habían trasladado, y le llevó ropa nueva, su máquina de escribir, tres cartas de Gabrielle, un tablero de ajedrez y una baraja de naipes. Le dijo que estaba haciendo lo que podía para sacarlo de allí, que ya estaba hablando con todos sus amigos tanto en Viena como en Berlín pero la situación no era nada fácil: los nazis insistían en que Marcelino era judío, por lo menos sefardí. Habían descubierto un par de sus cuentas bancarias, lo consideraban un hombre rico y valioso a pesar de que no habían podido averiguar casi nada sobre él, su vida era un misterio para ellos. Un misterio pero también un importante botín, tal vez, así que liberarlo de ese lugar podía tomar varias semanas cuando no varios meses, había que esperar. Por eso también le llevaba esos libros: *La decadencia de Occidente*, de Spengler, el *Titan*, de Jean Paul, las *Ilusiones perdidas*, de Balzac. Ojalá le fueran de alguna distracción. (Marcelino conservaba en su biblioteca esos ejemplares, me los mostró feliz cuando nos conocimos; aquí los estoy volviendo a ver y a abrir y a acariciar). Bachofen von Echt movió sus influencias, eso sí, para que su amigo y por lo general acreedor fuera tratado con cierta consideración, sin realizar trabajos forzados, sin envilecimientos ni humillaciones de ningún tipo. Le costó una fortuna pagar ese soborno, pero mucho menos de lo que había llegado a perder en sus delirios ludópatas contra el doctor Quijano y Quadra, "Herr Doktor Quijano", como lo llamaba con reverencia a pesar de ser tan joven. Lo respetaba mucho, lo quería.

Gracias al espaldarazo y la recomendación de Bachofen von Echt pudo Marcelino establecer una cierta relación con sus verdugos y captores, los cuales cayeron rendidos, muy pronto, a su encanto personal y sobre todo a su talento para el juego. Como le había pasado ya en su juventud con los padres de la Compañía de Jesús, "cambiando lo que haya que cambiar", me dijo al contarme la historia, sus victorias en el ajedrez o en los naipes lo volvieron una verdadera celebridad allí adentro en ese infierno, celebridad que él usaba para proteger como pudiera a muchos de los demás reos que no tenían ni su suerte ni sus amistades. Su vida allí estaba llena de privilegios, es la verdad, y eso lo atormentaba aún más al ver cómo padecían los demás la infamia de ese encierro, esa monstruosa afrenta. Él en cambio recibía cartas, libros, ropa, dinero; jugaba con los guardianes, con los oficiales de alto rango que pasaban por allí. Siempre insistió en que no era judío pero por alguna razón el régimen jamás le creyó; su cara lo delataba, decían, su ingenio también. Hasta que un día llegó desde Berlín la orden perentoria de que lo liberaran. Y no solo eso: tenían que hacerlo como si se tratara de un error imperdonable que lo hubieran encerrado allí, tenían que ofrecerle mil excusas y darle la categoría de un hombre de primera. Así lo vieron salir sus compañeros de encierro, a muchos de los cuales ayudó después, los más que pudo en medio de ese oprobio que llovía sin parar y durante cinco años bañó a toda Europa y casi al mundo entero; así lo vieron salir también sus captores: cabizbajos todos, mordiéndose la lengua para que no los devoraran la arrogancia y la furia. Él les había advertido que estaban equivocados y que no sabían con quién se estaban metiendo; por eso cruzó elegante y sonriente la puerta de salida, con su traje nuevo, su abrigo de paño, su sombrero en una mano y la máquina de escribir en la otra. Aunque sus captores igual lo respetaban, habían aprendido a admirarlo. A todos los había derrotado en el juego, a todos los había humillado. Bachofen von Echt lo recibió al salir, le preguntó estupefacto que cómo lo había logrado. "Gracias a las cartas que le di, gracias a usted", le respondió Marcelino con su sonrisa de oreja a oreja.

Esa fue la primera misión de José Wegrzyn en la organización; mucho antes de lo que había previsto Marcelino Quijano y Quadra, pero quién puede controlar al destino. Lo cierto es que esa era la única carta que le quedaba y la jugó con maestría, caminando sobre un vidrio. Sabía que a Bachofen von Echt (era muy importante) no le podían revisar las cartas que entraba o sacaba de Mauthausen cuando iba a visitarlo, así que lo usó como correo inopinado para ponerse en contacto con los hermanos Blot en Tully, a los cuales les pidió que lo sacaran de allí cuanto antes. ¿Cómo? El plan era muy fácil, tan fácil que resultaba increíble, como siempre. Por eso podía funcionar muy bien, solo había que mantener la calma. "*No hay nunca un plan descabellado ni absurdo ni malo ni nada, todo puede suceder si uno se lo propone. Pero hay que mantener la calma: que no se vean jamás las costuras de lo que urdimos, porque entonces se muere la magia, quedamos al descubierto...*", les dijo Marcelino Quijano a los Blot en esa carta que hoy yo tengo, las tengo todas. Y entonces les pidió que fueran con José Wegrzyn hasta Berlín, él disfrazado por supuesto del Führer. Tenían que ir a la oficina de Oswald Pohl y hablar con su secretaria, ella era la encargada de las confiscaciones y todos los movimientos en los campos de concentración tanto en Alemania como en Austria. Era una mujer crédula y estúpida, alienada por la ideología nazi. Su vanidad y su delirio eran tan grandes que cuando viera a Hitler no iba a dudar que era él y haría lo que su Führer le ordenara, cómo no iba a hacerlo. Y así pasó: a principios de abril de 1941 los dos franceses y el polaco llegaron a Berlín y se hospedaron en un modesto hotel de la Ackerstraße, lo mejor era no suscitar ninguna sospecha. Sobre todo Wegrzyn, cuyo parecido con Hitler era pasmoso. Por eso llevaba una peluca y una barba falsas, aunque el día señalado —"el día de la función", decía él— se las quitó en un carro, se puso su uniforme militar de canciller del Tercer Imperio Alemán y entró a la oficina de Oswald Pohl como si fuera el mismísimo diablo, caminando muy firme. Su actuación era perfecta. Los funcionarios lo saludaban extasiados o temerosos al pasar, le levantaban la mano y decían la interjección consabida: "¡Heil, Hitler!". Él les devolvía el saludo con total convicción, era un monstruo. Bernard y García Blot se habían cerciorado de que Pohl estuviera de viaje, fuera y lejos de la oficina, por eso quien recibió al Führer fue su secretaria, Lena. Y por supuesto la descripción de Marcelino se quedó cortísima ante su obsecuencia y su emoción, su arrobo, su adoración, sus nervios que la obnubilaban tanto que aun si la actuación de José Wegrzyn no hubiera sido perfecta, como lo fue, ella tampoco se habría dado cuenta porque temblaba y lloraba casi y le preguntó a su Führer que le dijera por favor qué hacía allí, qué podía hacer ella por él. El Führer ni siquiera le habló, la miró altivo y le dio una carta: en ella le decía, le ordenaba que necesitaba sacar a un amigo suyo del campo de Mauthausen, se había cometido con él un error inaceptable y rodarían cabezas. Ese era su nombre: "*Marcelino Quijano y Quadra*". Hoy mismo tenía que salir de allí, debía ser tratado con todas las consideraciones. ¡Cómo era posible que él tuviera que ir hasta esa oficina para deshacer tantos errores y tanta incompetencia! ¡Es que ya nadie hacía las cosas bien en ese país! Un poco como en su función brillante ante Franco, la verdad es que José Wegrzyn se estaba sobreactuando. Ese era quizás el único defecto que tenía: se dejaba arrastrar por su personaje, se volvía un poseso. Bernard y García lograron detenerlo a tiempo, lo interrumpieron cuando iba a lanzarse a perorar en su alemán imposible que de inmediato lo delataba. Salieron de allí antes del mediodía. Una hora después, en Austria, Marcelino Quijano también salió de Mauthausen.

A los tres días todos se encontraron en París, exultantes, orgullosos del deber cumplido. En especial los Blot y José Wegrzyn, ellos no podían creer que el plan hubiera funcionado como había funcionado, a la perfección, tal como lo había dicho y ordenado Marcelino, que estaba exhausto, abrumado por lo que había visto allá adentro. También estaban en su apartamento Gabrielle Luchaire, más bella y radiante que nunca, y José Fernando Calle; ella había viajado desde Viena y él desde Londres, donde el panorama era desastroso: los ataques aéreos de los alemanes iban a destruir ese país, escondido todo bajo la tierra mientras arriba retumbaban las bombas y los escombros al caer. Y ese fue solo el principio del horror: por los próximos cinco años toda Europa iba a arder de punta a punta, rota en mil pedazos, arrasada sin sosiego por sus peores demonios. Qué forma de iniciar labores allí, pensaba a veces Marcelino Quijano y Quadra, un verdadero bautizo de fuego. Porque no había día en que no tuviera que ocuparse de la suerte de alguien, no tuvo una sola tarde de descanso durante esa guerra infame y brutal; nadie la tuvo, claro que no, pero él menos que nadie. De hecho sus casos se multiplicaban semana tras semana y también los esfuerzos de su oficina por lidiar con ellos, y aun así era imposible ayudar a todo el mundo, "eso jamás lo vas a cambiar", solía decir Karina Garabundo en sus años de aprendizaje y forja en Buenos Aires. Lo que más le dolía es que en una guerra todo al final es igual de grave: las tragedias de la gente no se pueden comparar ni jerarquizar ni matizar porque para cada quien su tragedia es única y tiene un valor absoluto; eso es lo que las vuelve una tragedia, justo eso, su condición aplastante, devastadora, para el que la lleva a cuestas. Que haya otros pesos mayores o menores no importa: quien carga con el suyo ya con él tiene, y la misión de la empresa era alivianar ese peso en cada caso particular, sin juzgar si ese sufrimiento era legítimo o no. Además porque todo sufrimiento es legítimo, me dijo un día Marcelino, el solo hecho de sentirlo ya justifica cualquier acto compasivo que sirva para curar o atenuar ese dolor y ese lastre.

De todas maneras sí hay en los archivos de la "organización" un incremento febril de sus actividades entre 1940 y 1945, porque además todas están documentadas: desde la primera, mucho antes, en Buenos Aires, hasta la última, mucho después, esta que aquí narraré de la guerra entre el Estado Soberano de Boyacá y el Reino de Bélgica. Pero las de la guerra son memorables: la del robo de esos diamantes de la joyería más cara y antigua de Ámsterdam para evitar que los nazis se los llevaran, diamantes que fueron devueltos, todos, el día mismo de la rendición de Alemania; la del 588 Regimiento de Bombardeo Nocturno del ejército soviético, un temible escuadrón de aviadoras —ni un solo hombre, por fortuna— que salvó en Potsdam a más de trescientos gitanos al borde de la hoguera, gracias entre otras cosas esa misión heroica a la información secreta que Marcelino Quijano les entregó a tres rusos en un café del Barrio Latino; la historia de Horace Greasley, por favor, ese peluquero inglés amigo de José Wegrzyn que fue encerrado en un campo de concentración en Polonia y luego en otro y luego en otro, y cavó un túnel pero no para fugarse sino para regresar al primero, donde había conocido a la mujer de su vida; la emisora en Luxemburgo que usaron para emitir información falsa que los nazis interceptaban como si fuera real, y así los desviaban aunque fuera un poco. O esa bandada de palomas mensajeras que llevaban por los aires mensajes cifrados escritos desde París hacia todas partes y que incluían siempre una sigla enigmática: "*R&C*". Eso quería decir *Raros y Curiosos*, Marcelino Quijano y Quadra. Los servicios de inteligencia de ambos bandos trataron de descifrar qué significaban esas letras absurdas, pero en vano: nunca nadie supo quién estaba detrás de ese sello que se hizo famoso entre los agentes secretos, los espías y los descifradores de las grandes potencias, extrañados de verlo aparecer, como un fantasma, en muchos de los episodios más curiosos de esa guerra con la que el mundo parecía estarse acabando, y a punto estuvo de hacerlo.

Por supuesto que los casos más dramáticos, al menos en Francia, y ni hablar de Alemania o Austria o Italia, eran los de los judíos, con los cuales Marcelino se sentía en deuda desde su salida de Mauthausen. Su cara melancólica de rabino sefardí era apenas una coincidencia, pero el motivo real de su solidaridad estaba en ese largo mes de oprobio que había tenido que vivir al lado de esa pobre gente. Y eso que ese era apenas el principio: la punta de un témpano de hielo que por debajo ardía, el mundo se estaba quemando. Y ya desde entonces, desde 1939 o 1940, era muy fácil intuir lo que iba a pasar con los judíos de media Europa, quien lo niegue es porque quiere tranquilizar su conciencia o justificar su silencio, no porque de verdad fuera una sorpresa cuando se abrieron las puertas de ese horror y de ellas salió su humo bañado de infamia y de dolor, un humo de siglos de odio que estalló allí y que tantos cohonestaron y aplaudieron. Pero no solo los judíos estaban sufriendo, para nada. También los árabes, los latinoamericanos, los gitanos, los niños que se quedaban sin padres ni familia, los homosexuales, los mendigos, todo el que fuera débil y frágil. Y además estaba la vida de la gente, la vida de todos los días. El destino anónimo y discreto, en medio del desastre, de quienes cargaban con el mundo a cuestas porque no había más remedio, así fue siempre. Y a esa gente había que ayudarla también, esa era la esencia de ese negocio, decía Marcelino Quijano en el límite de sus fuerzas. No dejaba de parecerle cómico, por decir lo menos, que él pretendiera salvar a tantos cuando no había nadie que pudiera salvarlo a él. Ayudarlo por lo menos, por suerte no necesitaba todavía de un salvador. Pero estaba desbordado, ahogado por todas las historias que bullían en sus manos y que en ellas se resolvían: grandes dramas en medio de las balas y el heroísmo, pequeños milagros que ocurrían sin que nadie los viera.

Su amigo Friedrich Reck-Malleczewen, su amigo y su médico y un gran y prolífico escritor, confidente de Gabrielle desde hacía tiempo, solía decirle algo muy cierto a Marcelino Quijano: "Peor que ser judío en Alemania es no ser judío y estar en contra de Hitler…". Debía de haber miles de personas así, millones. Era el propio caso de Reck-Malleczewen, quien murió en 1945 a manos de la Gestapo: un alemán, un cristiano (católico al final de sus días), un conservador, un enemigo de los nazis. En el otro extremo, o más bien en el mismo, estaba Raschid Römhild: un sibarita berlinés al que los hermanos Blot habían conocido, quizás hacia 1935 o 36, en su casa de descanso en el Lot. Era alemán pero no lo parecía: moreno y hermoso, vivaz, generosísimo, inteligente. Y dueño de un espíritu a toda prueba: un talante arrollador y desafiante que no conocía límites, nunca nadie le pudo decir que no. Se había enamorado de una colombiana a la que el régimen acusó de ser judía, aunque igual la habría podido acusar solo de ser colombiana. Fue cuando les pidió a los Blot que lo ayudaran a escaparse, ahora que además estaba reseñado como un traidor a la causa y al Tercer Reich. Una foto suya se había publicado en los periódicos del país y había causado escándalo e indignación entre los áulicos y sostenedores del partido, que era casi todo el país; incluso algunos de sus amigos más cercanos le habían dado la espalda al ver esa imagen suya que ahora era el símbolo del desprecio y el ostracismo aunque también lo era de la dignidad, la resistencia y el decoro. Una multitud saluda al Führer con el brazo derecho en alto, mientras Raschid, de manos cruzadas, miraba escéptico hacia el escenario donde el orate peroraba casi tan bien como lo hubiera hecho José Wegrzyn en su papel estelar. Más que escepticismo había en la cara de Raschid Römhild desprecio y desdén, la altivez del que se sabe superior a la infamia y la abyección.

Marcelino Quijano y Quadra vio esa foto varias veces, admirado; cuando lo conocí, muchos años después, la tenía en su escritorio junto a la de Karina Garabundo de gafas negras y vestido violeta, la foto del collar de diamantes regalado por el papa, o eso decía ella. Los hermanos Blot le habían presentado a Raschid para que el doctor lo ayudara a escaparse, debió de ser a finales de 1941. Le dijeron además que no iba a poder decir que no: su amigo estaba enamorado de una colombiana acusada de ser judía, por eso lo perseguían los nazis. Esa foto de la manifestación había sido hacía muy poco y ahora el régimen quería la cabeza de ese insurrecto que se atrevía a desafiarlo en público. La gente de bien ya estaba al tanto y ofendida, por supuesto, y los enemigos del Führer no iban a perder la oportunidad de explotar esa imagen que valía más que mil palabras, todos los brazos en alto menos uno, decían en Berlín. Marcelino recordó entonces, se la dijo a sus dos amigos franceses, una cosa increíble y es que la ley alemana aceptaba solo un caso en el que se permitía no alzar el brazo derecho cuando el saludo a Hitler. Era el caso de los mancos, que debían alzar el brazo izquierdo, si lo tenían, o al menos gritar más fuerte si les faltaban los dos. La situación de Römhild era muy distinta, sin duda, y había que ayudarle como fuera, por supuesto que sí. Él iba a hablar con Jaime Jaramillo Arango, quien había sido embajador colombiano en Berlín —detestaba a Hitler, se le enfrentó cuando la noche de los cristales rotos, fue uno de los pocos que lo hicieron— y ahora estaba en la misión ante el gobierno británico. Culto y servicial, elegante, discreto, Jaramillo Arango era la persona indicada para una intriga así. Además le debía un gran favor a Marcelino: un ejemplar firmado de la primera edición alemana de las *Tempestades de acero* de Ernst Jünger, con quien ambos habían comido una noche en París y se habían emborrachado, lo habían esquilmado en el juego, lo habían llevado en hombros hasta su apartamento en Vincennes. Allí les dio a probar cocaína el gran escritor alemán: opio, ajenjo, brandy y cocaína, aunque Jaramillo Arango se abstuvo, no en vano era médico, aunque esa hubiera podido ser razón de más para no negarse. Quijano, en cambio, lo probó todo y luego vio el tablero de ajedrez que refulgía en una esquina de ese palacete formidable de gran señor que el ejército le había dado a Jünger, veterano de la guerra ya desde los diecisiete años. Había una ventana desde la que se veía, imponente, bellísimo en la madrugada, el castillo de Vincennes. Marcelino retó a Jünger a una partida, apostaron su objeto más valioso: el reloj de cadena el colombiano, la primera edición de su primer libro el alemán, que al perder la tuvo que firmar pero no para su contrincante sino para su amigo, que lo admiraba tanto como él: "*Für Herr Jaramilla, Ernst Jünger*". Así decía con su caligrafía diminuta y luminosa, con esa errata y todo en el apellido del destinatario de la dedicatoria, lo cual la hacía más valiosa, muchísimo más: "*Para el señor Jaramilla, Ernst Jünger*". Ese libro, cómo no, también llegó después de los años a la biblioteca de Marcelino Quijano y Quadra, allí lo vi yo, aquí lo vuelvo a ver hoy para contar esta historia.

Lo cierto es que Jaime Jaramillo Arango, como no podía ser de otra forma, ayudó con toda el alma, desde Londres, a que Raschid Römhild huyera de los nazis. Pero no solo lo ayudó a huir de Alemania, que ya habría sido mucho. No. Además lo ayudó a cambiar su identidad y a timar de manera épica al régimen, humillado en todos los periódicos de Europa cuando se supo que en un tren custodiado por el propio ejército alemán iba un presunto conde que tenía una misión en Inglaterra pero que en realidad resultó ser ese hombre altivo y maravilloso que unos meses antes, en una manifestación ante el Führer, se había negado a levantar el brazo para saludarlo y la foto de ese instante se había vuelto el símbolo de todo lo que está bien en la vida: la honradez, la grandeza, el honor. ¿Cómo lo había logrado Jaramillo Arango? Marcelino no quiso preguntar mucho; cada quien tiene sus códigos, cada quien verá cómo hace sus cosas. Él habría podido urdir algo con José Wegrzyn, quizá, pero ya el número se estaba volviendo sospechoso y tanto el episodio en los Pirineos con Franco, en el que Quijano y Quadra no había tenido nada que ver pues fue antes de conocerlo, como el de su huida de Mauthausen, ambos episodios habían suscitado un cierto ruido entre los jerarcas del Partido Nacionalsocialista, así que lo mejor era no excederse con esa carta magistral y eficaz como pocas. Aunque la treta de Jaramillo Arango no desmerecía tampoco de algo así; Marcelino no la conocía con detalle, pero tenía claro que una bellísima alemana, amiga o algo más de Jaramillo en sus días berlineses, había enamorado a algún jefe nazi y lo había llevado al delirio de proponerle matrimonio en pocos días. Ella le dijo que sí pero solo si su padre, que vivía en Londres, lo aceptaba, y para ese propósito nadie les podía ayudar más que su primo el conde de Val, del cual nadie sabía nada. Era el hermano que ella nunca tuvo, a él su padre no le iba a decir que no. Y como el amor es ciego, el pobre pretendiente mandó a su futura esposa con su primo y su mujer (la condesa de Val, en realidad la colombiana) en un tren hasta París para que desde allí fueran a Londres. Cuando llegaron desde Dover a la estación Victoria, averiada por los bombardeos pero no lo suficiente, por fortuna, se despojaron del disfraz y fueron recibidos como héroes de la resistencia alemana contra la tiranía de Hitler. El *Daily Mail* publicó su foto en la primera página: Raschid y su novia y la amiga de Jaramillo Arango haciendo la "V" de la victoria con los dedos. Atrás, en segundo plano, casi como un espectro, el embajador de Colombia ante el gobierno de Su Majestad. Fumando un cigarrillo, lo sostiene entre los dedos que si uno mira bien también son los de la "V" de la victoria.

Así se le fueron los cinco años de la guerra a Marcelino Quijano y Quadra, así pasó los días uno tras otro: robando y leyendo cartas, escogiendo cuál de ellas merecía tal vez otra suerte; tramando planes, ayudando gente, salvando a cuantos más desvalidos pudiera. Las circunstancias excepcionales de esos cinco años de espanto lo habían forzado a hacer muchas más cosas de las que por lo general hacía, la organización, digamos, había diversificado su portafolio y su oferta de servicios. Ya no solo era lo de las cartas, que seguía siendo el filón principal de todo, ese había sido su compromiso con Karina Garabundo, sino que ahora también incursionaba en otras formas de la ficción y de la vida que le permitieran ayudar a los demás: la falsificación de documentos históricos o pasaportes, la reinvención del pasado, la estratagema del teatro y la simulación y la suplantación para engañar al diablo y rescatar de sus fauces a cuantas más víctimas fuera posible. Igual esa había sido su idea desde el principio cuando conoció a Karina, ese había sido su aporte: el de una noción más completa de lo que uno puede hacer con las astillas del mundo que están por ahí regadas para rearmarlas luego y encontrar en ellas un relato de las cosas mucho más feliz. Era lo mismo que su pasión infantil por los periódicos y las revistas viejas y la forma como las noticias o lo que hubiera en ellos, hace cien o doscientos años, podía servir para alimentar un presente que se iluminaba con esos fragmentos de un mundo que así renacía, volvía a la vida, cobraba por fin su verdadero color y su forma definitiva. No todo era fácil, no. Y si quedaba el trazo de sus éxitos y sus triunfos también había una memoria enorme, tristísima, de sus fracasos. Muchas veces esos planes suyos, que parecían tan fáciles y tan perfectos, resultaban ser un desastre sin atenuantes, y las consecuencias llegaron a ser terribles en no pocas de esas ocasiones en que él jugaba a salvar el mundo, un juego muy serio, como le había enseñado Miguel Gavilanes, cuál no lo es. José Wegrzyn, por ejemplo, fue capturado por la Gestapo y estuvo a punto de que lo mataran. La idea esa de explotar su parecido con Hitler era cada vez más peligrosa hasta que un día los descubrieron, la bala se les devolvió. Sacarlo de allí, salvarle la vida fue casi imposible, y al final solo funcionó lo que casi siempre funcionaba, el dinero. Esa era la ventaja con los nazis, su única virtud: la venalidad, todos tenían precio. Pero por la libertad del actor polaco pedían muchísimo, tanto que hasta la fortuna que había dejado Karina Garabundo palidecía ante la voracidad de sus captores. Tres noches en un casino en Montecarlo fueron la única solución para saldar esa cuenta, a despecho de Marcelino que odiaba esos lugares y sentía que era prostituir su talento, dilapidar un don.

Nos deslumbran las cosas que salen bien, decía Marcelino Quijano, por suerte son las que recordamos. Pero como todo lo que tenía que ver con su vida y con su oficio estaba a medio camino entre la farsa y el ridículo, la incredulidad y la fantasía, muchas veces sus planes o sus ideas se reventaban al primer intento, y volver a empezar no era nada fácil. Nunca lo había sido, menos para él.

Tampoco lo de las cartas era siempre un cuento de hadas o una historia feliz, tampoco. Para descubrir cada novela o cada drama que latía allí había que atizar mucho la hoguera, confiar también en los milagros. Siempre llevaba una moneda antigua en el bolsillo, un doblón acuñado en México. Lo había ganado en Buenos Aires, era su amuleto de la buena suerte. Y llegada la hora de cada uno de sus casos tiraba esa moneda al aire como si fuera una suerte, porque eso era: por un lado de la moneda estaba el destino, por el otro lado el azar. ¿Dónde empezaba cuál? Ya no lo sabía, quizás nunca lo supo. Pero ambas fuerzas eran igual de poderosas: ambas se necesitaban la una a la otra y a veces se mudaban de su respectivo lado del espejo. Al terminar la guerra todo fue mucho más plácido para Marcelino Quijano y toda su gente, esa cuadrilla de excéntricos que daba la vida por él y lo que hacía. Eso era lo otro: que en este mundo la gente se junta, que uno no puede hacer nunca nada bueno con gente normal. Esa era su premisa, trabajar y vivir solo con gente distinta, hacer lo que él hacía solo era posible si estaba rodeado de locos y orates como él mismo, raros y curiosos. Nunca había tolerado a la gente ordinaria, desde niño estuvo a gusto solo con seres tan inadaptados o anacrónicos o extraños como él. Y ya luego de adulto se le volvió una norma de conducta, una manera de ser: nada podía ser normal; nada lo es, por eso lo mejor es estar cerca solo de quien tiene eso clarísimo. También practicaba las suertes virgilianas o cervantinas o shakesperianas Marcelino Quijano y Quadra: abría al azar un texto de cualquiera de esos autores y encontraba allí un augurio, como si fuera un romano. El vuelo de las aves lo inquietaba, en cambio, se negaba a leer las profecías que el cielo revela.

El día de su matrimonio en Florencia con Gabrielle Luchaire hizo una suerte shakesperiana, por qué no. Abrió al azar —si es que existe el azar— uno de los sonetos del maestro, siempre le decía así, el maestro. Con los ojos cerrados, a tientas, sus manos hallaron el soneto número 40 del maestro: "*Toma mi amor, mi amor, tómalo todo...*". Sonrió, era un buen día. El cielo de la Toscana brillaba más que el sol, colgado allí como un farol, la tierra amarilla de las montañas parecía fundirse con los girasoles, y al fondo los viñedos. Era un buen día, claro que sí. Tiró al aire su moneda de la suerte, su doblón mexicano. Cayó del lado del destino. Fue cuando llegaron los mariachis.

VI

Fui a buscar a Marcelino Quijano porque solo él podía ayudarme. Eso me dijo quien me dio su nombre: "Si no es él no es nadie", aunque también me advirtió que estaba retirado y que iba a ser muy difícil, casi imposible, que me oyera. Vivía en Piedras de Fuego, un pueblo italiano al lado del Adriático. Su mujer había muerto hacía años y ahora pasaba el día en su jardín o en su biblioteca o en la taberna de Franco Bruno, *El Tiempo Perdido.* Ahí tenía yo —la vi muy bien— esa hoja volante con sus servicios y su foto y sus proezas; era una pieza publicitaria e informativa de otros tiempos, sin duda tiempos mejores. Nada perdía con ir a buscarlo, solo él podía ayudarme. Además por una razón fundamental: el "doctor Marcelino", como le decían todos, había sido determinante en ese asunto de la guerra entre Bélgica y Boyacá que le había hecho perder la cabeza a Guillermo Santaya, quien siempre precisaba: "Bélgica y Boyacá no: el Reino de Bélgica y el Estado Soberano de Boyacá". Una guerra internacional de la que nadie supo nunca nada, declarada en 1867 y zanjada en 1988: más de un siglo de un absurdo conflicto nacido de un amor desastrado y que sobrevivió en silencio en los anaqueles de algún gabinete diplomático hasta que Guillermo Santaya lo sacó de allí, lo desempolvó y se jugó la vida por terminarlo como tocaba, a lo grande, con un armisticio más delirante que ese conflicto inexistente que con él se acababa y por el que perdió su trabajo y su prestigio y según decían todos en Bruselas hasta la razón. "El pobre Guillermo Santaya", decían todos allí: el diplomático más brillante de su generación, el más preparado, el más apuesto, el de mejor familia. Habría podido llegar aún más lejos si no se hubiera enloquecido, qué triste era verlo ahora en ese sanatorio, devorado por la depresión y la melancolía, taciturno todo el día, pensando solo en esa paz que él había firmado y que era su orgullo y que de verdad acababa con ciento veinte años de una guerra de novela que sin embargo había ocurrido, él lo juraba, tenía las pruebas. Y cada vez que lo iban a sacar de ese lugar, por fin, un médico le preguntaba si ya estaba bien, a lo cual él respondía que nunca había estado mejor y volvía a contar la misma historia: la de la guerra entre José Milagros Gutiérrez Fonseka y Leopoldo II de Bélgica por el amor de una mujer, Josefina, y la de cómo él la había descubierto y la había terminado en un acuerdo de paz firmado en Tunja en mayo de 1988. Ese acuerdo se llamaba el de "los cinco grandes" por los países garantes que habían intervenido en él: Bolivia, Uruguay, China, Holanda y la Unión Soviética. Ahí, en ese documento histórico, estaba la firma de los embajadores y testigos y estaba también la firma del gobierno colombiano y la del gobernador de Boyacá y la suya propia, embajador del Reino de Bélgica ante el presidente Virgilio Barco. ¿Qué más querían que les contara?

La escena era casi siempre la misma: los médicos se miraban desconcertados, asentían, luego negaban con la cabeza. Guillermo Santaya no estaba bien, debía seguir allí recluido. Más que un hospital psiquiátrico era en realidad un hospicio o una casa de reposo en Geel, un pueblo flamenco reconocido y celebrado por albergar desde hacía siglos a enfermos mentales de toda Europa. Alguien dijo alguna vez que ese pueblo era un manicomio; y razón no le faltaba, valga la paradoja, pues desde la Edad Media fue un refugio de quienes cruzaban sus puertas y murallas con el alma atormentada, desprovistos de paz y de cordura. Esa era quizás la actividad principal de los habitantes de Geel, cuidar enfermos, velar por ellos. Fue así como yo llegué allí, detrás de esa historia. En realidad me interesaba hacer una crónica sobre la relación que suele darse entre la gloria y la locura, la idea esa arquetípica de los enfermos mentales que se creen algún personaje importante del pasado: Napoleón, Julio César, Cleopatra. Me acordaba de la anécdota de ese orate que asistió una vez a una conferencia de Bertrand Russell en Nueva York en la que el maestro estaba hablando sobre el surgimiento del Imperio romano. Al terminar, el orate se le acercó a Russell y le dijo que todo le había parecido brillante, estupendo, salvo su comentario sobre el asesinato de Julio César. Intrigado, Russell le preguntó a su interlocutor que por qué no le había gustado ese pedazo de su charla, a lo que el otro le contestó: "Porque yo soy Julio César". Eso era lo que yo quería investigar; por esa época vivía en Bruselas como corresponsal de un periódico y estaba empezando un año sabático. Entonces mi amigo Nestor Ponguitini, mítico guitarrista, me habló de Geel y de su antigua y venerable y católica tradición de albergar y cuidar a los enfermos mentales, y para allá me fui pero al llegar me di cuenta de que la verdadera historia era esa y no la otra, así que durante una semana me quedé en un hotel y fui visitando casa por casa de ese pueblo admirable y surreal para ver cómo era eso de que en él había enfermos mentales que podían llevar años allí, atendidos por una familia que no era la suya y que muchas veces lo hacía con más cariño y más entrega y más dedicación. También había un hospicio: una institución mucho más formal en la que no solo se daban los cuidados para los enfermos sino toda una estructura médica y psiquiátrica de primera para muchos de ellos, los más acomodados.

En ese hospicio conocí a Guillermo Santaya, era ahí donde estaba recluido. Se emocionó tanto cuando le dijeron que yo era colombiano que le prometí volver al otro día, por supuesto lo hice. Además porque no parecía tener ningún problema, al revés: era elocuente y amable y articulado como pocos, con un español no solo perfecto sino además bogotano y lugareño, con ese puro acento de la ciudad que es inconfundible y lleno de guiños y expresiones que son como una seña masónica para quien las oye y las reconoce, yo por supuesto lo hice de inmediato. Y de verdad parecía normal, más que todos allí, incluyendo a los médicos; mucho más que ellos, eso de lejos. Era encantador, divertidísimo, apacible. Y al hablar de Colombia se le iluminaban los ojos, sobre todo cuando contaba esa historia que era la más grande de su vida y que él no le ahorraba a nadie, por el contrario era lo único que de verdad le importaba en este mundo: compartir con los demás ese relato de esa guerra entre Bélgica y Boyacá y la forma como él la había acabado para siempre. "Entre Bélgica y Boyacá no: entre el Reino de Bélgica y el Estado Soberano de Boyacá", aclaraba luego. Conmigo fue exhaustivo en los detalles de ese delirio, generosísimo en los pormenores de una historia que yo, aun como colombiano, ignoraba por completo pero que además no es que me interesara mucho, e incluso más me interesaban él y su pasado y cómo había llegado hasta allí. Pero claro: llevaba años contando todos los días lo mismo sin que nadie le pusiera ninguna atención en esa casa de reposo, y cuando me vio y supo de dónde venía fue como si se le hubiera aparecido un ángel. De hecho se le burlaban todos en ese sitio, los médicos y los pacientes, y al verlo sentado conmigo pasaban y me advertían que tuviera cuidado, que Guillermo Santaya era capaz de armar y terminar él solo una guerra internacional en un minuto. Él se reía, la cara radiante y sin tormentos. Así de bueno era, como si las burlas no hicieran mella en su alma de gran señor. Una de las enfermeras me dijo que había sido embajador de carrera, quizás el más destacado de Bélgica. No había nadie importante en ese país que no lo conociera y no lo admirara, del rey para abajo. Sus contactos estaban regados por el mundo entero, desde magnates petroleros hasta dictadores centroamericanos caídos en desgracia. Era amigo de futbolistas, estrellas de cine, prostitutas, cantantes, escritores, presidentes, gente de todas las edades y de toda condición ante la que bastaba mencionar su nombre para que se abrieran de inmediato todas las puertas. Y sin embargo estaba ahí el pobre Guillermo Santaya, desde hacía un par de años. Deprimido y solo, contando a quien quisiera oírlo la historia de su vida y la de esa guerra que nunca existió y la de la paz que él hizo y que le llenaba los ojos de dicha y de lágrimas.

Me conmovió tanto su caso que estuve con él un par de semanas en Geel, le dije que volvería y así fue: cada quince días, los domingos, iba a visitarlo desde Bruselas y pasaba con él el día entero, llegaba en el primer tren y me devolvía en el último. Le llevaba una botella de vino, algún libro, una torta de chocolate. Comíamos juntos y me contaba su vida, aunque al final llegaba siempre al mismo sitio, la historia de la guerra y la paz. No le importaba que yo ya hubiera oído ese relato muchas veces, cada vez me lo contaba mejor y con más detalles. Yo lo oía fascinado, quizás alguna vez escribiera esa novela. Era hijo único, flamenco aunque hablaba francés perfecto como en general lo hacen los diplomáticos belgas, todos están obligados a usar por igual las dos lenguas oficiales del país. De niño vivió en Inglaterra, sus padres eran muy ricos: él de origen español, ella sí antuerpiense hasta lo más hondo de su corazón. Estudió historia del arte y derecho en Lovaina y relaciones internacionales en Oxford, y al regresar a Bruselas entró al servicio exterior. La verdad es que estaba indeciso entre eso o la academia, ser profesor, pero prefirió la perspectiva de un destino de viajes y parajes remotos, cuanto más lejos mejor. Era un espíritu libre, además, y la idea de quedarse en Lovaina o en Brujas o en Gante le parecía que era quedarse sin el amor de su vida, dondequiera que estuviera, pero allí no. Sus padres habían muerto, primero su papá y luego su mamá; problemas de plata nunca iba a tener. Viajó entonces por medio mundo: vivió en Italia, en Costa Rica, en Camerún, en Hong Kong, en Irlanda. Lo que más le gustaba, eso sí, era Latinoamérica. Estuvo en Argentina, en Paraguay, en Perú, en Colombia, adonde llegó en 1986 justo cuando el cambio de gobierno entre el conservador y pacifista Belisario Betancur y el liberal Virgilio Barco Vargas.

Ya sabía bien lo que era vivir en el trópico, estaba acostumbrado a lo que eso significa para un flamenco como él. Pero lo de Colombia sí lo desbordó por completo, lo llenó de un entusiasmo que no había sentido jamás. Fue de verdad como si llegara a su patria, el lugar en el que mejor se había sentido en el mundo. El caos, la amabilidad y la falta de seriedad de la gente, el clima —los climas, más bien, la posibilidad de pasar en diez minutos de un sol ardoroso al páramo más gélido—, la música, la comida, todo lo sedujo desde el primer momento. Recordaba de hecho cuál había sido ese primer momento, la posesión presidencial de Barco y el largo besamanos de los diplomáticos ante el nuevo presidente, un tipo adusto y de lengua trabada del que decían que estaba enfermo, aunque siempre que lo vio le pareció lo contrario, que cada vez estaba mejor y más lúcido. En Bogotá la gente le ponía un cita a una hora y llegaba dos horas después como si nada, hasta que un colega suyo, por pura compasión, le regaló el libro de viajes por Colombia de André Maurois en 1947 donde estaba una frase que desde entonces Guillermo Santaya hizo suya: "*Cuando estés en este país llega siempre tarde, de lo contrario llegarás antes de tiempo...*". Fue al Valle del Cauca y bailó salsa en Juanchito en una discoteca diabólica que se llamaba *Changó*: unos negros fornidos lo alzaron en andas como si fuera un virrey, lo ungieron en ron, lo besaron por turnos, lo hicieron pararse en la mesa y hablar en francés.

Su bonhomía se había hecho famosa en los círculos políticos y diplomáticos de Bogotá, lo invitaban a todas las fiestas, no había nadie que no le pasara al teléfono. Eso sí, eran días brutales en Colombia, los peores que se hubieran vivido nunca, decían los viejos. La violencia estaba desatada en el campo y en las ciudades, el narcotráfico le estaba ganando la guerra que le había declarado al gobierno y a la sociedad civil, acorralada y vencida, muerta de pavor mientras las balas zumbaban y la sangre corría: un río de sangre que lo arrastraba todo consigo, sus muertos río abajo que se iban encontrando luego con sus deudos y se los llevaban del brazo y desembocaban todos en el mar, en el olvido, en ese desfiladero sin fondo que parecía ser Colombia al borde del fin. El pobre Barco hacía lo que podía pero se hundía cada vez más, desbordado por ese país que se le iba deshaciendo entre las manos. Guillermo Santaya lo vio mucho por aquellos días, en eventos diplomáticos que parecían intrascendentes, y lo eran, aunque no siempre: sentir la presencia y el apoyo del mundo en momentos así era quizás el único consuelo que le iba quedando al gobierno colombiano mientras afuera retumbaban las bombas. Había un ruido constante en la televisión, el de las metralletas escupiendo sin descanso sus balas, sus imprecaciones. Eso recordaba Guillermo Santaya, ese eco que no se le borró nunca de la memoria. Él no podía hacer mucho más de lo que hacía, cumplir con decoro su papel como embajador plenipotenciario del Reino de Bélgica. Hablaba con ministros y senadores, representantes de la cultura y el deporte, empresarios, alcaldes, gobernadores. Iba a comidas, reuniones, desayunos de trabajo que era el invento más obsceno de la cultura colombiana: una gente bañada y peinada y despierta a las 7 de la mañana, lista para trabajar cuando el resto del mundo, a esa misma hora, apenas estaba abriendo el periódico sobre su cama. Santaya no podía con un ritual tan macabro y ocioso, no le cabía en la cabeza cómo a alguien se le había podido llegar a ocurrir que el trabajo y el desayuno son cosas compatibles cuando son todo lo contrario, cosas contrapuestas. Él no podía con eso, aunque tenía que hacerlo, ni con un hábito lingüístico de los colombianos que consistía y consiste en decir al mismo tiempo que sí y que no ante las preguntas más dispares y variadas. Cuando Guillermo Santaya oía a un colombiano decir "sí, no" o al revés "no, sí" se enfurecía, nunca entendía qué le estaban contestando. Entonces preguntaba con sorna y perversidad: "¿Pero sí o no?", y esa pregunta tampoco se la entendía nunca nadie.

Un día de finales de 1987, en el palacio presidencial y en la antesala de una audiencia con Barco sobre algún tema solemne y protocolario en el que iban a ayudar la mayoría de países europeos, el canciller Alberto Borrero Aragón salió a saludar a los embajadores mientras el presidente de la república terminaba alguna otra cosa en la que estaba demorado. El problema de Barco, eso sí, es que hablaba lento y enredado y a veces se le confundían las hojas de los discursos. Borrero, por su parte, era un personaje extraordinario, el mejor ministro de Relaciones Exteriores que pudiera tener cualquier país. Fue él quien le dijo a Guillermo Santaya, ese día, que menos mal ya no estaban en guerra. Ambos tenían magnífica relación, se veían mucho. Y como el embajador conocía el humor y la agudeza del canciller pensó que era tal vez una ironía, un chiste no muy bueno aunque igual sonrió, en eso consiste la diplomacia, en reírse sobre todo cuando uno no entiende los chistes o cuando son muy malos. Estaban en un corrillo junto con el embajador italiano y el nuncio apostólico; todo era lo de siempre: frases de cajón, preguntas cuya respuesta no le importa a nadie (mucho menos al que las hace), comentarios sobre la situación. Pero el canciller Borrero volvió a la carga y le dijo otra vez a Guillermo Santaya que menos mal sus países ya no estaban en guerra, así le dijo: "Menos mal que nuestros países ya no están en guerra, señor embajador". La primera vez había dicho solo "menos mal ya no estamos en guerra", y parecía eso, una ironía, un sarcasmo referido a la vida colombiana y su estela de muertos. Pero la segunda vez, cuando dijo "menos mal que nuestros países ya no están en guerra", era muy claro que le estaba hablando a él y que era un guiño, una frase que sí tenía un sentido y una intención. ¿Cuáles? Santaya lo ignoraba y no podía averiguarlo ahí porque esa es otra norma de oro de la diplomacia: nunca morder el anzuelo, nunca tratar en público nada de veras importante. Así que contestó lo que correspondía con su sonrisa de oreja a oreja, "menos mal, querido canciller, menos mal", dijo y volvió a sonreír. Además ya los estaba llamando el edecán de palacio para entrar a hablar con el presidente, el nuncio fue el primero en cruzar la puerta junto con el canciller y todos los demás los siguieron.

Pasaron los días pero Guillermo Santaya no podía pensar sino en eso que le había dicho el canciller de Colombia, ¿qué había querido decirle? Tenía el concepto más alto de Alberto Borrero, lo consideraba el mejor ministro del gobierno y un diplomático muy serio. Al mismo tiempo llevaba ya casi dos años en el país y su orgullo era decir y saber que entendía muy bien el humor colombiano, las cosas que se decían a medias, los gracejos, la ironía bogotana. Pero algo había allí que no le quedaba claro, algo lo intrigaba y no lo dejaba estar tranquilo. Les preguntó a un par de sus subalternos que no pudieron descifrar lo que significaban esas palabras amables y enigmáticas del canciller Borrero, les preguntó luego a un par de amigos suyos que eran periodistas, colombianos, a ver si ellos sí entendían algo, pero en vano. Nadie le pudo ayudar, nadie lo sacó de la duda. Entonces hizo lo que no quería hacer, que era pedirle una audiencia al ministro, pues allí todo el mundo estaba muy ocupado, todo el mundo salvo los embajadores. Por eso no estaba bien visto que los jefes de las misiones extranjeras solicitaran audiencias con los funcionarios del gobierno nacional cuando no se trataba de un asunto de verdad importante y oficial, algo que ameritara ir hasta su despacho, sentarse en la sala de espera, tomarse un tinto, sonreírles a la secretaria y a un par de asistentes del ministro, entrar luego a la oficina, intercambiar dos o tres saludos y frases de ocasión, entrar luego en materia y decir lo que uno tenía que decir. El embajador de Bélgica casi nunca tenía nada que decir y menos a solas, así que pedirle una cita al canciller era un exabrupto. Sin embargo Guillermo Santaya lo hizo, no se aguantaba las ganas. Además él sabía que ya todos lo conocían bien, su simpatía, su espíritu festivo. Que eso valiera como pretexto o al menos como atenuante para una solicitud que le iba a resultar inexplicable al ministro cuando se enterara de qué se trataba todo. Igual no le importaba a Guillermo Santaya: un martes de noviembre de 1987, a las 8 de la mañana, por qué los colombianos tienen la macabra costumbre de madrugar, el canciller Borrero lo esperaba en su oficina.

Y eso le dijo ese día al recibirlo, "lo estaba esperando, embajador". Se lo decía en serio; amabilísimo, como siempre, pero en serio. Lo cual rompió el hielo, tranquilizó mucho a Guillermo Santaya porque así quedaba muy claro, desde el principio, que el canciller sabía por qué y para qué estaba él allí, no le tocaba explicárselo con rebuscados pretextos y excusas forzadas. Igual se dieron la mano, hablaron por dos minutos de cosas sin importancia. En eso consiste la diplomacia, de eso se trata. Pero el embajador sabía muy bien que el ministro era un hombre muy ocupado y entonces le preguntó a quemarropa antes incluso de sentarse: "¿Por qué me dijo eso ese día, canciller?".

Borrero sonrió y le contó la historia. Le dijo más bien: "Veo que usted no sabe", y empezó a contarle la historia que era una leyenda de cómo, en 1867, un presidente de Colombia le había declarado la guerra al Reino de Bélgica. En ese tiempo el nombre del país era otro, los Estados Unidos de Colombia, y hacía apenas cuatro años, en 1863, se había firmado una constitución federalista que le había puesto punto final a una guerra civil, una más. En esa guerra habían ganado los radicales, enemigos feroces de la Iglesia y del Estado central. La realidad es que muchos de los caudillos federalistas eran de provincia y abogaban por una repartición del poder que les permitiera ejercer y administrar mejor el suyo en sus regiones, por eso se había impuesto el esquema absurdo de unos estados soberanos que en la práctica eran como estados independientes: el Estado Soberano del Magdalena, el Estado Soberano del Cauca, el Estado Soberano de Antioquia, en fin. Ese experimento, aunque bienintencionado, dijo Borrero, había sido también un desastre para las finanzas del país, para la unidad de su territorio, para el control político de una nación sin carreteras ni trenes ni nada, y había sido un desastre sobre todo en términos militares porque, como tantos lo habían previsto, los estados soberanos se volvieron un foco de violencia y sedición que hacía que cada tanto alguno se levantara en armas contra los demás y el fantasma de la guerra civil, antes que ahuyentarse, se había apoltronado mucho mejor. Pero lo más ridículo eran las guerras internacionales que a veces declaraban los estados soberanos sin ningún criterio, sin mediar palabra. Cualquier incidente o cualquier coincidencia eran tenidos como una provocación y no era raro que Santander, por ejemplo, le declarara la guerra o amenazara muy en serio con hacerlo al Reino de Prusia; el Cauca le declaraba la guerra al Perú o al Ecuador, que por lo menos estaban cerca, en el mismo continente y en el mismo barrio. Fue así como en 1867 el presidente del Estado Soberano de Boyacá le declaró la guerra a Bélgica, le dijo Alberto Borrero a Guillermo Santaya. Entonces le entregó una carpeta con los pocos rastros históricos que había de esa leyenda que por supuesto le pertenecía más a la novela que a la historia. "La verdad es que no hay casi nada, pero es un cuento muy bueno", dijo el canciller. Volvió a sonreír, se despidió del embajador y le agradeció la visita.

Desde ese día Guillermo Santaya no podía pensar en otra cosa, esa guerra se le volvió una obsesión. Lo que le había dado el canciller Borrero no era casi nada: un par de artículos de prensa, un viejo discurso presidencial en el que se hablaba muy por encima y con sorna del tema. Pero nadie sabía bien cómo había sido eso, nadie tenía ninguna información sobre un conflicto que además, al parecer, no se había acabado, la suya era una embajada en un país enemigo. Fue entonces a la Academia de Historia y habló con su presidente, el doctor Luis Duque Gómez, un investigador venerable de chaleco y corbatín. La conversación ocurrió a los gritos, no por nada en especial sino porque justo ese día Duque Gómez había dejado sus audífonos en la casa. El embajador Santaya, que por supuesto fue recibido con todos los honores de alguien de su condición, trató de explicarle al presidente de la docta casa cuál era el propósito de su visita, pero tenía que repetir tres o cuatro veces, y cada vez más duro, sus frases, ante las cuales Luis Duque Gómez aguzaba la mirada, inclinaba la cabeza para un lado, se ponía una mano en el oído derecho y gritaba: "¡¿Qué?! ¡¿Cómo dice?! ¡¿Que una guerra en dónde?!". Todo acabó en un aturdidor galimatías en el que se superponían los alaridos del embajador y los del presidente de la academia, quien al final apenas atinó a decirle a Santaya: "¡Mejor vuelva mañana, yo me pongo los audífonos y lo invito a un café…!". Le regaló entonces un libro a ver si en él encontraba lo que estaba buscando, una monografía sobre la batalla del puente de Boyacá en 1819. El pobre embajador Santaya salió afónico y agotado de la oficina de Luis Duque Gómez, aunque con tan buena suerte que en la puerta se encontró con Jorge Arias de Greiff, uno de los sabios mayores de Colombia. Nunca nadie se lo había presentado pero en una comida sí le había dicho su agregado cultural: "Ese tipo es el que más sabe de todo aquí". Así que sin pensarlo dos veces y sin ceremonia lo abordó y le dijo que quería hablar con él, ¿tenía un minuto? Arias de Greiff le dijo que claro, se fueron a tomar un jugo en la esquina. Guillermo Santaya se le presentó, le dijo que desde hacía mucho quería hablar con él, nadie iba a saber que no era cierto; ya estaba ronco de tanto gritar, le ardía la garganta. Y sin más preámbulos le preguntó al sabio si conocía la historia de esa guerra en el siglo XIX entre el Estado Soberano de Boyacá y el Reino de Bélgica. Arias de Greiff le respondió: "Claro: es la única guerra internacional que hemos ganado, y la ganamos por W…". Guillermo Santaya se quedó mirándolo maravillado: fue la primera dosis que probó en la vida no solo de la sabiduría infinita de su contertulio sino también de su humor corrosivo y brillante, su ironía de duende, su lucidez a toda prueba. Desde ese día se hicieron buenos amigos, una amistad en torno a la música de Brahms, los libros de Rodenbach, las matemáticas, la pintura de Van Dyck.

Ya en serio, Jorge Arias de Greiff le dijo que era muy difícil comprobar esa leyenda; nadie sabía ni siquiera cuándo ni dónde había surgido, era imposible rastrearla. Él creía que se la habían inventado los conservadores, los godos, pues la leyenda negra contra el federalismo era esa: que en esa época de los Estados Unidos de Colombia y la Constitución de Rionegro de 1863 el país se había acabado, como siempre, y todos vivían en guerra contra todos, incluso contra gobiernos extranjeros y lejanos, cuanto más extranjeros y lejanos, mejor. Se decía que unos santandereanos le habían declarado la guerra a Bismarck, por ejemplo, y que los antioqueños estuvieron a punto de hacer lo propio contra Napoleón III, todo por cuenta de un francés que le quitó la esposa —y las tierras, aún peor— a un hacendado de Jericó. Esa era una visión mezquina y falsa de todo aquello, dijo Arias de Greiff, una caricatura que omitía las grandes conquistas económicas, políticas, jurídicas y sociales del radicalismo en el país; y para empañar esas conquistas había que decir que en esos tiempos todo había sido malo y caótico, tanto que hasta los boyacenses le habían declarado la guerra al Reino de Bélgica. En esos términos, la historia de los Estados Unidos de Colombia quedaba reducida a un sainete y una comedia: un lío de faldas en el que José Milagros Gutiérrez Fonseka, que había sido un gran guerrero, se volvía un espadón de radionovela que ni siquiera sabía dónde quedaba Bruselas y que en un instante de despecho e intenso dolor mandaba a sus tropas, desde el Cocuy, a destrozar la catedral de Malinas.

Esa fue la versión de la leyenda que le dio Jorge Arias de Greiff a Guillermo Santaya, eso era todo lo que él recordaba o sabía de esa historia absurda: que dizque Gutiérrez Fonseka había estudiado en Lovaina (mentira) y que dizque allá había conocido a una hermosa jovencita flamenca de la que se había enamorado y le había propuesto matrimonio. El papá de la niña se había negado, con toda la razón, eso sí, añadió Jorge Arias de Greiff, y ese amor se había vuelto un amor imposible, como buen amor del Romanticismo. Los años pasaron, las guerras, los soles, y cuando José Milagros Gutiérrez Fonseka era ya presidente del Estado Soberano de Boyacá tuvo un problema con unos belgas a los que se les había dado la concesión de un ferrocarril (cierto). Era un puro pleito contractual convertido en un asunto de honor porque Gutiérrez Fonseka no había olvidado jamás la afrenta de la que había sido objeto en Lovaina, y entonces sintió llegada la hora de cobrar venganza, con ese pretexto, y les exigió a los belgas y a su gobierno una indemnización tan cuantiosa y leonina que era imposible que la aceptaran, y así vino esa declaración de guerra que nadie vio jamás y que lo más probable es que nunca hubiera existido. Al menos eso creía Jorge Arias de Greiff, pero en Colombia todo podía pasar. "En Bélgica también", le dijo Guillermo Santaya antes de despedirse y agradecerle, no sabía cuánto significaba para él toda su ayuda.

Al otro día estaba Santaya en Boyacá en cuanto archivo hubiera, público o privado, al acecho de cualquier dato que le pudiera servir para descubrir si esa historia de la guerra del 67 era cierta o no. Solo que no encontró nada, ni una sola referencia a algo así. Pasó casi un mes abriendo y cerrando viejos legajos, sacudiéndoles el polvo y las pulgas a ver si alguna clave despuntaba por algún lado; ni rastro, nada. Solo vio un dato que le llamó la atención y que coincidía con la versión de Jorge Arias de Greiff: un pleito entre el Estado Soberano de Boyacá y una compañía belga por la construcción del ferrocarril. Trató de seguirle la pista a esa trama, quizás desenredando esa madeja llegara a la guerra de José Milagros Gutiérrez Fonseka contra Leopoldo II. Pero no, al poco tiempo se había dirimido el conflicto en un tribunal, nada de ultimatos ni tropas ni soldados románticos desenfundando su sable o su pistola o su puñal. Habría sido bellísimo que esa leyenda fuera real, que hubiera ocurrido. Y sin embargo no era así, no había pasado, qué remedio. Por eso la literatura suele ser mejor que la historia, porque en ella todo es verdad, basta contarlo. Además, pensó Guillermo Santaya, además se estaban cumpliendo ciento veinte años de esa guerra que nunca lo fue, habría sido maravilloso también conmemorar ese aniversario y aprovecharlo para zanjar por fin ese conflicto y firmar la paz. En su carro, camino de regreso a Bogotá desde Tunja, no podía pensar en nada más. ¿Y si lo hacía? ¿Si firmaba esa tregua después de un siglo? Quizás esa guerra no hubiera existido, qué más da, pero él sí iba a firmar la paz. Llegó a su casa (era domingo) y llamó al canciller Borrero Aragón, que no estaba en su casa. Le dejó la razón de que por favor le devolviera la llamada, era urgente. Llamó a Jorge Arias de Greiff, le dijo que se vieran el próximo miércoles a la una en la embajada, lo esperaba a almorzar. Abrió una botella de vino, sonrió. Eso es lo que hacen los embajadores.

"Usted está loco, embajador", le dijo el canciller Borrero ese martes cuando se vieron muy temprano en la mañana, antes de las 7. Era la única hora a la que lo podía atender esa semana, lo sentía mucho, pero sabía que era urgente. Se había imaginado el motivo de la reunión y la premura cuando en su casa le dieron la razón de su llamada, pero nunca lo que oyó cuando Guillermo Santaya le dijo que iban a firmar la paz entre Colombia y Bélgica. Ya era hora de acabar con esa guerra de más de un siglo, le dijo el embajador. Entonces el canciller se rio a carcajadas, como solía hacerlo, y le dijo eso: "Usted está loco, embajador, pero loco de remate". Y añadió: "Dígame en qué necesita que le ayude", y el otro le respondió muy sincero: "En todo, canciller, en casi todo". Es que para inventarse esa paz había que inventarse primero la guerra y eso no era nada fácil; nunca es fácil la guerra, ni siquiera en la ficción. Había que mover además a mucha gente tanto en Bruselas como en Tunja y Bogotá, pero si la Cancillería ayudaba todo iba a ser más suave. Él se lo prometía: si le daban una mano, el plan era un éxito. Borrero puso hacia atrás las dos manos como siempre lo hacía cuando estaba de acuerdo con algo y solo añadió: "Lo que usted quiera, embajador, yo le ayudo en lo que usted me diga...". Lo difícil iba a ser convencer al presidente, no estaba la situación como para delirios así. "De eso me encargo yo", dijo Santaya, y salió de la oficina del canciller directo al palacio presidencial a solicitar una audiencia, se la dieron para la siguiente semana.

Al otro día de su encuentro con Borrero, o sea el miércoles, anoté todo el relato en una libreta, Guillermo Santaya almorzó en su casa con Jorge Arias de Greiff. Durante el almuerzo hablaron solo de barcos antiguos, una pasión compartida que descubrieron muy pronto; desde ese día, de hecho, Santaya le dijo siempre a Arias de Greiff "el comodoro". Pero a la hora del aperitivo, un Samson Kina traído de Gante, el embajador le contó a su invitado por qué lo había invitado. Sí, era por el tema ese de la guerra de 1867, necesitaba que le ayudara a firmar la paz. Jorge Arias de Greiff lo miró extrañado, primero, y luego levantó su copa para brindar por los Estados Unidos de Colombia. Le dijo a Santaya: "Que no se sepa que he estado aquí donde el enemigo, me pueden expulsar de la Academia de Historia...". El plan parecía fácil pero no lo era tanto por una razón: en Colombia algo así podía parecer lo que era, un invento festivo y risueño, puro folclor. Y todo iba a acabar en lo que tenía que acabar, en una gran borrachera. Con paseos, discursos, comitivas, un banquete y un cocktail. En Bélgica, en cambio, todo era muy serio, demasiado serio. El gobierno y la corona no iban a permitir que la gestión de su embajador en ningún país, por alegre y tropical que fuera, consistiera en estar montando la farsa de una guerra de hacía un siglo y luego el armisticio que la terminaba. Eso allá en Bruselas no lo entendían, así no funcionaban las cosas en su país, dijo Santaya con resignación y tristeza. Pero si había el menor indicio de que esa guerra era cierta, si la leyenda tenía al menos una lejana posibilidad de haber ocurrido y estar documentada de alguna manera, entonces la cosa era distinta porque con la mayor solemnidad el gobierno belga no podía permitir que se perpetuara un conflicto bélico que ya tenía a cuestas más de cien años, eso sí que no. ¿Qué podían hacer?, le preguntó Guillermo Santaya a Jorge Arias de Greiff. El comodoro dejó en la mesa su copa y cerró los ojos. Eso hacía cuando quería decir algo en serio, cerraba los ojos y se ponía un dedo en la boca. Entonces le dijo al embajador que solo había una persona que le podía ayudar de verdad, Marcelino Quijano y Quadra. Lo otro era muy fácil: la ceremonia, los discursos, la parte colombiana. A ver si en Colombia iba a ser difícil organizar una fiesta; pero si la idea era inventarse esa guerra para justificar ante los belgas la paz, eso solo lo podía hacer el doctor Marcelino. El lunes de la siguiente semana el embajador belga se presentó en el palacio presidencial; su cita con Barco era a las tres en punto de la tarde, poco antes de esa hora llegó, se anunció y se sentó a esperar. El presidente, ya solos los dos en la reunión, lo oyó con absoluto desdén. Amable y abstraído, sin duda, pero ajeno por completo a su relato emocionado de las desventuras de amor de Gutiérrez Fonseka. Después le dijo, al final: "Haga lo que quiera, embajador, cuenta con mi gobierno".

Esas vacaciones de invierno de 1987 —un invierno feroz en Europa— Guillermo Santaya aprovechó su viaje de descanso a Bruselas para ir hasta Piedras de Fuego a buscar a Marcelino Quijano. El comodoro Arias de Greiff le dijo cómo llegar, bastaba con encontrar una taberna, *El Tiempo Perdido*. La nieve había caído muy fuerte ese año, era como si la playa se hubiera congelado. El embajador entró con su abrigo y su sombrero y pidió una ginebra, Franco Bruno se la sirvió en el acto. A los pocos minutos entró Marcelino: su cara de judío triste era ahora la de un hombre mayor, casi viejo, también la nieve había caído sobre él. Saludó al italiano, le hizo algún chiste sobre la puerta de la taberna que llevaba cuarenta años dañada y ya era demasiado tarde para arreglarla; "nunca es tarde para nada", le respondió Franco Bruno, y el doctor asintió, fue a buscar su mesa de siempre y allí se sentó. Guillermo Santaya sabía que era él, cómo no iba a serlo, fue a sentarse a su lado, le dio su tarjeta. Pero antes de que Marcelino le contestara algo le dijo: "Vengo de parte de su amigo Jorge Arias de Greiff, él me pidió que lo buscara...". Y le contó todo: su vida en Colombia, la dicha de estar en el trópico. Le contó de la guerra entre Bélgica y Boyacá y le dijo que él iba a hacer la paz. Pero había un problema: para hacer la paz primero se tenían que inventar la guerra, y era ese el favor que había ido a pedirle; el comodoro (le contó que así le decía ya, le contó también por qué) le había dicho que solo él podía ayudarle, nadie más. Marcelino sonrió con nostalgia y con gusto: cualquier cosa buena que Jorge Arias de Greiff dijera de él era un honor inmerecido. Y si él lo recomendaba bastaba con eso, podía contar con sus servicios. Ya había oscurecido y eran las cinco de la tarde; parecía de noche, comieron algo juntos. Luego fueron hasta la casa del doctor en la que se veía el letrero a pesar de la nieve: "*Raros y Curiosos*". Gabrielle los recibió con la chimenea prendida, más que crepitar la madera bramaba, como si fuera el corazón de ese invierno que había sido de los peores de los últimos años. Se sentaron en la biblioteca los tres, Guillermo Santaya les dio más detalles de su caso: un embajador belga en Colombia no tenía nada que hacer, ni allí ni en ningún otro país; nada grande, digamos, nada de veras importante. Pero a él le parecía bellísima esa idea, que su legado fuera acabar con una guerra de ciento veinte años, por qué no. ¿Si esa era la leyenda por qué no mejor continuarla y darle un final feliz? Además era como un acto simbólico y aleccionador en el país: la celebración de la paz en medio de esa otra guerra, la de todos los días, que era igual de antigua que la del mito o mucho más. Podía ser algo muy superficial, claro, y de alguna manera lo era, un puro divertimento, pero también podía verse como un acto profundo y hermoso, una metáfora. A Gabrielle Luchaire le pareció una idea magnífica, toda desde el principio: desde la leyenda de José Milagros Gutiérrez Fonseka hasta lo que quería hacer ahora el embajador, un armisticio. Escribió en su diario, que hoy tengo conmigo, Gabrielle Luchaire: "*Hay guerras que merecen ser ciertas, hoy supe de una…*". Guillermo Santaya les dijo que el problema no eran los colombianos sino los belgas; los primeros eran mucho más propensos a la ficción que a la realidad, así que convencerlos no iba a ser difícil, ni siquiera al gobierno. Los belgas en cambio eran severos e implacables, sobre todo en el servicio exterior: si el asunto se les vendía como un jolgorio y una farsa, que de alguna manera también lo era, no iban a tolerarlo por nada del mundo, jamás. Pero si había algún indicio histórico, por tenue o difuso que fuera, podían contar con ellos. Con los documentos en la mano los belgas no se iban a negar, al fin y al cabo país de papel.

Marcelino Quijano le dijo a Guillermo Santaya que eso también lo hacía él, inventarse el pasado. Bueno: no solo eso, le dijo, pero eso también. No le iba a contar allí lo de las cartas y en fin, pero ese era uno de los renglones principales de su negocio: elaborar documentos, poner la ficción al servicio de la historia si tocaba. Era un trabajo costoso, muy costoso, porque por lo general salía bien. Guillermo Santaya se apresuró a decirle que él pagaba lo que fuera, de su propio bolsillo. Marcelino le dijo que claro que de su propio bolsillo pues no aceptaba jamás dineros públicos; ya no, desde hacía mucho que no. Ahora había que organizar el plan, eso era todo.

"Si quieren guerra, guerra van a tener", sentenció.

VII

Alguna vez oyó decir que Tales de Mileto decía que los imanes tienen alma. No recordaba muy bien quién se lo dijo, fue en el colegio de los jesuitas. Igual no importaba: cogió el imán que llevaba en el bolsillo, uno grande y negro que había estado acariciando toda la mañana, y lo acercó a la tierra. Lo puso con delicadeza, arrastrándolo bien, casi hasta tocar el suelo de ese jardín en Tully sobre el que no llovía desde el jueves pasado. Por eso la tierra estaba seca, por eso la vio volar hacia el imán y pegarse allí, quedar convertida en lanzas al acecho o en una piel recién tocada, quizás con frío o con miedo. En realidad no era toda la tierra la que se desprendía, solo la que es de metal y les pertenece a los imanes. Y como este era grande y poderoso quedó repleto, igual que un puercoespín. Entonces cogió también el papel con el que iba, la vieja carta que le acababan de entregar y a la que apenas se le veía la letra sepia ya muy borrosa y el nombre de una ciudad y una fecha: "*Tunja, agosto de 1867*". Tenía los bordes quemados o más bien un solo borde así, oscurecido por el fuego. Otra vez le había oído a alguien decir una frase que le gustó mucho; una especie de verso, o al menos eso le pareció a él y así se le quedó para toda la vida, así la recordaba siempre que había humo o siempre que oía una fogata crepitar o extinguirse muy lento, o cuando una vela estaba prendida o un horno se cerraba o se abría. "Que el fuego no empañe nada, que no haga sombra", era la frase, y al ver esa carta volvió a pensar en ella y en lo extraña y lo cierta y lo bella que era. Que el fuego no se apague pero que tampoco se riegue sobre lo que no debe.

Entonces cogió el imán lleno de ese polvo que acababa de arrancar de la tierra y lo fue limpiando sobre la carta vieja y amarilla y quemada: "*Tunja, agosto de 1867*". Lo sacudió, lo agitó varias veces, le pasó la mano. Y el polvo iba cayendo como si fuera la nieve, ahí en ese papel brillaba con la luz del mediodía. Más que brillar, ardía. Puso el imán por debajo de la carta y lo empezó a mover, y era de verdad como si aquello fuera magia: como si un ejército de hormigas empezara a marchar a toda prisa; como si las letras se fueran levantando solas, como si esa fuerza arrolladora que le arrancaba el hierro a la tierra fuera capaz también de hacer que las palabras se levantaran de su tumba. Eso, eso parecía esa carta vieja ahora: un cementerio del que se paraban los muertos abriendo de un portazo cada tumba para marchar con sus lanzas al acecho. Quiso seguir la huella que había dejado el fuego, su rastro sobre el papel, pero lo distrajo un nombre escrito allí con esa letra delicada y ya borrosa que era la misma, sin duda, por qué no habría de serlo, de la fecha y la ciudad. El nombre estaba abajo y se leía sin problema, nada lo empañaba, nada le hacía sombra: "*José Milagros Gutiérrez Fonseka, Ciudadano Presidente*". Le pareció un título hermoso y sonoro, "Ciudadano Presidente", así que prefirió quedarse leyendo un poco más y dejar quieto el imán. Incluso sopló la limadura de hierro que ahora le tapaba lo que leía, ya no era el alma de las letras parándose del suelo a caminar sobre el papel. Y al soplar ese polvo ahora sí que parecía una lluvia de oro, porque aunque voló en mil pedazos se le sentía su peso y su vigor, no en vano era hierro y fue cayendo otra vez sobre la tierra como la nieve. Eso también lo distrajo: el recuerdo de una tarde de invierno en una calle de Berlín, la Welserstraße. Había nevado toda la noche y toda la mañana pero a las dos de la tarde salió el sol. Iba caminando hacia la plaza de Victoria Luisa y un viento helado sopló en la misma dirección, o eso parecía, no sabe uno nunca para dónde va el viento. Entonces vio el espectáculo más bello de su vida: la nieve volando de abajo hacia arriba, no al revés, no como siempre, un vapor que parecía correr y levantarse, incluso sonar. Le pareció también —me lo contó luego— que esa era una estampida de fantasmas. Como esas hormigas a las que acababa de hacer marchar sobre el papel, los imanes tienen alma. Por eso lo distrajo la limadura de hierro al soplarla, porque le pareció una tempestad de acero. Entonces se acordó de la nieve esa tarde en Berlín, hacía muchísimos años, aún era joven, se acordó del viento arrastrándola por las calles hasta llegar a algún lado, quizás hasta la plaza de Victoria Luisa, adonde él iba también y adonde llegó un poco después caminando por la Welserstraße, cogió el metro y fue a visitar a su amigo el librero que siempre le regalaba un libro o dos: era un viejito que debía de llevar ahí toda la vida, en la Hauptstraße, la misma en la que mucho después vivió David Bowie, ya no entraba nadie a su librería. Pero todos los días se despertaba a la misma hora, muy temprano en la mañana. Le hacía el desayuno a su esposa, leían juntos el periódico, y a las 9 abría sin falta, de lunes a viernes, los sábados a las 10 y hasta la 1, la puerta de un local que cada vez visitaba menos gente. De hecho había días, la mayoría, en los que no llegaba ni un solo cliente, ninguno. Sin embargo él estaba siempre allí con la radio prendida y un lápiz en la oreja, limpiando los libros, organizándolos por tema y en cada tema por orden alfabético, sacando promociones que muy pocos afuera iban a aprovechar, leyendo y releyendo a sus maestros adorados de toda la vida que lo acompañaban en esa soledad: Leo Perutz, Karl Marx, Peter Altenberg. Sabía con exactitud, sin vacilación, dónde estaba cada libro, y si alguien entraba por casualidad y preguntaba por lo que fuera, él lo señalaba de inmediato o negaba con la cabeza si no lo tenía, y solo si se lo pedían daba su consejo y su opinión, con una sabiduría abrumadora. Incluso ejercía una especie de censura moral con la mirada si algún comprador quería un libro de un autor que a él no le gustaba, no solo decía que no lo tenía sino que lo decía con énfasis y disgusto, con una mirada de reprobación que ya no se le iba en el resto de ese trato. Eso también lo distrajo después de quitarle el polvo a la carta: el recuerdo de Berlín y el de su amigo el librero y el de la belleza de Gabrielle cuando la vio por fin en Alexanderplatz aquella vez, aquel día en que también vio a la nieve volar por los aires. Sonrió. Entonces volvió a leer el nombre en la carta que llevaba entre las manos: "*José Milagros Gutiérrez Fonseka, Ciudadano Presidente*".

Así que desde el jueves no llovía ni nevaba en Tully, e incluso llovió muy poco: un chubasco al empezar la tarde y nada más, como para humedecer apenas el suelo, la garganta seca de los árboles, las flores, las bancas de los parques. Después vino de nuevo un sol furioso que había estado bramando desde por la mañana y al volver fue como si recogiera con alfileres, una a una, las gotas del rocío y muy pronto todo estuvo seco otra vez. Ese jueves que llovió Marcelino Quijano fue a recoger el correo; "sus" cartas, como les decía. Almorzó casi a las carreras aunque era su plato preferido, pescado con patacones y rodajas de tomate, arroz, jugo de guayaba y pudín de chocolate. Había logrado desde hacía tiempo que por ese correo de las brujas que se le había vuelto la vida le llegaran incluso a Europa los plátanos verdes para que en *El Silenciario*, cuando estaba allí, le prepararan los patacones. Les echaba sal y ese sabor lo devolvía de inmediato a Colombia, ese olor. Aunque lo sorprendente no era solo que le consiguieran los plátanos sino que se los consiguieran verdes, como en el trópico. Pero ese día comió muy rápido y no pudo ni siquiera disfrutar del pescado fresco ni del jugo de guayaba, porque también le conseguían las guayabas. Dio tres bocados, dos sorbos, y se fue corriendo a recoger su paquete, pues ya lo habían llamado tres veces a decirle que ahí se lo tenían, que por favor fuera y que él sabía lo peligroso que era dejar pasar el tiempo, cualquiera podía darse cuenta. Cuando estaba allí en Tully iba siempre los jueves y los martes por la mañana a la oficina del correo, pero ese jueves se entretuvo resolviendo un caso y cuando vio el reloj ya era la hora del almuerzo. Entonces prefirió quedarse, comer, descansar e ir cuando empezara la tarde. Ya sentado en la mesa, antes de que le sirvieran, oyó cómo llegaba el aguacero y cómo lo iba salpicando todo, la ventana que tenía en frente, los postigos de esa ventana sobre los que rebotaba el agua, el naranjo allá afuera con sus hojas temblando y el techo que parecía una orquesta: un timbal primero y después un violonchelo, después un triángulo, después quizás una tuba. Había cambiado mucho la pensión de García Blot García pero seguía siendo la misma; vio la biblioteca universal escrita toda por José Fernando Calle, cómo no iba a ser la misma pensión. Comió lo que pudo, se puso una chaqueta, cogió la sombrilla y se fue a la oficina de correos.

Al llegar lo recibió Bernard Blot, dulce y gentil como siempre. Le hizo eso sí una mirada severa de reclamo por no haber ido en la mañana, "ya sabe usted lo peligroso que es, por favor, doctor Marcelino", le dijo, pero luego volvió a sonreír como si nada hubiera pasado. Había apenas dos personas en la oficina además de los empleados, dos clientes que estarían allí quién sabe por qué: para recoger o enviar una carta o para cobrar algún dinero que alguien les hubiera mandado de afuera. El señor Blot le dijo que esperara y a los pocos minutos volvió con una gran bolsa toda amarrada y cubierta por una cinta pegante café que la envolvía y la envolvía y la envolvía, como si fuera algo muy importante. Solo se veía un papel blanco con su nombre, Marcelino Quijano, y la vieja sentencia del mundo postal que en su caso parecía una ironía: "*Recomendada*". La metió en su maleta y le dijo al señor Blot en español que muchas gracias, que el martes volvía. "Oh sí, sí, sí; venga, venga...", le respondió Blot con cara de picardía y de complicidad y luego se lo llevó a un rincón, como si hiciera falta, los dos clientes que estaban ya se habían ido, y le dijo al oído con una voz contenida de misterio y de complicidad: "Vuelva el martes que ya todo estará listo, doctor, correo directo para Bruselas...".

El martes volvió entonces un poco antes del mediodía. No había nadie, aunque los empleados se movían y alzaban cosas como si estuvieran en plena actividad y como si hubiera mucho por hacer. Siempre había sido así: desde esa primera noche que estuvo allí en 1941, la noche en que en esa oficina se habían acantonado Bernard Blot y José Fernando Calle para cañonear al ejército alemán que resultó ser el de José Wegrzyn, hacía de eso más de cuarenta años, siempre había sido igual, nadie paraba en esa oficina de correos de Tully. No había casi nunca clientes, nadie entraba jamás. Pero los trabajadores fingían lo contrario, que no les quedaba un minuto y que en ese lugar el trabajo los había desbordado y todos estaban muy ocupados para poder pensar en algo más. Alzaban cajas que es probable que estuvieran vacías pero las alzaban y la movían y las volvían a poner; ordenaban la correspondencia, los sellos postales, los telegramas. Bernard Blot era su director de orquesta: llegaba con su uniforme a las 8 de la mañana —era siempre el primero en llegar, de hecho; el primero en llegar y el último en irse— y mandaba a su gente con tanto entusiasmo y tanta determinación que esa parecía la oficina de correos de París, febril y efervescente y con el destino de media humanidad entre sus manos, mientras la otra media esperaba ansiosa en su casa el aviso providencial de que había llegado el cartero. En realidad era como si el mostrador allí fuera una especie de frontera entre dos mundos, entre el pasado y el presente: hacia afuera, donde se supone que debía de estar el público, no había nunca casi nadie, apenas una o dos personas que iban a poner una carta o una postal o que iban sobre todo a recoger algún dinero que alguien les hubiera mandado de alguna parte; pero hacia adentro estaba el señor Blot con su gente sin parar un minuto. No quedaba tiempo ni siquiera para quejarse, para reconocer la realidad: había que volver a levantar esas cajas, "usted, señor Langlois, por favor, ya le dije…"; había que ordenar las estampillas, calibrar las balanzas, mojar los sellos, alistar el pegante. Bernard Blot, impecable con su traje de briega, los mandaba a todos como si en sus manos llevara una batuta, como si esa fuera la única música del universo.

Así lo encontró ese martes poco antes del mediodía, revisando junto a su gente, con gran interés, unos papeles. En realidad no eran unos papeles cualesquiera sino unas ordenanzas del siglo XVIII sobre las rutas postales de Francia y sobre los deberes morales y el decoro y la fidelidad que tenían que guiar la vida de un buen cartero. Habían encontrado esas ordenanzas por la mañana y cuando Marcelino Quijano entró Bernard Blot les estaba diciendo a sus hombres: "Algo saldrá de aquí, miren ustedes qué interesante...". Pero al verlo entrar dejó esos papeles aparte, les dijo a todos que se fueran a trabajar, y con una sonrisa se lo llevó al rincón de siempre y le explicó qué estaban leyendo. Le dijo también que lo esperara un minuto e incluso le dejó las ordenanzas para que las viera mientras él volvía: "*De las rutas del país y sus caminos postales y de cómo deben ser honrados los carteros que los usan...*", era el título de ese libro, hoy aquí conmigo también. Al volver traía un papel quemado, una carta abierta por lo que parecía. Bernard Blot se apresuró a explicarle, muy serio, que había tenido que abrirla para saber si había quedado bien hecha o no, "ya sabe usted cómo es esto". Nunca faltaba esa explicación ya muy obvia y muy vieja. Le dijo también que le iba a encantar, la volvió a poner en el sobre, vio que no hubiera nadie por allí mirando, quién iba a haber, y se la dio con gran sigilo y luego le dio la mano y le dijo: "Apenas esto llegue a Bruselas avíseme; quiero saber de inmediato cómo nos fue...". Y así se fue otra vez a mandar a su gente como si el tiempo no hubiera pasado.

Marcelino Quijano llevaba en su bolsillo el viejo doblón de siempre, su moneda mexicana de la suerte, y un imán negro y grande; lo había encontrado esa mañana en su cuarto de *El Silenciario* y le pareció increíble, como de otras épocas también. Cuando era niño, en su casa, en Popayán, sí había imanes. No sabía nadie nunca de dónde salían pero no era extraño que en todas las familias hubiera uno o dos y entonces alguien los cogía y se iba con ellos a sacar de la tierra limadura de hierro. Había que acercar el imán al suelo, arrastrándolo sin tocar apenas la superficie, y se le iban pegando pedazos de la arena muy pequeños, como hormigas. Luego había que sacudir sobre un papel ese polvo negro y pesado y al pasarle por debajo el imán se empezaba a mover como si tuviera vida propia: como si fueran palabras o letras buscando un lugar en el mundo; como lanzas al acecho o una piel con frío. Así que Marcelino Quijano recordó de un golpe su infancia al coger ese imán, era increíble que todavía hubiera, y se lo puso en el bolsillo y todo el día anduvo acariciándolo como si fuera un talismán. Ya era el mediodía cuando salió de la oficina de correos con la carta que le había dado Bernard Blot en la mano; la iba acariciando también: con una mano acariciaba ese papel y con la otra sus recuerdos en el bolsillo. Quiso comprobar que eso todavía se podía, que aún era posible arrancarle el hierro a la tierra. Sacó el imán, recordó que alguna vez oyó a alguien decir que Tales de Mileto decía que los imanes tienen alma. No recordaba dónde lo había oído, tampoco le importaba. Puso el suyo contra el suelo, casi tocándolo, y vio cómo volaba el polvo y se incrustaba en esa piedra que ahora parecía de terciopelo. Entonces vio la carta y vio en ella el nombre de una ciudad y una fecha: "*Tunja, agosto de 1867*". Estaba quemada; no toda, pero sí un pedazo que era como si lo hubieran puesto en una vela. Ahí se veían los trazos del fuego, su sombra. Esa fue otra frase que también oyó alguna vez: "Que el fuego no empañe nada, que no haga sombra". Quizás la decía su tío, da igual. Cogió el imán y lo sacudió sobre el papel y el polvo fue cayendo como si fuera la nieve. Puso el imán por debajo y lo empezó a mover; la limadura de hierro era ahora un ejército de hormigas, palabras levantándose de su tumba. Quiso seguir la ruta del fuego pero entonces leyó ese nombre: "*José Milagros Gutiérrez Fonseka, Ciudadano Presidente*", y prefirió seguir leyendo. Sopló el polvo, lo vio arder al mediodía. Lo vio caer como la nieve.

Al llegar a la pensión abrió otra vez la carta y la empezó a leer, era perfecta: "*José Milagros Gutiérrez Fonseka, Ciudadano Presidente. En la ciudad de Tunja, capital del Estado Soberano de Boyacá, reunido el consejo de guerra en horas de la tarde y ante el reiterado incumplimiento de la sociedad belga* Chemins de fer en Colombie*, el antedicho Ciudadano Presidente se permite informarle al gobierno de Su Majestad Leopoldo II, socio y patrono de la mencionada compañía y buen amigo de nuestras gentes, que en el plazo perentorio de 24 horas aspira el Estado Soberano de Boyacá a verse resarcido en todos sus reclamos ante el gobierno de Bruselas. Y que en caso de cumplirse dicho plazo sin ninguna novedad, esta misiva puede y debe ser tenida como una efectiva declaración de guerra, he dicho*". Marcelino se la mostró entonces a García Blot García, postrado ahora en su silla de ruedas. Había perdido casi todos los movimientos del cuerpo pero no la vivacidad, el entusiasmo y la bondad que lo desbordaban y que ahora se le agolpaban en los ojos, relucientes y elocuentes, llenos de gracia y de felicidad. Le dijo al doctor que le parecía formidable la carta, tan bien hecha que ni siquiera en 1867 la habrían podido hacer así de bien. Ahora había que llevarla a Bruselas y dársela a Guillermo Santaya, dijo Marcelino, ahora le tocaba a él. Los viejos socios y amigos se miraron y sonrieron como siempre lo hacían cuando un plan les estaba saliendo bien; era increíble: cuarenta y siete años habían pasado ya desde esa primera noche en que el doctor entró allí buscando un lugar para dormir, *El Silenciario*. ¡Era casi medio siglo de estar juntos! ¡Y qué no habían hecho en esos cuarenta y siete años! Recordaron los días atroces de la guerra, las veces que estuvieron a punto de fracasar o de morir. Recordaron, por supuesto, a José Wegrzyn y cómo habían engañado a los nazis para que Marcelino saliera altivo y triunfante de Mauthausen. Qué gran actor era, dijo García Blot García, aunque a veces exageraba; su papel lo desbordaba, lo poseía, añadió Marcelino. Recordaron al maestro José Fernando Calle: ahí seguían en pie sus libros, el autor de la literatura universal. ¿Cuántas cartas había abierto ya Marcelino Quijano, cuántos casos felices había resuelto en la vida? Era imposible decirlo, muchísimos. Pero no los suficientes, siempre habría podido hacer más. Se lo dijo un día, descorazonada, Karina Garabundo: "No hay que pensar, che, no hay que pensar, algo hacemos pero falta mucho…". No es que lo atormentara pero sí lo intrigaba esa idea que él encarnaba del destino o del azar: abrir una carta y atravesarse en esa vida, ¿por qué justo esa y no otra cualquiera? Era un misterio que no quería remover ni pensar en exceso, para qué, era un reflejo del universo.

En la noche salió de Tully hacia París y en la madrugada fue a Bruselas. Tenía cita a las 9 de la mañana con Guillermo Santaya en el café *Lion d'Or*; al llegar lo vio jugando billar, era un maestro. Se sentaron en una mesa en un rincón, parecía hacer más frío adentro que afuera a pesar de la calefacción. El vaho denso y brumoso de la primera semana de febrero lo impregnaba todo, era el

2 de febrero de 1988. Los dos estaban de traje y gabán, como si se hubieran puesto de acuerdo. El embajador miró a Marcelino y le dijo satisfecho y de veras deslumbrado: "Me dijeron que usted era bueno pero no así de bueno, mis respetos". El doctor apenas encogió los hombros, asintió, ese era su trabajo. Pero es que nadie hablaba en Bélgica de otra cosa: en los periódicos, en la radio, en la televisión la noticia era solo esa, la carta que el rey Balduino le había mandado el día anterior a Nicolae Ceausescu, dictador de Rumania. Era una absurda carta de apoyo diciéndole que el pueblo belga estaba con él y que lo acompañaba en su esfuerzo denodado y justo por reprimir los brotes sediciosos de quienes se oponían a su régimen igualitario y providencial. Ceausescu había leído esa carta en vivo y en directo, por la televisión. El embajador rumano en Bruselas había sido llamado de inmediato a responder ante el gobierno de Su Majestad Balduino por lo que se consideraba no solo una afrenta sino una burda falsificación. ¿Cómo era posible que estuviera leyendo cartas apócrifas en público sin comprobar su autenticidad? Era un escándalo, un bochorno, un papelón. El embajador rumano, sin embargo, les juraba que nadie en su país había falsificado esa carta, cómo se les ocurría. Ese documento había llegado por la vía más confiable y respetable. Es más: no solo había llegado esa carta de Balduino sino también una de don Juan Carlos de España, otra de Carlos Gustavo de Suecia, otra de Isabel de Inglaterra. ¿Eran falsas ellas también? Los servicios secretos de Occidente creían que sí, estaban seguros de que el dictador lo había urdido todo y había montado ese grotesco número para autoglorificarse y para apuntalarse en el poder ahora que todos los países del Este parecían hacer agua, desde Rusia hacia abajo.

Tres disidentes, expulsados de Alemania del Este

H. T., **Viena**

El cantautor Stefan Krawkzyk y su mujer, la directora de teatro Freya Klier, encarcelados en Berlín Este por su participación en una manifestación en favor de la libertad de expresión y acusados de traición por sus contactos con Occidente, fueron puestos ayer en libertad y expulsados a la República Federal de Alemania. Con ellos fue expulsado de la República Democrática Alemana otro disidente ya condenado a seis meses de prisión por los incidentes ocurridos durante un acto público en recuerdo de los líderes comunistas históricos Rosa Luxemburgo y Karl Liebknecht, el 17 de enero pasado.

Por primera vez desde que se produjeron las más de 100 detenciones en la manifestación en Berlín Este, las autoridades de la RDA parecen dispuestas a una rápida solución del conflicto y dan muestras de flexibilidad. Según el abogado Wolfgang Vogel, delegado especial para asuntos humanitarios del jefe del Estado y del Partido Comunista de la RDA, Erich Honecker, la veintena de detenidos en prisión serán puestos en libertad antes del fin de semana próximo.

No se sabe si éstos serán asimismo expulsados o podrán permanecer en la RDA. Krawkzyk y su mujer se habían negado hasta ayer a abandonar el país y renunciar a la nacionalidad de la RDA. El régimen de Berlín Este parece decidido a descabezar el movimiento de oposición, en el que los expulsados desempeñaban un importante papel aglutinador. La amplia protesta de la Iglesia evangélica y el eco internacional de la misma parecen haber llevado a las autoridades a limitar los daños en el terreno internacional, especialmente en sus relaciones con la RFA.

La dura actuación de la policía política y de la justicia contra los detenidos parece haber sido instigada por el Ministerio de Seguridad del Estado y el sector más ortodoxo del partido, opuesto a las reformas auspiciadas por la URSS. Tras esta advertencia a los sectores insatisfechos de la población de la RDA, Berlín Este adopta de nuevo una postura conciliadora. En la semana siguiente al acto del 17 de enero fueron expulsados a la RFA más de 80 implicados, la mayoría de los cuales había visto denegada su solicitud de permiso de emigración.

La pérdida de popularidad de Koivisto desconcierta a los finlandeses

RICARDO MORENO, ENVIADO ESPECIAL, **Helsinki**

Los resultados de las elecciones presidenciales finlandesas desautorizaron todas las especulaciones previas. Aun cuando los sondeos de opinión habían mostrado una tendencia a la baja en la popularidad de Mauno Koivisto, que en una ocasión llegó precisamente casi al 48% que finalmente obtuvo, un 52% era la cifra promedio que todos esperaban. La búsqueda de explicaciones a los motivos por los que un hombre que hace dos años contaba con un respaldo del 64% para ser reelegido presidente en votación directa no haya llegado al 50% era ayer el tema dominante en la vida política de Finlandia.

Este hecho implica una derrota para Koivisto, aun cuando todavía tenga el 47,9%, un respaldo considerable de la opinión pública y más del doble del candidato más cercano. Los escándalos de corrupción que suelen sacudir la vida política de Finlandia no alcanzaron nunca a la persona de Koivisto. Pero tampoco hubo nada que pudiera destacarse como signo de brillantez o efectividad en su gestión y la oposición le reprochó a menudo su falta de protagonismo internacional, lo que no parece infundado. Finlandia sigue teniendo, de cara al exterior, una imagen tan brumosa como la de su paisaje invernal.

En el plano interno, Koivisto, quizá demasiado seguro de su popularidad, perdió contacto con el pueblo, se aisló y mostró en algunos episodios inusuales rasgos de arrogancia.

Koivisto obtuvo 144 electores para el colegio, de un total de 300, que deberán elegir el presidente en forma indirecta. No son suficientes, necesita por lo menos siete más, pero se da por descontado que saldrá elegido en la primera reunión del colegio, el 15 de febrero.

REUTER

El presidente Mauno Koivisto, durante una conferencia de prensa ayer.

Bélgica protesta a Rumanía por publicar un mensaje falso del rey Balduino

AGENCIAS, **Bruselas**

El embajador de Rumanía en Bruselas, George Ciucu, fue convocado al Ministerio de Exteriores belga, donde se le presentó la "firme protesta" del Gobierno por la publicación en un semanario rumano de un mensaje falso del rey Balduino al presidente Nicolae Ceaucescu. "El mensaje ha sido fabricado completamente", afirma en un comunicado el Ministerio de Exteriores belga.

En la última quincena de enero han aparecido en las publicaciones rumanas, todas ellas bajo control del Estado, mensajes de felicitación a Ceaucescu del rey Juan Carlos de España, la reina Isabel de Inglaterra y el rey Carlos Gustavo de Suecia, todos ellos igualmente falsos.

Por otra parte, el grupo disidente checoslovaco Carta 77 convocó el lunes diversas manifestaciones en Varsovia, Praga, Budapest y Moscú en solidaridad con las huelgas de noviembre pasado en las que los obreros rumanos protestaban por la carestía de la vida. Al menos 50 personas fueron detenidas frente a la Embajada de Rumanía en Varsovia el lunes, pero ayer fueron todas puestas en libertad menos el pacifista Jan Tomasiewicz, miembro del ilegal grupo Libertad y Paz, quien permanecía retenido en la comisaría central de policía de la capital polaca.

En Budapest no hubo detenciones pero la policía intervino y disolvió a las 350 personas congregadas frente a la sede diplomática rumana cuando unos manifestantes trataron de despiegar una parcarta que rezaba: "Muera el dictador".

En París, unas 150 personas, en su mayoría emigrantes de Europa del Este, encendieron velas y se manifestaron en silencio en solidaridad con el pueblo rumano.

BREVES

Carlucci y Yazov. Los ministros de Defensa de EE UU y la URSS, Frank Carlucci y Dimitri Yazov, respectivamente, se encontrarán a finales de marzo en Berna (Suiza) para discutir sobre control de armas.— REUTER

Jefe mafioso, asesinado. Giovanni Fici, de 34 años, condenado a 10 de cárcel en el *maxiproceso* contra la Mafia y en libertad provisional, fue asesinado ayer en Palermo (Sicilia).— EFE

Manifestaciones en Filipinas. Un niño de dos años murió y otras 20 personas resultaron heridas en Muntilupa (Filipinas) en la manifestación contra los resultados de las elecciones municipales de ese distrito.— EFE

Explosión en un tren. Un tren chino cargado de armamento explosionó nada más cruzar la frontera con Corea del Norte y causó la muerte a 120 personas y heridas a unas 5.000, informó el diario hongkonés *Sing Tao Jih Pao*, sin que lo reconozcan las autoridades chinas.— REUTER

Francés asesinado en Beirut. Jacques Meurant, un agente del servicio secreto francés, murió ayer a tiros por unos desconocidos cuando conducía su coche por Beirut este.— REUTER

Cheroquis liberan a sus rehenes. Los tres indios cheroquis que el lunes tomaron como rehenes a nueve empleados de un diario local de Carolina del Norte, para protestar por el trato que el Gobierno norteamericano da a las minorías, liberaron a los retenidos y se entregaron.— EFE

Secuestro de niños. Dos hombres, uno de ellos veterano de Vietnam, secuestraron ayer a un maestro y más de 80 niños, en una escuela privada de Tuscaloosa (Alabama, EE UU). Uno de los secuestradores se rindió luego a la policía.— EFE

Gaddafi visitará Túnez. El máximo dirigente libio Muamar Gaddafi visitará Túnez el jueves y viernes próximos, después del restablecimiento de relaciones diplomáticas entre los dos países, informó ayer el periódico tunecino *La Presse*.— REUTER

Liberados militares argentinos. El Estado Mayor del Ejército argelino dispuso ayer la libertad de otros 38 suboficiales detenidos por su participación en la rebelión que encabezó Aldo Rico el pasado 15 de enero.— EFE

Nadie sabía entonces, y es probable que nadie supiera nunca, hasta hoy, que esas cartas las había enviado Marcelino Quijano y Quadra, todas con su respectivo timbre oficial, todas en apariencia tan reales (nunca mejor dicho). Por eso Ceausescu las había leído enternecido por la televisión, jamás se imaginó que él también era víctima de ese montaje que los espías y los gobiernos de Occidente le endilgaban más bien como si fuera su artífice y beneficiario. Marcelino no le contó a Guillermo Santaya allí en el *Lion D'Or* por qué había escogido a Rumania y a Ceausescu para esa operación; yo sí se lo pregunté muchos años después cuando fui a verlo a Piedras de Fuego, me dijo que porque él sabía que el dictador y su mujer estaban locos, eso garantizaba que fueran de inmediato a la televisión a leer las cartas, nada más predecible que la vanidad y la locura. Pero lo importante era que el plan había funcionado y en todas las cancillerías europeas, empezando por la belga, el revuelo era mayúsculo y eso significaba que todos los funcionarios del servicio exterior iban a tener una semana ocupada y agotadora. El embajador Santaya, de visita en su ciudad, qué coincidencia, tenía vía libre para entrar a los archivos diplomáticos y dejar allí, en la "C" de Colombia, esa carta en la que José Milagros Gutiérrez Fonseka le declaraba la guerra al Reino de Bélgica en agosto de 1867. Era todo lo que tenía que hacer: entrar con su credencial al edificio del archivo diplomático en la vía de las Carmelitas en Bruselas, buscar el legajo de Colombia, deslizar en él esa carta que Bernard Blot había confeccionado con maestría: la letra perfecta del ciudadano presidente José Milagros Gutiérrez Fonseka, el papel de 1867 con trazos de fuego, la declaración de guerra. El sobre iba cerrado, el resto era historia.

Una semana después, tuvo que ser a mediados de febrero de 1988, Guillermo Santaya regresó a Bogotá para retomar sus actividades como embajador del Reino de Bélgica ante el gobierno de Colombia. Las noticias a su llegada eran de agitación política y social, el presidente Barco había propuesto un plebiscito para reformar la Constitución y no se hablaba de otro tema. De eso y de las bombas, la guerra de los narcos arreciaba. Lo primero que hizo al volver a su oficina el embajador Santaya fue pedirle a su secretaria que lo comunicara de inmediato en Bruselas con el ministro de Exteriores; no con ningún asistente ni viceministro, no, con el ministro en persona. A los diez minutos le devolvieron la llamada, el ministro lo oía del otro lado de la línea. Fue una conversación corta y cordial, ¿en qué podía ayudarle el Ministerio al embajador? Santaya, fingiendo algo de preocupación, ese era el plan, por dentro estaba pletórico, le dijo a su jefe que había un asunto a la vez pintoresco y delicado del cual era mejor ocuparse antes de que pasara a mayores. Se lo había dado a conocer hacía unos meses, de manera informal, el propio canciller colombiano, el señor Alberto Borrero Aragón. Parecía una tontería pero no lo era en absoluto, a ver qué pensaban allá en Bruselas. Estaban en guerra, le dijo Guillermo Santaya. El ministro no le entendió bien, le dijo que por favor le repitiera si quería en flamenco y no en francés, que era la lengua oficial en la que siempre hablaban. Pero como ambos eran de la misma región, mejor en su idioma materno para que no hubiera dudas ni confusiones. ¿Qué era lo que le estaba diciendo? ¿Que estaban en guerra? "En guerra con quién, señor embajador", preguntó impaciente y estupefacto el ministro. "¿Está usted bien?", también le dijo. El embajador se lo repitió tal cual: hacía unos meses, en una reunión en el palacio presidencial en Bogotá, el canciller Borrero le había dicho que el Reino de Bélgica y la República de Colombia llevaban ciento veinte años de guerra ininterrumpida y además clandestina. Pero guerra al fin y al cabo, un largo conflicto internacional que no le convenía a nadie y que había que resolver de alguna manera, para qué esperar más.

A los tres días el ministro volvió a llamar al embajador tal como se lo había prometido. Lo acompañaban en esa llamada los dos viceministros y el encargado para asuntos latinoamericanos de su despacho; todos lo oían, el teléfono estaba en altavoz. Había hablado ya con el primer ministro, no menos sorprendido con la noticia. Sorprendido y divertido, esa era la reacción allá de todo el que se enteraba de que Bélgica estaba en guerra con Colombia, por amor a Dios. Incluso el rey estaba al tanto, le parecía mejor una guerra con Boyacá que sus cartas apócrifas a Ceausescu, dijo, eso sí. Pero había que ir más allá de la anécdota y resolver el problema, sentenció el ministro. Ya su gente estaba en el archivo diplomático viendo a ver qué había al respecto, qué encontraban. Pero era muy raro: nunca en su vida había oído hablar de algo así, y llevaba cuarenta años en el servicio exterior. Lo que le querían decir todos allí era que la misión en Bogotá tenía el absoluto respaldo del gobierno y estaba autorizado para empezar cuanto antes las gestiones que creyera convenientes para zanjar la cuestión, ni más faltaba. Nunca es bueno dejar hilos sueltos, dijo el ministro. Guillermo Santaya preguntó si de verdad podía hacer lo que quisiera, un viceministro le respondió: "Todo salvo pedirnos tropas, embajador, no alcanzan a llegar...". Hubo una sonora carcajada de ese lado de la línea; Guillermo Santaya, de su lado, también se rio: habían mordido el anzuelo, tenía carta blanca para firmar la paz. Al día siguiente lo llamó otra vez el ministro, ahora estaba solo. No lo podía creer, era cierto: Bélgica llevaba ciento veinte años de guerra con Colombia, habían encontrado en el archivo una carta en español, de 1867, que era una declaración de guerra, un absoluto delirio. Había que esperar por si aparecía algo más, ya había varios historiadores al acecho de cualquier información, aunque parecía improbable que encontraran otra cosa: ni en los diarios de la época, ni en los periódicos, ni en las memorias, ni en los libros salía nada de ese episodio tan ridículo del que al parecer Bélgica ni siquiera se había enterado. Pero tocaba actuar, claro, eso era mejor cerrarlo bien. "¿Ya tiene alguna idea, embajador?", le preguntó el ministro a Santaya, que apenas le contestó: "Creo que sí, ministro, yo creo que sí...".

—Claire —le dijo el embajador a su secretaria—: comuníqueme por favor con el canciller Borrero. Y alístese que se vienen unos meses muy duros...

VIII

—Lo único es que esos no son nuestros documentos —le dijo, seco y lapidario, Marcelino Quijano y Quadra.

—No diga pendejadas, doctor Marcelino —le contestó dichoso Guillermo Santaya, con su español colombiano y perfecto de buen bruselense—. No venga a posar de modesto conmigo.

Estaban en *El Tiempo Perdido* y el embajador había ido a ver al doctor Marcelino para ultimar los detalles de la firma del tratado de paz entre el Reino de Bélgica y el departamento de Boyacá. A Santaya se le había ocurrido eso: que no podía ser un armisticio entre Colombia y Bélgica porque la guerra había sido entre un estado que ya no existía, el Estado Soberano de Boyacá, y su país. Eso fue lo primero que le dijo también Alberto Borrero cuando hablaron a su regreso de Bruselas ese día de febrero en que su secretaria lo comunicó con él y Santaya le contó todo: la anuencia del gobierno de Su Majestad para proceder al armisticio con Colombia; la carta que habían descubierto en el archivo diplomático; su emoción por llevar a cabo semejante locura… "Eso sí: mejor que la paz sea entre los boyacenses y ustedes", le dijo Borrero, y le explicó que no tenía mucho sentido meter al gobierno nacional en algo así, menos en esos momentos y menos cuando la guerra esa había sido entre el Reino de Bélgica y el Estado Soberano de Boyacá. "Tiene razón, canciller: mejor nosotros y ellos como fue todo desde el principio", dijo Santaya. El canciller llamó entonces al gobernador del departamento y le contó el plan, le habló de la posibilidad de hacer esa especie de fiesta para hermanar a dos pueblos que llevaban ciento veinte años de hostilidades secretas. El gobernador, un hombre rubicundo y de bigote, altísimo y gordo, dijo que estaba encantado y que podían contar con él para lo que fuera. Tanto que al otro día ya estaba en la embajada a las 10 de la mañana, al frente de Guillermo Santaya y su equipo. El gobernador les dijo que mejor se fueran para la *Casa de Boyacá*, un restaurante, que allá podían organizar las cosas con más calma y discreción. La dueña, una diligente paisana suya, Marina Vargas, les iba a ayudar con lo que necesitaran. El embajador Santaya le dijo que en lo fundamental necesitaban organizar una guerra y luego la firma de un tratado de paz, eso era todo. El gobernador le respondió que nada más fácil; "difícil cuando en Tunja se va el agua, sumercé, eso sí es difícil, lo otro qué…", le dijo. Y se fueron para la *Casa de Boyacá*.

Marina Vargas resultó ser una mujer adorable, inteligentísima, práctica. Guillermo Santaya se dio cuenta en el acto y la designó como su ayudante principal en todo lo que tuviera que ver con el evento; "bueno: la guerra y el evento", le dijo. La idea era salir en un tren desde Bogotá con una enorme comitiva de notables: los expresidentes, los ministros, los embajadores, el clero, las reinas de belleza, los periodistas, las estrellas del deporte y la canción, los poetas ("no todos", le pidió Santaya a Marina Vargas, "son demasiados"), los ciclistas: todo aquel que pudiera darle realce al plan era bienvenido y había que invitarlo. El problema, dijo Marina Vargas, es que no había tren, o el que había estaba oxidado y en muy mal estado. "Eso lo arreglamos, usted no se preocupe, lo que sabemos hacer los belgas son trenes, por eso empezó todo esto", le dijo el embajador, acelerado como una motocicleta. De hecho no paraba de trabajar ni de pensar, no dormía, la paz se le había vuelto una obsesión. Lo cual era a la vez muy bueno y terrible para quienes estaban a su lado embarcados en esa chifladura. Muy bueno porque parecía no haber nunca ningún obstáculo, y terrible por lo mismo: se había vuelto terco e intransigente, no aceptaba que nadie le objetara ninguna de las ideas que se le iban ocurriendo a diario para hacer de ese viaje y ese acuerdo de paz algo único en la historia —lo fue—, un día memorable y para siempre. Todas las mañanas se despertaba con una nueva iniciativa que se le había ocurrido durante la larga vigilia en la noche, con los ojos abiertos y desorbitados, imaginándose lo que iba a ser eso en los campos boyacenses: una gran mesa en la que habría dos copias del tratado de paz, una para el gobernador y otra para él como representante de la corona belga. La música sería la de los niños del coro de Tunja y una banda local y por el otro lado la de los niños del coro de Amberes y una banda de allá; también la filarmónica de Bogotá y la filarmónica de Bruselas partirían sus lanzas, sus violines, en ese día glorioso a ambos lados del Atlántico. En la víspera habría un banquete en el Hotel Tequendama: un encuentro entre empresarios belgas y empresarios boyacenses para restañar las heridas. Esa noche se dirían varios discursos de amigos sinceros de la paz, Colombia fue un país creado para echar discursos.

Entre las cosas que habían descubierto los historiadores en Bruselas, y eso los tenía extasiados, estaba no solo la declaración de guerra sino también una especie de relación en flamenco escrita por un militar belga que tomó parte en tan singular y absurdo conflicto. En ella contaba la historia de amor entre José Milagros Gutiérrez Fonseka y Josefina Harboort, una hermosa y virginal muchacha del Brabante enloquecida por ese soldado colombiano que le había pedido la mano a su familia, que por supuesto le dijo que no. El documento no hablaba del viaje a Lovaina de Gutiérrez Fonseka sino, por el contrario, del viaje a Boyacá del padre de Josefina con su esposa y con su hija. Se llamaba Jan Harboort y era un importante ingeniero de caminos, vendedor de oro y mercurio, cazador de caimanes. Lo que se decía ahí era que ese amor había nacido y también muerto en Colombia y que el belga, aterrado con la posibilidad de que su hija se casara con un soldado americano, se había devuelto a su país. Pasaron los años y todo cambió: José Milagros Gutiérrez Fonseka fue elegido presidente del Estado Soberano de Boyacá y tuvo un desencuentro con la empresa encargada de iniciar los estudios para un ferrocarril entre Tunja y el mar que jamás se hizo, una compañía asentada en Bruselas. Entonces, sin dársele nada, le declaró la guerra a Leopoldo II. Qué mejor manera de cobrar venganza, qué mejor manera de sacarse esa espina. El problema es que esa carta nunca llegó a manos del rey; ni a las suyas ni a las de nadie de su entorno, al parecer, pues se extravió en el camino como solía pasar tantas veces en aquel tiempo con la correspondencia entre Europa y América y viceversa y quién sabe en qué escritorio de qué oscuro lacayo fue a parar esa carta. Lo que sí llegó, algunos meses después, fue ese reporte sobresaltado y angustioso de ese soldado de fortuna que lo contaba todo.

Esa relación de principios de 1868 —hoy en el archivo de *Raros y Curiosos*, ahí está el original y su traducción al castellano— era corta pero muy reveladora y muy entretenida. Además era lo único que, junto a la carta extraviada en la que José Milagros Gutiérrez Fonseka le declaraba la guerra a Leopoldo II, habían encontrado en los archivos diplomáticos los funcionarios de la Cancillería, por eso también se la remitieron de inmediato a Guillermo Santaya, que la leyó feliz sin dejar de admirar la maestría y la pericia del doctor Marcelino Quijano y su gente para inventarse la historia o reescribirla cuando fuera necesario: pensaba que solo con la carta bastaba, caray, pero lo de esa falsa relación en flamenco de la guerra ya le parecía un detalle infalible y quirúrgico, casi un lujo. Qué irónicas eran las vueltas del destino y de las cosas, pensó Guillermo Santaya: él mismo había dejado sin que nadie lo viera esos papeles en ese archivo, y ahora se los enviaban a él como un gran descubrimiento, el inesperado hallazgo de lo que siempre estuvo allí y nadie vio nunca. Y el relato era perfecto, pensó, qué bien lo habían escrito en la oficina del doctor, qué manera de crear el tiempo pasado:

"*De regreso a mi país después de pasar casi toda mi vida fuera de él mientras llevaba su nombre en mi pecho y lo dejaba muy en alto, me apresto a escribir en esta relación la noticia de un par de episodios que de alguna manera comprometieron mi honor y el de Bélgica, mi patria, con la que nací casi al tiempo, ella un par de años antes que yo. Vi la luz en 1832 en Amberes y desde los dieciocho años entré al ejército; no me detendré en los pormenores de mi carrera militar pero puedo jurar que fui leal a mi bandera, a mis superiores y a Dios. En 1861 entré a pelear, como soldado de fortuna, en los ejércitos del norte en la guerra civil americana, de la que abandoné el campo cuando por fin se terminó en favor de los nuestros, por suerte, luego de cuatro atroces años. Me fui entonces, en 1865, a servir en México en las tropas leales al emperador Maximiliano de Austria, que Dios ten-*

ga en su gloria. Para nadie es un secreto que todos los belgas en todo el mundo estábamos de su lado, en parte gracias a nuestra devoción por la emperatriz Carlota, nuestra señora y compatriota, y en parte gracias a las prendas personales de decoro, ilustración, señorío y bonhomía del propio emperador, a cuyo flanco combatí sin tregua hasta su trágico final en Querétaro cuando las tropas rebeldes lo capturaron, lo bendijeron y lo fusilaron. Ese es el primer episodio del cual quería dejar testimonio aquí, pues entonces se dijo en algunos cenáculos y en algunas logias que quienes acompañábamos a Maximiliano lo abandonamos sin dignidad y fue nuestra culpa que lo aprehendieran y lo mataran. Nada más lejos de la verdad, pongo mis manos en el fuego por quienes estuvimos allí hasta el último momento y nos jugamos el alma y la piel por defender el honor no solo de nuestras insignias sino también de aquel rey, que Dios lo guarde. En particular los belgas que estábamos allí, y a los que nuestros compañeros de armas y de infortunio nos llamaban 'los carlotinos', fuimos denodados y valientes, honrados hasta que nos dieron la orden de no disparar más porque teníamos que firmar el armisticio. Y eso hicimos y nos engañaron, pero que nunca se diga en ninguna parte lo que no fue; que no mancillen nuestro nombre ni el de nuestras familias. No éramos muchos pero éramos machos, como decían siempre esos mexicanos con los que nuestro fuego se cruzó desde el primer día y hasta el último, lo juro ante el Señor...".

"El otro episodio me ocurrió en los Estados Unidos de Colombia, la antigua Nueva Granada. Allá llegué dos o tres semanas después de la ejecución del emperador Maximiliano, en junio de 1867; todos o casi todos los belgas que estábamos con él y que lo vimos morir como un grande partimos hacia aquel país de la América Equinoccial donde nos fue prometido un mirífico negocio en torno a la construcción del ferrocarril, ciencia en la cual nuestros compatriotas se estaban y se están haciendo célebres en el mundo entero, y con sobrada razón. No en vano fue un ciudadano bruselense, direc-

tor de la compañía de los caminos de hierro, quien nos convocó a esa aventura que al principio parecía fácil y preñada de buenos augurios y pingües ganancias, pero que bien pronto se nos convertiría a todos, y me atrevo a hablar no solo a nombre propio sino también a nombre de los demás, en un verdadero y sofocante infierno, el fin de los tiempos. Llegamos a una región del país que se llama Boyacá, uno de los nueve llamados 'estados soberanos' que son como una réplica o imitación de los que hay en la unión americana. ¡Pero cuán diferentes en todo, cielo santo! Y lo digo yo que durante cuatro años mordí el polvo de la guerra civil en Norteamérica y vi y viví en ella brutalidades sin cuento. Lo de Colombia, empero, es un abrasador frenesí: un carnaval mortuorio y grotesco aun peor que el de México en tiempos de Maximiliano, porque es un carnaval sin grandeza ni propósito ninguno, más bien lo que allá mismo llaman, en algunas de sus regiones devoradas todas por el clima y por la guerra y la maldad, una 'corraleja': una especie de corrida de toros pero colectiva en la que el pueblo entero se lanza al ruedo a lidiar a la pobre bestia, única expresión acaso de razón y sensatez en esa turbamulta que va de un lado para el otro sin que nadie sepa para dónde va nadie. En Boyacá me dijo un día un campesino: 'Naiden arrempuje a naiden porque naiden sabe para dónde va naiden…'. Eso es ese país, así se consume en su propio abismo cada día más… La guerra parece ser su único destino, su vocación. Así lo ha sido desde principios de siglo tras separarse de España —¡ah si sabremos los belgas lo que significa separarse de España!—, y desde entonces no ceja en su pulsión cainita y fratricida. Pero lo que nos tocó ver a nosotros, inexpertos en un caos así, no tiene nombre ni explicación ni perdón de Dios, pues el federalismo ha pervertido de tal manera el alma de esa nación que la ha multiplicado en un puñado de insignificantes estaduelos que se creen la Virginia o la Florida y que a duras penas son unas republiquitas sediciosas y malsanas al recaudo de sus caudillos, empeñados en declararse entre sí la guerra civil todos los días, el uno contra el otro, luego el otro contra el uno, vulgares espadones de opereta con sus bigotes, sus cicatrices, sus mulos y los añicos de su patria entre las manos...".

"Pero no contentos con la guerra nacional, la guerra como su único programa político que no les permitirá nunca la conquista del orden y el progreso, los estados soberanos, en aquella época en la que yo estuve allí, dieron en declarar una serie de guerras internacionales también. ¡No contentos con las suyas querían otras más, fuera de sus fronteras! Y las historias que se oían eran como de un sainete: que Santander le declaró la guerra al pobre señor Bismarck, por ejemplo. Y todo por un pleito entre unos ingenieros prusianos y unos trabajadores de una población llamada Zapatoca, famosa por el talante atrabiliario de sus hombres y sobre todo sus mujeres (pobres de ellos), y famosa además por una proverbial tacañería que hace que la gente abra la ventana de sus casas cuando les ofrece a los invitados 'un fresquito', que es el nombre que en Colombia tienen a la vez los jugos de frutas y el aire nuevo. Lo cierto es que esa guerra ocurrió, fue real. Pero la nuestra fue muchísimo peor, la guerra a muerte. Declarada por el presidente del Estado Soberano de Boyacá, un orate llamado José Milagros Gutiérrez Fonseka, que tuvo a bien un día, por cuenta de su pleito con nuestra compañía, declararle la guerra al rey Leopoldo, que Dios guarde por muchos años más. Al parecer lo que había detrás de semejante desafuero era un gran despecho, las calenturas de un amante enajenado y herido hasta la muerte; lo único más grave que el amor es su ausencia y su fracaso. Y ese era el caso de José Milagros Gutiérrez Fonseka, quien se enamoró con locura de la hija única de un ingeniero del Brabante que había estado en Boyacá hacía mucho y que huyó de allí cuando supo del romance entre la niña de sus ojos y el bestial general que había estado más tiempo en las guerras civiles del país, incontables, que en su propia casa. José Milagros trató de solicitar en matrimonio a Josefina, como se llamaba aquella doncella, pero recibió como respues-

ta un portazo en la cara. Al otro día el padre levantó sus cosas y se llevó de allí, para siempre, a su esposa y a su hija, nunca más se volvió a saber de ellos. Y ni siquiera el paso del tiempo, sin igual hospital del alma, hizo que el joven Gutiérrez Fonseka olvidara la afrenta y el dolor, por el contrario tanto más candentes y abrasivos cuanto más iban pasando los días y los años, hasta que él fue elegido presidente de su estado, o como le dicen allí, 'ciudadano presidente'. No sé cuánto había pasado entre el desamor de Josefina y nuestro fallido contrato ferroviario, que jamás se consumó, lo que sí sé es que un día, pocos meses después de haber llegado nosotros allí, sería agosto o septiembre de 1867, nos dijo nuestro abnegado patrón: 'Prepárense para la guerra'. Pensamos que era un chiste, su humor era famoso entre la gente; su humor y su mal humor. Se mantuvo impertérrito, sin embargo, grave y fatal. Luego de unos minutos asintió y volvió a decir: 'Prepárense para la guerra, aunque la vamos a perder...'. No entendíamos lo que decía, algunos creímos que hablaba por él el aguardiente, también eran famosas sus incursiones por las fondas de aquel lugar del infierno... Nos explicó entonces, secándose el sudor de la cara con un trapo de lino, que el gobierno del estado soberano le había dado un ultimátum a nuestro país, un ultimátum que no había respondido nadie. La causa de tal desafuero no estaba clara, se rumoraba que era el incumplimiento de una de las cláusulas del contrato que nos tenía a todos allí. Y como el rey Leopoldo era socio y garante de nuestra compañía, el único camino que al parecer quedaba era el de la guerra entre los dos pueblos...".

"Lo que vino luego fue un escandaloso disparate, pues aquella gente boyacense se puso de veras en pie de guerra contra nosotros. La primera noticia que tuvimos fue la de un batallón de caballería que salió presuroso y feliz, nomás conocida la noticia del inicio de las hostilidades, a buscar nuestro país en algún lugar cercano, creían esos hombres que Bélgica estaba a la vuelta de la esquina. No sé ni siquiera qué podían entender ellos al oír ese nombre tan bello y tan

extraño, 'Bélgica', pero un cura les dijo que no perdieran su tiempo, que nuestro país quedaba al otro lado del mar. Se organizó entonces una flota naval, fue flor de un día, nadie supo cómo iban a sacar por entre las montañas los barcos que querían armar y que pronto se revelaron como un lastre y una quimera, apenas sobrevivieron sus planos. Lo que había que hacer, dijo el ciudadano presidente José Milagros Gutiérrez Fonseka, era atacarnos a nosotros, los trabajadores del ferrocarril. Un compañero nuestro lo oyó decir una noche en una taberna: 'No sean brutos, carajo, cómo vamos a ir a Bélgica. Lo que hay que hacer es derrotarlos aquí, cañonear a los del tren que es como si uno fuera hasta allá, y deben de ser más porque ese es un país muy pequeño...'. Fue así como empezaron esos días bestiales de hostilidades sin cuento, poco después de que nuestro patrón nos dijera que nos preparáramos para la guerra. Cuando vimos que hablaba en serio, corrimos todos por las armas. Al principio pensamos que era una nueva contienda civil de esas que en ese país brotan y crecen como la ortiga, casi a diario; quizás nos tocara defender al gobierno, daba igual, allí nadie sabe nunca quién es el gobierno. El patrón, muy circunspecto, nos aclaró que no y que la guerra era contra nosotros, los belgas. Alguien preguntó por qué y el patrón respondió que no sabía ni le importaba. 'Un lío de faldas', conjeturó, y nos dio la orden de estar listos para cualquier ataque...".

"Apenas si alcanzó a decirlo, la primera bala lo hirió en el hombro. Maldijo en francés, gritó que corriéramos. ¿Pero adónde? Además éramos casi todos soldados, gente profesional. De hecho a muchos de los que estábamos allí nos pareció que era más bien una escaramuza; un juego de niños al lado de lo que nos había tocado vivir en México. El enemigo, si así podemos llamarlo, era un puñado de borrachos disparando sin dios ni ley, gritaban '¡abajo los godos!', como si nosotros lo fuéramos. Van Houcke, un antuerpiense que había luchado conmigo en Querétaro, se me acercó y me dijo: 'Dos filas y los acabamos'. Yo asentí, organicé una avanzada de los nues-

tros que fueran un poco al frente para contener a los boyacos, como también se le conoce a esta gente en el resto del país: gente austera y silenciosa y señorial y muy inteligente y altiva y castellana, vestida a veces, por lo menos los del pueblo, con una gran manta que se llama 'ruana' y que apenas tiene la abertura para la cabeza; es la pieza principal de su indumentaria junto con el sombrero y la cerveza. Y es gente valiente y dignísima también: de pocas palabras, la principal de las cuales suele ser 'sumercé', pero capaz de desenfundar el machete sin dársele nada y acabar de un tajo cualquier altercado. Por suerte nuestros enemigos no eran diestros con el fusil, lo disparaban como si fuera el arma la que los arrastraba a ellos. Mi estrategia de lanzar una primera fila fue un acierto porque atrás se apostó una segunda mucho mejor armada, comandada por Van Houcke, que se empeñó como si aquello fuera una batalla de Las Cumbres. Nuestro patrón yacía en el piso, con una mano en el hombro que le seguía sangrando. Para paliar el dolor alguien le dio una botella de aguardiente, se la bogó de un solo golpe. Su cara roja y tiznada cambió de pronto, no se oyeron más balas. Era increíble: habíamos ganado el primer enfrentamiento de esa guerra...".

"La noticia de nuestra victoria, por supuesto, cundió como el fuego. Que los boyacos sean de pocas palabras no quiere decir que no les guste el chisme; al revés, de él viven. Así que la deshonra del gobierno estaba muy pronto en boca de todos: lo que se pensó que iba a ser un triunfo aplastante del Estado Soberano de Boyacá resultó ser una total vergüenza para su presidente, el ciudadano José Milagros Gutiérrez Fonseka, quien de inmediato arengó al pueblo en la plaza central de Tunja y le prometió hacerse cargo, él en persona, de las acciones militares de su ejército. Era una guerra internacional y su administración no la iba a perder por nada del mundo. Esa misma noche, o a la madrugada del siguiente día, para ser más preciso, nuestro campamento fue atacado de forma aleve por un escuadrón de matones que ya no era ese puñado de borrachos de la primera vez.

Ahora sí estábamos ante unos veteranos, gritaban el nombre de los Estados Unidos de Colombia. Y nos habrían hecho polvo allí mismo si no es porque de la nada empezaron a unírsenos soldados que no conocíamos; gente de la región, colombianos como los que nos estaban disparando. Solo que estos luchaban a nuestro lado, nos defendían con más furia, porque nosotros aún no salíamos del estupor, el horror y el aturdimiento. Van Houcke se me acercó y me dijo: 'Son los godos', y luego se fue corriendo. Gracias a ellos, todo hay que decirlo, esa madrugada tampoco fue nuestro último día; esa mañana allí en nuestro campamento, tras cinco o seis horas de combate, al final ya había despuntado el sol, tampoco perdimos el honor ni la vida. Los godos se fueron como habían venido, sin que nadie los viera. La tropa del gobierno, sorprendida por nuestro pie de fuerza, también dio media vuelta y huyó cuando estaba muy claro que no nos iba a poder doblegar. Uno de sus comandantes, un tal Miguel Bermúdez, gritó que habíamos ganado la batalla pero que íbamos a perder la guerra. Entre todos nos miramos sorprendidos; de los nuestros solo había un par de heridos, ningún muerto. Eso se lo debíamos sin duda a los godos que fueron nuestra inesperada salvación. Supimos entonces que nuestro patrón, aún malherido, había pactado con ellos. Nos dijo en francés con su voz cavernosa: 'Yo sí no vine a morir en Colombia', y pasó a relatarnos sus peripecias y tratativas para buscar muy rápido el apoyo de los líderes del ejército conservador que había perdido la última guerra civil en el país. Esa gente siempre tiene el fusil bajo la cama y está lista a levantarse cuando sea, todo con tal de tumbar del gobierno al otro partido. Era un ejército diezmado el de los godos, quizás, pero con la suficiente entereza para apoyarnos, al menos con el suficiente rencor para saber que no iba a derrotar a Gutiérrez Fonseka pero sí podía propinarle la vergüenza de su primer desastre internacional. Y decía la gente que en Tunja el ciudadano presidente bramaba de la furia. Gritaba: '¡Ahora sí me voy a Bélgica, allá como que sí les voy a poder ganar!'.

No podía creer que algo que parecía tan fácil, someter a unos trabajadores ferroviarios, se le hubiera vuelto semejante debacle, con dos batallas ya libradas y ninguna resuelta del todo a su favor. Le dijeron que los godos nos habían ayudado, dicen que dijo que peor todavía, doble deshonra. ¿Queríamos guerra? Guerra nos iba a dar, se le oyó decir…".

"Las semanas siguientes no fueron muy distintas: una escaramuza aquí, un ataque allá. Lo curioso es que cuanto más pasaba el tiempo más nos íbamos afianzando nosotros, convencidos de que no teníamos nada que perder. Y era cierto: habíamos llegado allí para hacer un ferrocarril y ahora nos declaraban la guerra. Quizás si nos hubieran destrozado el primer día todo habría sido distinto, pero nuestra defensa providencial fue el primer episodio de una sucesión de encuentros que no dudo en llamar épicos, pues gracias a los godos, que Dios tenga en su gloria, no solo nunca nos pudo derrotar José Milagros Gutiérrez Fonseka sino que al final, después de un par de meses, éramos los belgas los que lo batíamos sin compasión y lo sacábamos corriendo. A él y a sus hombres, se iban dando vivas a Colombia y al Partido Liberal pero se iban. Nadie podía entender cómo era posible que un ejército insignificante como el nuestro, unos pocos trabajadores, oficiara en cada batalla el milagro de su reproducción deslumbrante, como en la parábola bíblica de los panes y los peces. Nadie sabía tampoco, aunque el rumor sí andaba en el aire, que nos apoyaban en secreto los conservadores, porque esa fue la única condición que pusieron: que nunca dijéramos que eran ellos nuestros ángeles custodios, agazapados con rigor y disciplina adonde fuéramos, para salir en la noche y unírsenos y ayudarnos a derrotar al enemigo. Mucho se decía en los mentideros, claro, alguna conseja sí circulaba en las tabernas sobre quiénes podían estar guardándonos la espalda. Pero no importaba porque además el pueblo se había puesto de nuestro lado; primero con discreción y ya luego con desvergonzado fervor. Eso, más que las ba-

tallas, era lo que enloquecía a Gutiérrez Fonseka. Cómo era posible que otra vez Bélgica lo estuviera humillando. Pero lo cierto es que cargaba y cargaba, como Bonaparte en nuestra bella Waterloo, y cada vez era peor para él. Mientras, en los pueblos se hablaba de nosotros como si fuéramos héroes y brujos a la vez, un ejército de magos. De día éramos unos pocos y en la noche nos triplicábamos y sacábamos despavoridos, con el rabo entre las piernas, a los soldados del gobierno legítimo. Incluso hubo un contingente de ellos que un día se presentó en nuestro campamento para hablar con nuestro patrón. Querían desertar de sus filas y adherirse a nuestra causa, querían ser belgas. Fue cuando nuestra suerte empezó a cambiar, pues los godos descubrieron alarmados que eso era lo que estaba pasando: la gente no se estaba volviendo del partido conservador sino del partido extranjero, y eso podía ser aun más peligroso. ¿Y si decidíamos derrocar al gobierno y proclamar un protectorado bajo el auspicio de Leopoldo II? ¿Y si creábamos un Estado internacional en todo el corazón de Colombia? Una cosa era el federalismo, decían los godos, cosa perversa sin duda, la causa de todas las desgracias del país. Pero peor que el federalismo entre los colombianos era el federalismo sin los colombianos, un nuevo régimen colonial. Nuestro patrón trató de aplacarlos, les dijo que cómo se les podía ocurrir tamaño disparate. Uno de ellos dijo no sin razón: 'Aquí todo es posible, sobre todo si no lo es'. Nos miramos, asentimos. Fue una conferencia muy tensa aquella, el conservatismo en pleno de Boyacá nos amenazó con quitarnos su apoyo definitivo. Preguntamos entonces qué querían, pues nosotros solo habíamos tratado de sobrevivir y lo habíamos hecho bien. Pero de verdad no nos interesaba nada más, estábamos allí para hacer un maldito tren, que Dios me perdone...".

"Los godos nos propusieron algo sensato, algo justo: si de verdad no queríamos nada más, había llegado el momento de la tregua. Tumbar al gobierno iba a ser muy difícil, así que nuestros triunfos

tan populares y cada vez más arrolladores no tenían más futuro que ese: el aplauso del pueblo hasta que un día perdiéramos. Al general Gutiérrez le iba a caer como anillo al dedo la posibilidad de un acuerdo secreto con nosotros. Cada derrota que le infligíamos era una espina más en su corazón; una pedrada en el alma. Decían que había pasado de la cólera a la melancolía y que ahora deambulaba por todas partes obsesionado solo con una cosa, la derrota de los belgas. Lo que había empezado como una venganza de amor se le había vuelto una maldición, y era seguro que si un emisario le proponía un arreglo, iba a aceptar. Así fue: a la mañana siguiente, nuestro patrón, aconsejado por los conservadores, le envió una carta al ciudadano presidente. En ella le decía que dejaran ya toda desavenencia y que aquello había sido un error inexplicable. Los belgas no sabíamos bien por qué el gobierno nos había atacado, le dijo, le escribió nuestro patrón, pero no teníamos problema en deponer las armas y en pactar una tregua en los términos que fueran más honrosos para ambas partes. Tenía que ser pronto y con la mayor discreción, eso sí, que la vigilancia de la gente no ayudaba mucho. La guerra contra Bélgica se había vuelto el folletín del momento, nadie quería perderse el siguiente capítulo. El general Gutiérrez respondió que sí: que aceptaba la tregua. Pero con dos condiciones: la primera, que tenía que ser un pacto de caballeros, ningún papel podía firmarse porque era como una rendición del Estado Soberano de Boyacá; y la segunda, que le teníamos que dejar ganar aun cuando fuera una sola batalla. Igual él estaba seguro de que ese día llegaría algún día y nuestra derrota y humillación iban a ser monumentales. Pero estaba de acuerdo: mejor acabar el delirio antes que después, mejor despertarse ya de la pesadilla. No podía hacerlo, sin embargo, como un derrotado, tenía que ganar. Si se lo permitíamos (era un hombre de honor) nos prometía que saldríamos de esa última batalla todos con vida para irnos al otro día adonde se nos diera la gana, cuanto más lejos mejor. ¿El tren? el tren se podía ir al diablo, tal como había venido. Pero una victoria exigía para dar por terminado el enojoso incidente, una sola victoria...".

"*Ocurrió tres días después en el campo emblemático del llamado 'Puente de Boyacá', allí mismo donde Colombia había ganado su independencia casi cincuenta años ha. No fue una batalla de verdad, claro que no, sino una especie de comparsa. Una vergüenza para quienes habíamos derramado nuestra sangre en medio mundo, pero un precio justo para darle fin al sainete en el que habíamos vivido durante los últimos meses; sainete no menos deshonroso para nuestra causa, nuestro nombre y nuestras insignias de soldados de pro. Fueron muchas las balas perdidas, el cielo fue hollado ese día tanto que acaso por la noche, cuando salieron las estrellas, eran más bien los agujeros que le habíamos dejado en la mañana. La noticia llegó al mediodía a Tunja: el general José Milagros Gutiérrez Fonseka, el ciudadano presidente, había ganado la batalla. También se dijo que la actitud de los perdedores había sido decorosa y digna y que lo más probable es que pronto cesaran las hostilidades y se firmara la tregua. Nunca pasó: al otro día, en la madrugada, nos fuimos de allí. La guerra más absurda de nuestras vidas, una guerra que acaso nunca acabó. ¿Y el tren? El tren se fue al diablo*".

Santaya volvió a leer maravillado el último párrafo; lo leyó tres veces. Le dijo a Marcelino Quijano que era un genio, que había quedado perfecto. El doctor le respondió lo mismo que le había dicho al principio: "Es muy bueno ese documento, pero no es nuestro". Santaya rio a carcajadas, celebró la modestia y el rigor de su amigo, ya le decía así. Era inmune a todo elogio y al reconocimiento de sus méritos; aun en la intimidad mantenía la ilusión de las cosas para que nada saliera mal, un verdadero profesional. Procedió entonces el embajador a enumerar los pormenores del plan para la firma del armisticio: banquete en el Hotel Tequendama la noche anterior, discursos de los empresarios; al día siguiente, muy temprano, viaje en tren hasta Tunja, de allí en buses hasta el puente de Boyacá. Estaba todo listo: los niños de los coros, las orquestas, la comida, el vino, todo. Habían hecho incluso un par de muñecos gigantes de los dos protagonistas de ese amor malogrado que había desatado todo, José Milagros y Josefina. Después de firmar el tratado de paz, la comitiva iba a desfilar por Tunja con esos muñecos a la cabeza; la gente ya les decía "los belgicanos". Nada más faltaba.

—Espero que usted nos acompañe, doctor —le dijo Santaya a Marcelino Quijano—. Tengo aquí los pasajes para que vuelva conmigo: nos vamos mañana a Madrid y de allí salimos a Bogotá, en primera clase, por supuesto, todo de mi bolsillo.

El doctor negó con la cabeza muy amable pero muy determinado. No era costumbre suya participar de ninguna celebración así; no mezclaba sus negocios con la amistad. El embajador insistió pero fue imposible, esa era una norma que él se había trazado desde el principio y era inamovible: su misión era que todo saliera bien, lo demás les correspondía a los demás.

—Por lo menos déjeme invitarlo aquí a un vino, doctor —le dijo Santaya y llamó a Franco Bruno con la mano, le pidió una botella del mejor vino que tuviera.

—Eso sí —dijo Marcelino Quijano y Quadra, los ojos le brillaban—. Eso sí.

IX

El tren salió muy temprano en la mañana, un tren desvencijado y tuerto que no se usaba para pasajeros desde hacía años. Lo habían bruñido para la ocasión, eso sí, le pusieron sus mejores galas, como a esos veteranos de las guerras que en los días solemnes los países sacan a marchar, ya viejos y mutilados, con su antiguo traje militar. Así había quedado el tren del nordeste que la embajada belga en Colombia hizo reparar y pulir para que en esa mañana de mayo, el 28 de mayo de 1988, saliera desde Bogotá la enorme comitiva que iba a ver cómo se firmaba por fin, después de más de un siglo, la paz entre el Reino de Bélgica y el Estado Soberano de Boyacá. En los ajados vagones se fueron sentando los invitados, desde el nuncio apostólico hasta el embajador soviético, muy compungido porque ese mismo día se había anunciado en su país, ante la visita de Ronald Reagan, la inminente y ya irreversible consagración de la Perestroika, que para él era el fin del comunismo. El nuncio lo consolaba y le daba vino, un vino espumoso que la Santa Sede donó para tan trascendental evento. No todos los días se firma la paz de una guerra que nunca ocurrió; no todos los días se cierra una herida tan antigua, ya era hora. Pero no solo el ruso bebía sin parar: los demás también lo hacían, borrachos todavía, muchos de ellos, por el banquete del día anterior en el Hotel Tequendama de Bogotá. Allí se exhibieron los dos enormes muñecos de José Milagros Gutiérrez Fonseka y Josefina Harboort; los abrumadores “belgicanos” de más de dos metros de alto fabricados por el artista Philipe Chateau y que ahora viajaban amarrados en el techo del tren, pues el desfile en Tunja, el desfile de la paz, iba a ser con ellos por delante. Esa noche en el banquete se pronunciaron dos discursos, el más exaltado de los cuales, por supuesto, fue el de Guillermo Santaya, quien contó la historia de ese amor malogrado entre el general boyacense y la joven e inocente flamenca cuyo padre cortó para siempre, de un tajo, lo que habría podido ser un destino feliz. Pero así es la vida, dijo el embajador, y por eso estaban todos allí, para reparar después de tanto tiempo sus estragos y miserias. Bélgica y Boyacá llevaban ciento veinte años de guerra y era el momento de acabar con ella; una guerra de la que el mundo jamás tuvo noticia, pero ahora, con ese armisticio que estaba por firmarse entre dos pueblos hermanos, o así quería llamarlos él, sí que iba a saberlo por fin: si nadie supo nunca de la existencia de ese silencioso conflicto, había llegado la hora de que todos se enteraran de que su fin estaba próximo. Santaya levantó su copa y brindó por los dos países y por la memoria de los amores desastrados, la gente aplaudió conmovida. Luego habló el gobernador de Boyacá: un discurso breve y de rigor, escrito por alguno de sus secretarios. Iba a acabar de leerlo cuando se limpió con un pañuelo el sudor, se dio cuenta de que era un texto frío y lleno de lugares comunes. Quizás no fuera tan malo, pero comparado con el del embajador Santaya hacía quedar a su pueblo como un pueblo de insensibles. Entonces añadió de su cosecha una frase genial que hizo que el público estallara de la risa y se parara a ovacionarlo. Dijo muy serio, rascándose la cabeza, la frase de Jorge Arias de Greiff que también se la había dicho a él un día: “Además quiero decir una cosa muy importante: esta es la única guerra internacional que ha ganado Colombia y la ganó por W. Muchas gracias, salud".

Eso fue el día anterior a que el viejo tren del nordeste, como un veterano de la guerra que se vuelve a poner su uniforme y sus arreos, empezara su lenta marcha por el paisaje de la sabana de Bogotá, poblado aún por la bruma de la mañana, entre la que se iba descolgando, a pedazos, un sol cada vez más intenso. Adentro del tren solo se oía su estridente crujido al andar, como si en cualquier momento fuera a desintegrarse. Eso, entre otras cosas, les dijo a los belgas el tipo que lo reparó, un jubilado de la empresa de los ferrocarriles: "Yo hago lo que pueda, pero si este tren arranca se desbarata". Por eso cada ruido hacía que los pasajeros miraran por la ventana para cerciorarse de que todavía estaban allí, en su sitio. Lo que veían, en cambio, era el óxido salpicando entre las chispas, sin que nada se detuviera ni por un segundo. Y como el tren iba tan cansado y tan firme, viejo caballo, el paisaje apenas cambiaba de color. Parecía un viaje en el tiempo —lo era— en el que el tren se movía a duras penas sobre un mismo telón de fondo y en vez de llegar a otro lugar iba a llegar a otra época. Eso dijo el embajador soviético, ya borracho hasta el tuétano, dijo que sentía como si estuviera viajando al pasado. "Eso es lo que estamos haciendo", le contestó Guillermo Santaya, alegre pero muy preocupado e inquieto porque no solo el tren en el que iban era una amenaza para la seguridad de los invitados sino también la ferrovía.

Y no solo por sus condiciones ruinosas, no. Antes de salir de la Estación de la Sabana, punto de partida de esa travesía delirante, Marina Vargas había llamado a un rincón al embajador y le había entregado un mensaje del canciller Borrero Aragón. No era para cancelar nada, tampoco, pero era importante que supiera que la guerrilla del M-19, que acababa de secuestrar a Álvaro Gómez Hurtado, el principal líder del Partido Conservador, tenía la intención de dar otro golpe espectacular que distrajera a la opinión pública, y ese tren era un bocado de cardenal, empezando por el nuncio. Allí iba casi todo el cuerpo diplomático acreditado en Colombia, e iba un expresidente de la república, el doctor Carlos Lleras, e iban las figuras más destacadas de la cultura, el periodismo, el deporte, el entretenimiento. En el vagón de atrás, en el último, como lo hubiera querido Platón, iban los poetas; nadie había podido evitar que se colaran, iban todos. Donde la guerrilla lograra interceptar el tren, que marchaba a 20 o 30 kilómetros por hora, estaban perdidos. Así que no era para alarmar a nadie pero sí para estar atentos: al menor movimiento extraño, todo se cancelaba. Cada cinco minutos Guillermo Santaya veía por la ventana; lo consolaba el ruido apocalíptico del tren aún jadeando y abriéndose paso por entre la niebla de la sabana, cada vez más tenue. Lo tranquilizaban las chispas y el óxido que veía volar desde el suelo hasta el cielo, como dijo una señora que iba a su lado, no su esposa, que estaba en otro vagón atendiendo a más invitados, sino una señora bogotana con el pelo encopetado y el maquillaje impecable, su mejor traje, las joyas relucientes. Eso dijo al ver ella también hacia afuera: "Qué tal las chispas, mirame, van del suelo hasta el cielo".

Hasta que el tren paró de golpe. No con violencia ni nada, pero sí como si se hubiera quedado sin alientos. Se apagó, jadeó una vez más, pitó con voz estertórea y luego se quedó inmóvil, aunque hubo quien no notó la diferencia. Guillermo Santaya sí la notó, de inmediato, porque así había viajado todo el trayecto, alerta a cualquier novedad. Tranquilizó a quienes iban en su vagón, que tampoco es que necesitaran que nadie los tranquilizara: el espumoso italiano seguía fluyendo a raudales y el nuncio y el embajador soviético no paraban de contar historias de sus respectivos imperios, casi como si estuvieran en una competencia por demostrar cuál tenía más poder. Marina Vargas llamó al embajador a un lado, sonriendo, y le dijo que había solo dos problemas: uno, que el tren se había dañado, y dos, que la guerrilla había llegado. "¿Qué hacemos", le preguntó a Santaya, que la miró enternecido y desconsolado y le dijo: "Ay, Marinita: ¿y no me tiene una mala noticia?". Los dos se carcajearon, qué más podían hacer. Lo más grave era lo del tren, eso sí, porque si no avanzaba no iban a llegar nunca a Tunja; lo de la guerrilla sí era más fácil de solucionar, para eso estaba ahí el ruso. De hecho eso fue lo primero que hizo Santaya: llamar a su colega de Moscú y de manera oficial lo puso al tanto de la situación. Le dijo que esos rebeldes que estaban allá afuera, y los señaló, eran suyos, él tenía que neutralizarlos como mejor pudiera. El pobre bolchevique —como le decía el nuncio—, borracho a más no poder, apenas se encogió en hombros y le recordó a Santaya que había un problema, otro. Ese día, a causa de la visita de Reagan a su país, el comunismo se había acabado, no estaba tan seguro de tener ya la misma autoridad sobre la guerrilla colombiana. Santaya, como buen belga, con un pragmatismo de lechero, le dijo que viera al nuncio y que pensara en la autoridad de su imperio de casi dos mil años. ¡La gente todavía le hacía caso, cómo no lo iban a oír los guerrilleros a él! Además, añadió, nadie en Colombia sabía todavía que el comunismo se había acabado. "Aquí las noticias llegan siempre tarde", le dijo, y lo conminó a ir y darles la orden de que se fueran. El ruso le respondió resignado, con un cierto dejo estalinista: "Si toca, les damos a los poetas". Los dos sonrieron, se dieron la mano.

Era una crisis en dos planos simultáneos entre los que iba y venía Guillermo Santaya: el del tren dañado, con el fogón abierto mientras el jubilado de la empresa de los ferrocarriles, que iba en la comitiva justo por si pasaba algo así, trataba de hacer su oficio, pero con una expresión de gran escepticismo; y el de los guerrilleros afuera, que pidieron hablar con alguien importante. Marina Vargas les respondió con absoluta sinceridad que todos allí eran importantes, y para demostrárselo les hizo ver la lista de invitados, un reguero de nombres extranjeros. Los guerrilleros se miraron entre ellos desconfiados pero también impresionados: tanto gringo junto tenía que ser una cosa muy grande. Entonces pidieron hablar con la persona más importante, la que fuera, "la doctora dirá quién es", fue cuando bajó de su vagón, tambaleándose, el embajador ruso. "Camaradas", los saludó, y ellos apenas le levantaron las cejas. Marina les explicó quién era y de inmediato cambiaron la actitud, se pusieron firmes, como si estuvieran en el ejército; lo estaban. El que parecía ser el jefe de ellos le dio la mano y le dijo que estaba a sus órdenes para lo que quisiera, "camarada", ante lo cual Romanov, que era como se llamaba el ruso, y el nuncio ya había hecho el chiste de que cómo más se iba a llamar, le dijo mirándolo con total fijeza y total frialdad: "Ustedes son de las Farc, ¿cierto? Ustedes no son del M-19". El guerrillero asintió aterrado, debió de recordar que esa gente de Moscú suele saberlo todo. En realidad era una conjetura más fácil y de borracho, le explicó luego Romanov a Santaya: si se le paraban firmes, eran de las Farc; si lo tuteaban y lo abrazaban y le sacaban guitarra, eran del M-19. Y que fuera lo primero resultó ser una verdadera bendición, con el perdón del nuncio, pues el ruso les dio la orden a los guerrilleros de que en vez de estar perdiendo el tiempo se pusieran de inmediato manos a la obra y ayudaran al jubilado a arreglar el tren. Los poetas del último vagón también fueron convocados en el acto, eran ellos los que repartían el aguardiente. Los guerrilleros los conocían a todos, y eso facilitó tanto el trabajo que en menos de una hora la caldera volvió a tronar y la maquinaria se puso de nuevo en marcha. Todavía no avanzaba el tren pero estaba otra vez vivo, escupiendo hacia arriba sus añejos bramidos, su tos de más de medio siglo y un poco más, como esa guerra que estaba por terminar y cuya estela iba borrando la suya propia camino de Boyacá. Empezó a andar muy lento, a tientas, y pronto recobró su paso de antes, no mucho más veloz pero sí más decidido. Al perderse en el primer recodo del camino ese tren que parecía (y era) un tren fantasma, los guerrilleros aplaudieron y echaron sus tiros al aire. Romanov aseguraba que los oyó cantar el bellísimo himno de su país a punto de acabarse: "¡Indestructible Unión de repúblicas libres, que la Gran Rusia ha unido por los siglos, larga vida a la fundada por la voluntad del pueblo, la única y poderosa Unión Soviética…!".

La llegada a Tunja del tren de la paz, con dos horas de retraso, fue apoteósica. En la estación del nordeste esperaban el alcalde y las beatas, blandiendo todas el santo rosario. Un cura bendecía a los recién llegados, incluido al embajador de la Unión Soviética que lo besó y le dijo: "Su Santidad". Bueno: no era un cura, era el señor obispo. El nuncio, por el contrario, no se dejó bendecir: estiró la mano y todos los miembros del clero allí presentes se acercaron a acariciarla y a frotarla con sus labios y se postraron ante él, que en vez de bañarlos en agua bendita les echó encima los últimos restos de la última botella de prosecco enviada por el papa desde Roma. Cuando ya estaban abajo todos los invitados que venían en esos vagones ahora vacíos y memorables, un coro de niños empezó a cantar *Amigo*, la canción de Roberto Carlos. Lo hermoso y siniestro es que la cantaban en tres idiomas a la vez: español, francés y flamenco. "No preciso ni decir, todo esto que te digo", gritaban los niños a voz en cuello en su babélica versión, aplaudida con tanto alborozo por la concurrencia que era también una versión interminable y tortuosa, pues llegada la última estrofa los niños volvían a tomar aire y se lanzaban de nuevo por entre esa letra de armonía y fraternidad. El alcalde pidió entonces un minuto de silencio; por las víctimas de esa guerra atroz que estaba llegando a su fin, dijo. Él mismo rompió ese minuto de silencio, a renglón seguido, y durante la siguiente hora hizo que todos allí lo añoraran gracias a la voraz perorata en la que empezó a cabalgar como si su caballo se hubiera desbocado. Y la figura, por retorcida que parezca, no es vana, pues con ella empezó su discurso, como si estuviera montado en un brioso corcel que lo iba llevando por los grandes hitos de la historia militar de la humanidad. No de Tunja, ni de Boyacá, ni de Colombia: de la humanidad. Desde la expulsión del Paraíso, casi, hasta llegar a ese "año aciago" (sic) de 1867 en el que su patria chica se había lanzado a la guerra con "el hermano" Reino de Bélgica. Dijo el alcalde: "¡Ah del buen rey Leopoldo, ah de los vencidos! Arcángel de la civilización europea que se llevó a la tumba tan mal recuerdo de nuestro municipio.

Pero estamos aquí para resarcirlo, queremos la paz…". Ese fue uno de los párrafos finales del discurso inaugural de las festividades, tan largo y tan farragoso que antes de que pudiera terminarlo, el gobernador les dio la orden a los niños cantores de que retomaran su canción: "*Recuerdo que juntos pasamos muy duros momentos, y tú no cambiaste por fuertes que fueran los vientos, es tu corazón una casa de puertas abiertas, tú eres realmente el más cierto en horas inciertas…*".

Vino entonces, en la plaza de la ciudad, un evento mucho más florido y grato, el matrimonio, ciento veinte años después, de José Milagros Gutiérrez Fonseka y Josefina Harboort, oficiado por el obispo y con todo el cuerpo diplomático por testigo. Los dos contrayentes eran en realidad los "belgicanos", los muñecos de dos metros hechos para la ocasión. Pero el viaje en el techo del tren los había ajado tanto, tanto, que más bien parecía como si en vez de casarse se estuvieran divorciando. Eso dijo Guillermo Santaya, que pronunció allí otro discurso más, esta vez sumido por completo en la incorrección política de la época. Al final incluso se permitió un gracejo inmoral: "Como ustedes podrán ver, Josefina es una linda dama, dotada de todos los atributos para tener una gran familia. El número de hijos solo dependerá del general. Yo quisiera pedirle a José Milagros que nunca le pegue a su esposa, pues se puede acostumbrar rápido…". Lo increíble es que ese discurso, aunque en español, se estaba transmitiendo vía satélite para un canal de televisión en Lovaina. A nadie pareció importarle nada, sin embargo, y todo era una fiesta y muy pronto empezó el desfile de los dos grandes muñecos por las calles de Tunja, avivados ahora como marido y mujer. Y aunque la tradición, como siempre, mandaba echarles arroz, los boyacenses les iban echando

Un matrimonio celebrado un siglo después

Llegaron los 'belgicanos' a Boyacá

Con $ 160 millones como "indemnización de guerra", el embajador de Bélgica y su comitiva viajaron a Boyacá y firmaron la paz.

Viajar en tren no es una costumbre entre colombianos ni extranjeros residentes en el país.

Sin embargo, el sábado pasado, 300 belgas lo hicieron. Los acompañaron familiares y boyacenses que quisieron volver realidad la leyenda del siglo pasado, ocurrida en 1867, cuando el general José Santos Gutiérrez se enamoró locamente de una belga llamada Josefina Harboot. Al no contar con la aceptación de los padres para desposar a su enamorada, al regresar a Colombia, José Santos le declaró la guerra a Bélgica.

De común acuerdo, la embajada de Bélgica, Wagons Lits, Lufthansa y la Casa de Boyacá, trabajaron durante 7 meses para que esta guerra —en la que nunca se disparó un solo tiro— terminara con la firma de la tan anhelada paz.

ANGEL VARGAS

EL MATRIMONIO DEL SIGLO. José Santos Gutiérrez y Josefina Harboort,por fin unidos después de una separación de 121 años.

El viaje fue lleno de expectativa, porque no se realizaba desde hacía 20 años. Nadie creía que los antiguos vagones aguantaran tantos pasajeros y tantas horas de viaje. Cuando el tren inició su marcha los coches empezaron a 'chirriar' lastimosamente.

Entre los viajeros se encontraban personas que, más de medio siglo atrás,, realizaron el viaje inaugural. Entre ellos, Eduardo Restrepo del Corral quien, entonces, bordeaba los 19 años. Lo hizo en compañía de su cuñado René Van Meerbeke, encargado de negocios de la misión belga. La salida del tren se iniciaba desde la calle 18 con carrera 14.

También viajó Jorge Ver-

VEA **BELGICANOS/2B**

BELGICANOS

VIENE DE LA/1B

ANGEL VARGAS

APENAS UNA LEYENDA. Hasta el domingo pasado, para las nuevas generaciones de Boyacá, el tren era tan solo eso: algo de lo cual habían escuchado hablar a sus padres y abuelos.

swyvel, hijo de Jorge Verswyvel, uno de los constructores de la línea del Nordeste. Lo acompañó su señora Fanny Villamizar, presidenta de la Obra Colombo-Belga.

La llegada del tren asombró a todos, pero más curiosidad causó entre los pequeños, porque el tren lo recordaban por los cuentos de los abuelos.

El más entusiasta de todos los viajeros y el de mayor edad fue Carlos Uribe Aguirre, boyacense de pura cepa nacido en Miraflores, en el hogar de dos distinguidos santandereanos. Cuando supo que la leyenda se haría realidad fue uno de los primeros en confirmar su asistencia en compañía de su hija la periodista María Elvira Uribe. Al igual que Carlos, viajó muy emocionada de regresar una vez más a la tierra de sus antepasados Anita Serna de Medina, acompañada de su hijo Santiago y de su hermana. Su abuelo fue el dueño del terreno donde se realizó la batalla del Pantano de Vargas.

Como en todo paseo que se respete no faltaron los chistes boyacenses que, al igual que los pastusos, son inventados por sus gentes. Varios corearon el del "halloween" que dice: "Usté, usté, sumercé, quero habas pa yo". Otros, para dar muestra de su ingenio, contaban que en Boyacá no había equipo de fútbol porque todavía no se ponían de acuerdo en el color de la ruana.

Al llegar a Tunja, los viajeros se dirigieron a la Plaza de Bolívar donde se realizó la firma de la paz y el matrimonio por lo civil de la pareja de gigantes, simbolizando al general José Santos Gutiérrez y a Josefina Harboot. En toda boda de importancia nunca faltan los curiosos. Pero lo que más llamó la atención fue que en esta sí. Parece que a los tunjanos no les interesó el suceso, o que no fueron informados oportunamente. El resultado: una plaza vacía. Pero no importaba. El deseo se cristalizaba en ese momento, con la presencia de las autoridades: gobernador, alcalde de la ciudad, comandante de la Brigada, comandante de Policía, director del cuerpo policivo y notario de la localidad, quien fue el encargado de declarar legalmente unida a la pareja! Actuaron como testigos los embajadores de los Países Bajos, Líbano, Uruguay y China.

En su discurso el embajador Stevens dijo que venía para hacer entrega de la indemnización de guerra: $ 180 millones que serán invertidos en el Asilo de San José y la Casa del Menor. Pidió "que el general Gutiérrez no le pegara a Josefina porque ésta se acostumbraría muy pronto. Si estos malos tratos se suceden, ella de pronto puede cambiar, pero nunca llegaría a pecar como Inés de Hinojosa".

En el momento en que la gente comenzó a aplaudir, un pequeño lustrabotas le preguntó a su compañero: "Hermano, ¿qué pasa?". El otro le contestó: "¡Hermano, que llegaron los belgicanos!"

Antes de llegar al Centro de Convenciones en Paipa, donde se llevó a cabo la fiesta de la boda, Josefina no resistió la tensión de tanto tiempo de espera —un siglo— quedó en medio de la vía, cuan larga es, 5 metros de altura, al caerse del camión de la Policía que la transportaba.

Luego se organizó una visita al Pantano de Vargas, sitio que asombró a muchos de los visitantes, quienes al terminar el relato del guía sobre el suceso histórico, contaron uno a uno los escalones para comprobar si eran treinta y seis como los años que el Libertador tenía cuando se realizó la batalla. Luego el grupo se dirigió a Sogamoso, donde fue descubierta una placa alusiva a la conmemoración de los 60 años de construcción del Ferrocarril del Nordeste. Por último se inició el desfile a pie hasta el Museo Arqueológico.

lentejas y habas, dos de los productos emblemáticos de su región. En vez de echarles vino les echaban cerveza: ríos desbocados de cerveza que salían de las botellas que todos llevaban en la mano y que agitaban como si se tratara de un ritual pagano y obsceno, un ritual de la fertilidad en el que ese par de ídolos gigantes, los dos muñecos, eran como dioses ancestrales y sonrientes, listos a consumar el sacrificio de ese pueblo enloquecido que así los celebraba. La boda del siglo por fin había ocurrido, ahora sí había que firmar la paz.

Entonces, desde la plaza de Tunja, empezaron a salir los buses que iban para el puente de Boyacá, altar de la patria. Al llegar allí, Guillermo Santaya se permitió una nueva imprudencia cuando dijo que un país que hubiera peleado su batalla fundacional en un lugar así de pequeño y pintoresco no podía ilusionarse con una historia muy feliz ni muy grande. Fue el único momento en que todos lo miraron molestos y asombrados, pero al instante se les pasó, pues era él quien pagaba cada centavo de ese convite fenomenal. Además el gobierno belga les iba a hacer una donación cuantiosísima a los conventos y a las escuelas del departamento, así que no era el momento de reanudar hostilidades. Pero el nuncio sí se le acercó a Santaya y se lo dijo con todo el cariño y toda la firmeza, le dijo en francés: "No sea usted mentecato, embajador Santaya, no vaya a iniciar una guerra ahora sí de verdad...". Muy pronto el campo estuvo lleno, en la hondonada en que nació Colombia no cabía un alma más. Se oyeron las primeras tonadas del himno nacional colombiano pero tocadas por la orquesta filarmónica de Bruselas; luego sonó el himno belga interpretado por la orquesta filarmónica de Bogotá. En el centro de todo había una mesa, allí sentados el nuncio, Santaya, el gobernador, el alcalde, el obispo y los cinco embajadores garantes de la paz: el de Bolivia, el de China, el de Uruguay, el de Holanda y el de la Unión Soviética. Este último ya sobrio, por lo tanto empeñado a fondo, de nuevo, en beber mucho más. Esa era su teoría y la compartió con todos: lo bueno de pasmarse es que uno se puede y se debe volver a emborrachar. Aunque antes de que pudiera seguir tomando y teorizando se tuvo que retirar, le empezó un ataque de risa vulgar e incontenible. Primero fingió que tosía, pero eran tan exagerados sus ademanes que los demás miembros de la mesa creyeron que le estaba dando un infarto. Cuando se le acercó el nuncio se dio cuenta de lo que estaba pasando: Romanov no podía parar de reírse. Era uno de esos estallidos que son como los de un volcán, cada vez peores. Quienes los padecen sufren mucho, sobre todo en los momentos más trascendentales y solemnes. La cara se les va transfigurando, se muerden los labios, sudan frío, les tiembla todo. Hasta que ya no aguantan y explotan. Eso le estaba pasando al pobre embajador Romanov: de la nada fue como si percibiera el absurdo de aquello que estaba viviendo. Veía las caras de palo de todos allí, la circunspección, la seriedad, la adustez. Veía a las beatas, a los niños cantores, a los militares, a los curas, a toda esa gente en semejante farsa. Y cuando vio que dos pelotones vestidos de época, el uno como el ejército del rey Leopoldo y el otro como el del Estado Soberano de Boyacá, empezaron a desfilar hacia el centro donde estaba su mesa, se paró sin dudarlo y salió corriendo. El público pensaba que era una escena más del espectáculo y se lanzó a aplaudirlo y a auparlo, mientras él corría y reía a la vez sin saber adónde ir. En una esquina vio a Marina Vargas y cayó en sus brazos, descontrolado y vesánico, dándole patadas al piso. Le decía, casi sin poder hablar de la risa: "Ay, Maguinita, ay, Maguinita...". Hablaba español perfecto pero con un acento muy fuerte, lo cual amplificaba aún más su situación de locura y desconcierto. "Ay, Maguinita", seguía diciendo, ya en lágrimas. Ella hizo lo único que creyó prudente en ese momento, le dio un aguardiente doble.

En la mesa principal, ahora sin uno de sus miembros más connotados, todo siguió según el plan. Los dos pelotones de época se encontraron frente a frente, gritaron sus arengas bélicas, se apuntaron con sus armas. Fue cuando volvió a sonar la música, un aire de bambuco interpretado por las dos orquestas. Salieron entonces unas jóvenes disfrazadas de campesinas belgas y otras de campesinas boyacenses, salieron tras ellas unos muchachos de sombrero, machete y pañuelo rojo. Empezaron todos una danza de cortejo y coquetería que hizo las delicias de la gente, que aplaudía al ritmo de la música. Los soldados cambiaron pronto sus armas por unos cartuchos de clavel, se unieron ellos también al baile de las dos naciones. El nuncio aplaudía sonriente y moviendo la cabeza para todos lados, como si el ritmo lo llevara con ella y no con las palmas de las manos. Un viejo belga que vivía en Bogotá fue disfrazado de Carlos V para la ocasión, era idéntico: la barba, la quijada, los ojos tristes. Se llamaba Horacio Oundjian, lo montaron en un caballo alazán de la policía y en él se paseaba por entre la multitud repartiendo saludos y admoniciones. De golpe se calló todo, sonaron trece cañonazos al lado de la carretera. Un edecán con traje de gala y sable dorado, las manos por delante, caminó a paso marcial hacia la mesa principal; el nuncio lo veía con la misma sonrisa de antes, seguía moviendo la cabeza aunque más leve, como si no pudiera detenerla después de tanta música. Fue el único momento en que a Santaya se le escurrieron de verdad dos lágrimas furtivas; por fin había llegado el momento. Pensó en su patria, pensó en sus padres, pensó en que acaso todo en su vida había ocurrido para llegar a ese día. Se había inventado una guerra para inventarse la paz, ahí la iba a firmar. Pensó en el doctor Marcelino Quijano y Quadra, sin el cual nada de eso habría sido posible. Miró el cielo: las aves volaban hacia el norte y ese era un augurio romano, un buen augurio. Lo que llevaba en sus manos hacia adelante el edecán era el texto del armisticio que iban a firmar, más de un siglo después de estar en guerra, el Reino de Bélgica y el Estado Soberano de Boyacá, ahora convertido en departamento o en región. Santaya en nombre del rey, el gobernador en nombre del presidente de la república, que tuvo que cancelar su participación ese día por el secuestro de Álvaro Gómez Hurtado. También al presidente Barco le habría convenido mucho firmar esa paz; al menos esa. La gente blandía sus banderitas, unas de color negro, amarillo y rojo, como la bandera de Bélgica, otras de color verde, blanco y rojo, como la bandera de Boyacá. ¿Era absurdo aquello? Claro que sí, como la vida misma. Esa es la gracia. Al fondo se oían las risotadas del embajador Romanov, sus risotadas y sus lágrimas. La noticia del fin del comunismo en su país ya la sabría el mundo entero.

Entonces el edecán llegó a la mesa, llevaba en una almohadilla de terciopelo púrpura las copias del armisticio que iban a firmar Santaya y el gobernador y luego los llamados "cinco grandes", los otros embajadores allí presentes. El texto decía así:

Luego de ciento veinte años de una guerra de amor, los pueblos de Boyacá y de Bélgica, acá representados, se comprometen a olvidar toda herida y todo desaire y renuevan los votos de su fraternidad para siempre. Este armisticio que hoy se firma cierra cualquier desavenencia entre nosotros y anula la malhadada declaración de guerra que en 1867 firmara el ciudadano presidente José Milagros Gutiérrez Fonseka, ilustre hijo del Cocuy. De ahora en adelante solo los buenos propósitos verán el encuentro del nombre de Boyacá y el del Reino de Bélgica. Que así sea.

Primero firmó el gobernador sus tres copias, una en español, otra en francés y otra en flamenco. "Esta es la que más entiendo", dijo en chiste, pero nadie lo oyó. Luego firmó Santaya las suyas: su firma clara y pulcra cultivada en Oxford, con pluma de oro. El nuncio bendijo el papel y repitió tres veces una sentencia latina que tradujo al español: "*Allí figuras varias se contemplan, de héroes famosos de pasados siglos*...". "¿San Agustín?", le preguntó Santaya. "Catulo", respondió el nuncio. Pasaron entonces los demás embajadores y ellos también firmaron; Romanov lo haría después en la noche cuando ya se le habían pasado el ataque de risa y la sobriedad. Hubo un instante más de solemnidad y de silencio, Santaya alcanzó a atesorarlo como en cámara lenta. Pero pronto sonaron los cuetones y los tambores, la fiesta había empezado. ¡Viva la paz!, gritó alguien, y todos respondieron igual, ¡que viva! Nunca antes se había tomado tanto trago en Boyacá como ese día, quizás nunca después tampoco. Carrotanques enteros llenos de cerveza y aguardiente iban y venían para rociar a todos los que allí bailaban y celebraban el fin de un conflicto tan largo.

—Dígame una cosa —le dijo el nuncio a Santaya, sonriendo—: ¿Usted sí cree que esto dure?

—Si dura tanto como la guerra me doy por bien servido, eminencia —le respondió satisfecho el embajador belga.

Esa noche hubo un nuevo banquete, ahora en Paipa, otra de las ciudades escogidas en el circuito desbocado de las festividades por la guerra y la paz entre Bélgica y Boyacá. Esta vez era el gobernador el que pagaba y las atenciones fueron no menos generosas. Tanto que en la mesa principal le dijo a Santaya, a voz en cuello: "Con lo que esto me va a costar se me van todas sus donaciones, embajador". Santaya le contestó que les iba a tocar inventarse una nueva guerra para recoger más recursos; incluso una guerra mundial, añadió. Pero la plata era lo de menos, eso no valía nada. Su labor diplomática en los países pobres, de hecho, consistía siempre en llevar recursos y hacer regalos. Un acueducto aquí, un colegio allá. Era como el sucedáneo del colonialismo para un país rico y surgido casi del azar como Bélgica, cuyo pasado colonial había que seguir purgando todos los días, además, así que qué mejor que al menos una vez en la vida, una vez nada más, ese destino monótono y burocrático de la tal "cooperación internacional" tuviera el telón de fondo de la literatura y la ficción. Qué más daba si esa guerra delirante de José Milagros Gutiérrez Fonseka nunca ocurrió, eso no tenía ninguna importancia. La historia en general es un acto de fe, pensó Santaya: la historia son los hechos, sí, pero también la forma en que las generaciones sucesivas creen en ellos. Si uno contaba día por día la vida de los Estados Unidos de Colombia en 1867, por ejemplo, se iba a encontrar en ella con cientos de episodios aún más absurdos y ridículos que el de esos amores sin fortuna de José Milagros Gutiérrez Fonseka y Josefina Harboort. Eso no había ocurrido, claro que no, pero quién decía que no hubiera podido ocurrir. Los acontecimientos muchas veces superan cualquier ficción; la historia, si uno prescindiera de sus aspiraciones científicas, suele parecer un milagro. La vida de Napoleón Bonaparte, digamos, quién podría creer en ella si no hubiera ocurrido como ocurrió. Y él mismo lo decía, "qué novela mi vida". El cometa que atravesó el cielo de Córcega, como un presagio, el día en que nació; el cometa que atravesó el cielo de Santa Elena el día en que murió. Su infancia miserable y esmerada en las escuelas militares de Francia, la infancia de un extranjero que jamás habló bien la lengua del país que luego llegaría a gobernar, como a toda Europa. Su juventud en el ejército, su participación en el sitio de Toulon, su ida a París para ser rechazado en todos los salones, su fama de infalible artillero que lo convirtió, de golpe, en el salvador de la Revolución francesa cuando la turba llegó a sitiar al gobierno del Directorio ese día del vendimiario de 1795. Y luego la campaña a Italia, por favor, quién podría creer en ella si no hubiera ocurrido. Esos jóvenes soldados detrás de un corso de pelo largo, las banderas ondeando al viento mientras siglos de historia los contemplaban profanar justo eso, el pasado, lo que jamás habría podido ser y sin embargo ocurrió y fue. Y luego el Consulado, el Imperio, Waterloo, Santa Elena: si alguien contara esa historia, prescindiendo de los hechos, sería inconcebible. "Qué novela mi vida".

Con ese pensamiento se acostó esa noche en su hotel Guillermo Santaya. No era Napoleón, claro que no, cómo iba a ser Napoleón un belga como él. Pero su vida también era una novela. Más modesta, tal vez, menos heroica y sin tanto poder ni tantos ribetes trágicos y épicos. Pero cada quien hace lo que puede, no todos nacimos para vencer en Austerlitz o perder en Waterloo. Quizás en su caso ni siquiera fuera una vida de novela sino apenas un día de novela, ese día. Pero tampoco le parecía despreciable algo así, hay quienes ni siquiera llegan a eso. Hay quienes ni siquiera se permiten un instante de novela, qué tristeza. Pero él sí, él sí lo había buscado desde niño. Acaso porque lo tenía todo, había nacido en una cuna de oro. La mejor familia, el mejor colegio, la mejor universidad; los caprichos, los viajes, las lenguas. El servicio diplomático, el destino natural de un joven de su clase, el más apuesto y el más elegante y el más fino. ¿Pero eso era todo? A veces tener tanto es como no tener nada si no hay un propósito, una justificación de nuestros días. Los suyos habían sido muy plácidos desde niño, cómo negarlo, sería una infamia y un pecado que lo hiciera. Aunque es probable que por esa misma causa nunca hubieran sido intensos ni grandiosos; solo felices, nada más. Y cuando la felicidad se vuelve una rutina se agota. De pronto es que no es felicidad sino apenas una forma inercial de la existencia, un estado natural de las cosas, y por eso mismo un camino hacia la ruina, la resignación, el hastío. Es muy probable que el problema fuera solo suyo, también es cierto, pensó Guillermo Santaya. Porque no es que envidiara una vida miserable y llena de privaciones, para nada; y hay millones de seres humanos que viven conformes con ser lo que son, en eso consiste vivir. Pero a él siempre le había faltado algo, era un vacío allí que se iba haciendo más grande con los años. Su matrimonio era perfecto, su carrera la más deslumbrante del servicio exterior de su país. Tenía prestigio, tenía plata, tenía todo; y sin embargo, no era suficiente. Algo más tenía que haber en algún lado, siempre se dijo. A veces era un consuelo, a veces una tortura. Por eso, cuando oyó la historia surreal de la guerra entre Bélgica y Boyacá, se lanzó con toda el alma a que ocurriera, a hacerla posible, a firmar esa paz que ahora le daba sentido. No era una historia cierta pero merecía serlo, qué más que eso, si todo ocurre para acabar en una novela es porque valió la pena que ocurriera. Había hecho muchas cosas grandes e importantes en su vida; no cosas trascendentales, no, pero había firmado acuerdos comerciales entre países ricos, había conocido a reyes y papas, les había dado la mano a las figuras políticas más célebres de su tiempo. Nada de eso podía compararse con la dicha que le habían regalado esos meses febriles mientras fabricaba la ficción de esa guerra entre el Reino de Bélgica y el Estado Soberano de Boyacá; la guerra y la paz. Le había costado una fortuna, sí, pero habría pagado el doble o el triple por esos días en los que sintió que su vida por fin tenía plenitud. No le había hecho daño a nadie, además. Al revés: la suya era una mentira piadosa y pura de la que al final muchos se iban a beneficiar: los boyacenses, para empezar, que nunca se imaginaron que un embajador desquiciado fuera a llegar un día con un costalado de billetes a regalárselos por cuenta de un amor imposible y una guerra que nunca existió; pero los belgas también sacaban provecho de un delirio así, pues las embajadas de los países están para exaltar su nombre en el exterior. Y nunca nadie en la historia de la diplomacia o el espionaje y la intriga internacionales iba a poder superar lo que había hecho ese día Su Excelencia el Embajador del Reino de Bélgica don Guillermo Santaya, jamás. A ver qué otro embajador podía decir que había acabado una guerra de más de ciento veinte años, no había ninguno.

Guillermo Santaya miró a su esposa que dormía a su lado, serena y feliz, bellísima como siempre y más bella que nunca. Esa noche él también iba a dormir feliz por primera vez en muchos años. Sonrió una vez más y apagó la luz.

X

Fui a buscar a Marcelino Quijano porque solo él podía ayudarme. Eso me dijo la esposa de Guillermo Santaya: "Si no es él no es nadie", y me entregó el viejo folleto con su foto y sus servicios. Por eso llegué hasta Piedras de Fuego, era mi última esperanza para sacar al embajador de su asilo en Geel. Le pregunté a ella que qué hacía él, me respondió como si nada: "Hace ficciones, las fabrica". Le pregunté que si era novelista, me dijo que algo así, "es rarísimo, la novela de la vida, o algo así decía él...". Me pareció una frase feliz y pomposa y vana; muy poética pero que no decía nada. Solo cuando conocí al doctor volví a pensar en ella y descubrí toda su profundidad y su belleza. Eso era lo que hacía él, ni más ni menos, fabricar ficciones, la novela que es la vida. A veces se excedía, claro, eso les debe de pasar a todos los que usurpan de alguna manera el lugar de Dios. Porque su oficio sí era ese, el destino de la gente. Es increíble: la historia de Guillermo Santaya, su obsesión con esa guerra y esa paz entre Bélgica y Boyacá de las que no paraba de hablar, ya me había parecido digna no solo de una crónica, que fue lo que quise hacer al principio, sino de un cuento por lo menos. Pero lo de Marcelino Quijano y Quadra era una verdadera epopeya, casi un milagro. Si uno lo contara sería inverosímil: la suerte de un hombre que desde niño le tuvo más fe a la ficción que a la realidad; más amor a la literatura que a la verdad. Quizás por eso le había ocurrido todo lo que le ocurrió en la vida, porque hizo que pasara, lo buscó, lo quiso. Y si él mismo era un ejemplo de cómo la poesía y la fantasía lo tiñen todo, ¿por qué no inundar la vida de los demás con ellas? Era un servicio social, una vocación, un destino. Indigno de todo crédito si uno se atreviera a narrarlo, por supuesto, como la mayor parte de las cosas que ocurren a diario en la Tierra.

Esa era la premisa de Marcelino Quijano y Quadra: si la gente cree en lo que cree, ¿por qué no va a creer en algo más, por absurdo que parezca? A él no le interesaba que nadie creyera en su historia, jamás. No quería la propaganda de nadie, mucho menos su compasión ni su risa. Es más: el éxito de su negocio había dependido siempre de eso, de la discreción y la incredulidad. Casi nada de lo que había hecho lo habría podido hacer si sus proezas y sus cosas hubieran tenido fama y buen nombre. Cuanto más silencioso mejor, le dijo un día Karina Garabundo, esa era otra de sus máximas. ¿Que la gente no quiere creer? Qué suerte, todo es más fácil así. Porque además sus operativos se inspiraban por lo general en un sentido de confianza y de certeza que suele anidar en todas las situaciones humanas. Mejor dicho (me explicó un día): la gente cree todo el tiempo en todas las cosas que constituyen su vida diaria. Cree en ellas como en un acto de fe, no necesita comprobarlas. El tiempo, el espacio, lo que haremos a lo largo del día, los amigos a los que vamos a ver: todo es una presunción que damos por sentada, una ilusión. Al final ese es el territorio firme que lo seres humanos erigimos, como un asidero, para poder seguir viviendo, que es lo más extraño e incierto que hay. Cada segundo de nuestra vida es un enigma, un hecho no cumplido e imprevisible. Si fuéramos conscientes de ello, a cada segundo, vivir sería imposible, vivir sería solo estar esperando a cada instante que la vida siga ocurriendo. Para evitar eso, para conjurarlo, nuestra especie se inventó la trampa de la vida: la vida como un orden y un acto cumplido, la vida como algo seguro cuando es lo único que no lo es.

Lo interesante es que esa falsa certeza de la vida es también la mayor debilidad de casi todas las empresas humanas. Ese es el resquicio por el que nos invade la ficción, si se quiere, o lo que sea. Nunca es más vulnerable algo que cuando más seguro parece, me explicó Marcelino Quijano. Es la "paradoja del Pentágono", así la llamaba él: nadie en su sano juicio iría a atacar al Pentágono en Washington porque la certeza universal es la de que no hay ningún lugar del mundo más seguro y custodiado que ese. Pues bien, esa certeza universal es lo que hace tan seguro al Pentágono, no las medidas de seguridad que en apariencia lo protegen tanto y que en la realidad son casi nulas porque son innecesarias. Nadie en su sano juicio iría a atacar al Pentágono porque es el lugar más seguro de la Tierra; y el Pentágono es el lugar más seguro de la Tierra porque nadie en su sano juicio iría a atacarlo. Esa había sido la premisa siempre, otra más, de Marcelino Quijano y Quadra; gracias a ella había hecho todo lo que se había propuesto en la vida. "¿Que no se puede?", decía, "vamos a ver", se respondía. Y entonces podía; sin saberse muy bien cómo, lo lograba. Eso fue lo más importante que le dejó Karina Garabundo, la fe. No el dinero, no, que es solo un medio y un medio muchas veces indigno e insuficiente. La fe en cambio es la clave de todo, creer hace posible que aquello en lo que creemos ocurra, la fe es un acto de fe en la fe, me repitió. Y eso nada tiene que ver con la religión; la religión es una cosa muy distinta de la fe, a veces son incluso realidades contrapuestas y enemigas. Él respetaba mucho a Dios, claro que sí, pero no lo invocaba jamás en sus negocios. Salvar el alma es un problema de cada quien y para eso está Dios; lo suyo en cambio era salvar vidas. A veces de manera heroica y grande, a veces de manera sutil e imperceptible. Cada quien es cada quien, cada ser que puebla el mundo lo vuelve a crear de nuevo y lo hace único e irrepetible; entender eso era la esencia de su trabajo, no hay ningún destino más importante que otro porque cada quien vive el suyo como el milagro que es. Desde afuera puede que sí haya una jerarquía objetiva de los problemas humanos, tal vez, pero eso a nadie le importa cuando se trata de resolver los suyos, que son los únicos que hay y siempre son grandes. Esa era otra máxima de Marcelino: ningún problema es pequeño y todos hay que ayudar a resolverlos, el de un rey o un mendigo. A veces podía y a veces no, muchas veces no, según me dijo. Pero había que tratar, esa era la gracia.

¿Cuánto tiempo estuve en Piedras de Fuego? No lo sé: fueron varias semanas, quizás más de un mes. El tiempo se me iba disolviendo entre las manos con cada día que seguía allí, maravillado en esa casa con ese letrero siempre reluciente: "*Raros y Curiosos*". Llegué allí porque necesitaba que Marcelino Quijano me ayudara a salvar a Guillermo Santaya, a sacarlo del infierno. Al principio no me dijo nada, fingió ignorar de lo que le hablaba. Luego supe que me estaba probando, su negocio también tenía esa norma de oro: ni periodistas ni novelistas, nada se cuenta. De puertas para afuera su casa era apenas un anticuario, el remanso y el exilio de un jubilado y viudo que ya no atendía a nadie. Muchos decían que estaba loco, mejor para él.

Porque todo allí se negaba; ningún operativo era reivindicado ni aceptado ni nada. Pasaron muchos días antes de que el doctor Marcelino me oyera mi súplica de salvar a Guillermo Santaya con una expresión más atenta y compasiva que la impasible de sus ojos tristes y brumosos desde que llegué a buscarlo. Al mismo tiempo me iba contando su historia, no sé bien por qué. Es probable que tuviera muy desarrollada su intuición y que supiera desde el principio que yo no estaba allí para burlarme ni lucrarme de él ni para nada malo sino para ayudar a un amigo; es probable, ahora que lo pienso, que la idea de ir a buscarlo fuera suya y no de la esposa de Guillermo Santaya. Al tercer día de mi visita me dijo que me mudara a su casa, en Piedras de Fuego no había ningún buen hotel, y era cierto. Todas las tardes almorzábamos en *El Tiempo Perdido* y después paseábamos los tres por el malecón, Marcelino Quijano y Quadra, Franco Bruno y yo. El doctor era el único que hablaba, por supuesto, a veces contando sus historias o a veces sorprendiéndonos con alguna teoría genial sobre lo que fuera, desde el amor hasta la espuma del mar. Franco Bruno era una especie de revulsivo: un inmejorable detonante de sus recuerdos y sus hipótesis, pues se los sabía de memoria y sin embargo lo oía maravillado como si fuera la primera vez en su vida que lo hiciera. También es que siempre era maravilloso oírlo, así fuera la misma historia una y otra vez.

Por las noches, ya en su casa, el doctor Marcelino me mostraba con mucho más detalle sus libros tan extraños y valiosos, sus fotos, los documentos de sus operativos. Esa era la parte que más me gustaba, su "archivo profesional". Eran miles de recortes de periódicos, cartas, documentos verdaderos o falsos que le habían servido en tal o cual ocasión. Metía la mano en cualquiera de sus carpetas, rotuladas de manera minuciosa, y era como si el mundo bullera en ellas y se desatara de repente; ese mundo al menos: una época, un destino resuelto o desastrado. Me impresionaba mucho que no volara el polvo al abrirlas, ni siquiera si uno las sacudía. No lo vi limpiarlas jamás y eran inmaculadas, cada una con su debido nombre, su número y un resumen al frente con la letra perfecta: recuerdo por ejemplo la del caso de Eduardo Silva Rueda, un colombiano que había peleado en la Primera Guerra Mundial y que había sido amante de Mata Hari. Espía doble al servicio tanto de los alemanes como de los franceses, estos últimos lo descubrieron y lo iban a matar pero luego lo enviaron preso a la Isla del Diablo, de donde se escapó para volver a Bogotá y contar su historia increíble y hacerse rico vendiendo flores. Marcelino Quijano había limpiado el pasado maldito de Eduardo Silva Rueda en Francia cuando el gobierno de Alberto Lleras quiso enviarlo de embajador a París, adonde nunca llegó porque en la noche de su despedida, en Bogotá, se fugó con la esposa del primer secretario de la embajada sueca, una bellísima brasileña experta en escarceos así, por eso después lo abandonó por otro embajador, uno quizás que sí ejerció su cargo. A Marcelino Quijano no le correspondía juzgar a nadie sino hacer bien su trabajo y eso fue lo que hizo esa vez también. Su parte del trato la había cumplido, los demás sí que hicieran lo que se les diera la gana con su vida.

Recuerdo otra carpeta muy rara, llena de fotos y de fichas museográficas. Era la de un duelo ocurrido en 1605 entre veinte bravos de dos ejércitos que se disputaban una zona de Francia durante la guerra de los ochenta años.

Diez hombres al servicio de España y diez al servicio de los holandeses. Ese duelo al parecer había sido una batalla subrogada: un acto de honor para que en una sola tarde, y para siempre, los diez mejores hombres de cada regimiento se vieran las caras en el campo de batalla y allí resolvieran la suerte de todos sus compañeros, que los esperaban en el campamento. No recuerdo más pero sí recuerdo eso: la reproducción de un cuadro flamenco de finales del siglo XVII en el que los duelistas estaban a punto de desenfundar sus espadas. Otro caso que me llamó la atención fue el de Huguette Clark, una millonaria neoyorquina, hija de un magnate petrolero, que pasó casi toda la vida encerrada en sus mansiones y apartamentos. Vivía sola, rodeada de gatos y muñecas. Con una fortuna que habría podido acabar con el problema del hambre en medio mundo y que ella amasaba sin dársele nada, aislada y excéntrica. Tan excéntrica que pasó una larga temporada en Piedras de Fuego; allí llegó a buscar al doctor Marcelino porque unos impostores querían dejarla en la ruina. Decían ser sus parientes lejanos, y acaso lo fueran, lo cual hacía todavía más truculentas la intriga y la farsa. La estaban amenazando con contar una verdad sombría de su pasado si no les daba lo que pedían, un dineral; sabían algo tan terrible y atroz de ella, un episodio francés de su juventud, que podía cubrirla de deshonra y sacarla de la peor manera de su reclusión. El doctor Marcelino, me lo contó una de esas noches en su casa, le preguntó a Huguette Clark si era cierto lo que ellos decían, ¿era verdad todo aquello? Ella, sin titubeos, le dijo que sí, por eso había ido a verlo. Con otro nombre y otra ropa, sin su vestido blanco de siempre, sin sus guantes ni su sombrero. Llevaba solo una pañoleta envuelta en el cuello y jamás se la quitó, algo escondía allí y el doctor nunca quiso saber qué. Se comprometió a ayudarla, eso sí, fue uno de sus casos más curiosos. Durante toda una semana lo oí contarlo con gran detalle; otra vez: si uno lo hiciera en un libro, aun en una novela, nadie lo creería. Huguette Clark había viajado en su adolescencia a Europa. Para cultivarse, por supuesto, pero sobre todo para huir de la rigidez puritana de sus papás. En París conoció, con un mismo hombre, el amor y el despecho, la dicha y el horror. En secreto se hizo bailarina de un cabaret; "Mesalina" era su nombre artístico. Cada día era más famoso su número estelar danzando dentro de un círculo de fuego. Hasta que un día, una noche, una chispa le cayó en el pelo. Se quitó la ropa y empezó a correr, el público la aplaudía cada vez más, como si el baile siguiera. Su vestido en llamas hizo que las cortinas de terciopelo del escenario ardieran también y muy pronto todo el local fue un infierno. Veinte muertos hubo ese día, ese era el secreto con el que la estaban extorsionando sus falsos parientes, o daba igual si eran falsos o no. La forma como Marcelino Quijano se deshizo de ellos fue simple y elemental, estaba allí toda documentada, casi inverosímil por la suavidad de sus maneras y la astucia y la contundencia de su plan, tan fácil y sin embargo tan perfecto que no podía fallar y no falló: los extorsionó él a ellos y los convenció de que iban a pasar el resto de sus días en una cárcel en Siberia, nunca más se volvió a saber de esos impostores. Huguette Clark volvió a Nueva York y allí se recluyó para siempre. Pero todos los años hacía una generosa donación a un hospicio de ancianos en Popayán y le consignaba una cuantiosa suma de dinero a la sociedad anónima *Raros y Curiosos* en Piedras de Fuego, Italia. El doctor se reía comentando que esa suma era casi tan grande como la que pedían, por una sola vez en la vida, los estafadores que habían sido estafados y que nunca jamás volvieron a molestar a Huguette Clark. Aunque añadió: "Solo que a ella no le importaba el dinero sino el decoro, y sabía que conmigo no iba a tener ningún problema".

—¿Me va a ayudar con lo de Guillermo Santaya? —le pregunté por fin esa tarde en que terminó de contarme la historia de Huguette Clark. Ya sentía yo que nos estábamos haciendo amigos, llevaba más de un mes en su casa. Un mes o no sé cuánto, parecían años, pero debió ser un mes largo e inolvidable. Por primera vez asintió, por primera vez no cambió de tema ni fingió ignorarlo ni negó con la cabeza.

Entonces le volví a decir que solo él podía ayudarme, nadie más. Era lo que le había dicho desde que llegué a buscarlo; me miró con sus ojos dulces y tristes. Le dije que yo lo sabía todo, el embajador me lo había contado una y otra vez: la guerra entre Bélgica y Boyacá que se habían inventado para hacer luego la paz; los documentos que habían falsificado, la ficción que habían fabricado. Eso era lo que él hacía, ¿no? Todo eso lo sabía yo: las conversaciones que habían tenido —me las sabía de memoria, las había escrito en mi libreta—, los planes que urdieron para que en Bruselas les creyeran. Estaban los recortes de periódico, las entrevistas, había hasta videos y grabaciones: todo. Pero habían pasado los años y ya nadie se acordaba de ese delirio y esa historia, solo Guillermo Santaya. Lo habían convencido de que estaba loco, nadie le creía cuando hablaba de "los cinco grandes" y de cómo en los campos de Boyacá se le había puesto fin a un conflicto de ciento veinte años. Vivía sumido en la depresión y solo ese recuerdo lo rescataba de su abismo y su tristeza; esa evocación era lo único que le hacía recobrar de nuevo el aliento y el fulgor del alma y el corazón, un corazón generoso y bueno. Pero estaba empezando a perder la fe, los últimos vestigios de ella que le quedaban. Lo estaban persuadiendo, por fin, de que abandonara para siempre esa idea fija y disparatada que no le hacía bien, o eso decían sus médicos, sin darse cuenta de que era el único asidero que le quedaba en este mundo para no naufragar del todo. Hasta su esposa, que lo adoraba y que vivió a su lado los mejores días de la diplomacia y el poder, estaba también agotada y sin ninguna esperanza. Quizás los médicos tuvieran la razón, solía pensar en el último tiempo, quizás lo mejor era que Guillermo estuviera tranquilo y se olvidara ya de todo. Nadie podía entender por qué un episodio así, insignificante y pintoresco, risible en el mejor de los casos, una anécdota y nada más, lo había conmovido y marcado tanto, para el resto de su vida. La pregunta era más bien la contraria: cómo habría sido posible que eso no fuera así; cómo iba a renunciar alguien, en nombre de un mundo tan mezquino y tan estúpido, además, al milagro de una ficción que se hace realidad. Eso fue lo que le dije esa noche a Marcelino Quijano, que no podíamos dejar solo a Guillermo Santaya. Teníamos que hacer algo por él antes de que fuera demasiado tarde. El doctor me miró como nunca lo había hecho; la mirada ahora sí de un amigo para toda la vida, como si ese fuera el último rito de paso de la cofradía de su afecto y su confianza. Me dio la mano, sonrió.

—Mañana salimos para Bruselas, hay que descansar —me dijo y se paró y fue a apagar la luz.

Al otro día llegamos a la estación central de Bruselas casi a la medianoche. Marcelino Quijano era un hombre anacrónico y a la antigua usanza, prefería mil veces el tren al avión. Hablamos poco durante el viaje, él iba tomando notas y yo iba leyendo; en una pequeña maleta de cuero llevaba su vieja máquina de escribir, quizás como un amuleto porque nunca lo vi usarla. Llevaba también una guía turística de la ciudad, en realidad un libro de un viajero inglés por Flandes en 1751. Me causó mucha curiosidad eso, me dijo que no había mejor mapa para visitar los sitios que los libros antiguos que hablaran de ellos; "nos libran de la plaga del turismo", fue lo que me dijo. Me preguntó entonces qué leía yo, le dije que *Los paseos de Lodovico*, de Ernesto Volkening. "Apenas para llegar a este país", me dijo, y luego me contó que había sido gran amigo de don Ernesto. Lo había querido mucho, era el hombre más discreto, inteligente y fino que había conocido en su vida. Por eso lo apreciaba tanto Nicolás Gómez Dávila, a quien también conoció, admiró y quiso muchísimo Marcelino Quijano. Habían sido grandes amigos, jugaban billar en la hacienda de Canoas. Es más: siempre que estaba en Bogotá, el doctor reservaba los miércoles en la noche para irse a la biblioteca de Gómez Dávila, a su casa imponente en la calle 76 con carrera 11, y tertuliar allí con él, con Álvaro Mutis y con el propio Volkening, que era muy tímido y odiaba los tumultos y la hipocresía bogotana. Por lo general se quedaban hasta la madrugada solo los cuatro, a veces hasta que el sol se filtraba por entre las hendijas y las ventanas de la biblioteca y todos se paraban y se iban, deslumbrados por lo que allí se había dicho. El más brillante, sin duda, era el dueño de casa, el más profundo y sabio. Hablaba como entretejiendo las palabras, me dijo Marcelino Quijano en ese tren, sus frases tenían una prosodia y una música como hechas de fuego o del polvo de las estrellas: reverberaban, fulgían. Volkening lo miraba abismado, no podía creer que en Colombia hubiera una inteligencia así, como las que a él le habían tocado en la Alemania de su juventud, de la cual huyó una tarde de 1934 cuando la Gestapo lo iba a capturar. Mutis, en cambio, era un torrente, un encantador de serpientes. Erudito y culto como los demás pero mucho más espontáneo y vívido, incorrecto, sensible, desatado en sus carcajadas y sus afectos. Decía enormidades para escandalizar a sus interlocutores y atizar la discusión; derribaba prestigios tan bien establecidos como el de Thomas Mann o el de Louis Aragon. "No diga pendejadas", le decía a veces Volkening compasivo y dichoso con las impertinencias de su amigo. Luego hablaban de historia, por lo general historia del siglo XIII o el siglo XIV. Luego hablaban de teología, momento en el que Gómez Dávila los desbordaba a todos con sus conocimientos y su lucidez y Mutis exhibía con mayor gracia su desparpajo y su elocuencia, hasta llegar un día a defender, me contó Marcelino, la obra providencial y benéfica del tribunal del Santo Oficio en las Indias. En materia literaria estaban todos de acuerdo, más o menos, aunque el doctor prefería siempre oír más que hablar. Luego supe que era al revés y que sus opiniones e historias concitaban el mayor interés de sus contertulios, que no podían creer que hubiera alguien en la vida que se dedicara a lo que él hacía. "Cuando yo me jubile me da trabajo en su empresa", le dijo una vez Mutis, que siempre que iba a Italia pasaba por Piedras de Fuego, donde era una absoluta celebridad por sus risotadas y su encanto. El día del entierro de don Ernesto, en 1981, solo había cinco personas en el cementerio alemán de Bogotá: don Nicolás, Juan Gustavo Cobo Borda, Santiago Mutis Durán, Claudia Paredes de Gamba y Marcelino Quijano y Quadra. Así que no podía tener yo un mejor libro para ir a Bélgica que ese, me insistió el doctor. *Los paseos de Lodovico.*

Al otro día de nuestra llegada, muy temprano en la mañana, fuimos a visitar a Marlene, la esposa de Guillermo Santaya. Se conmovió casi hasta las lágrimas de ver al doctor Marcelino: nunca lo había visto en persona; era uno de sus héroes en la vida pero no lo conocía. Tenía sus fotos, sus cartas, sus postales; pero qué alegría le daba estrecharle la mano. Le agradeció mucho por estar allí, a mí también. "Lo lograste", me dijo con alegría y con tristeza a la vez. Luego nos contó que Guillermo Santaya estaba cada día peor, ya ni hablaba. Los médicos estaban seguros de que había que sedarlo y en lo posible convencerlo de que el episodio ese de la guerra entre Bélgica y Boyacá, la guerra y la paz, no había sido cierto o no tenía ninguna importancia. Él mismo ya estaba persuadido de que así era; ese tema, que antes parecía ser el único que lo despertaba y lo emocionaba en la vida, ahora le causaba más bien una terrible angustia, como si prefiriera en el fondo creer que jamás había ocurrido. Los médicos sostenían que eso era lo mejor, despejar cualquier motivo de sufrimiento y ansiedad. La verdad es que tampoco le auguraban ni una pronta mejoría ni un diagnóstico favorable ni una vida muy plácida. Su deterioro era irreversible. Al decir eso se le escurrieron las lágrimas a Marlene Santaya, el doctor Marcelino le dio su pañuelo. Y entonces le dijo: "No sé si nosotros podamos ayudar; vamos a hacer lo que se pueda". Ella le dio la mano y se quedó así por un par de minutos, sin decir nada. Apenas lo miraba enternecida, luego le dio un beso y le dio las gracias. Antes de despedirnos le dijo al doctor: "Usted es la única persona en la que cree Guillermo".

Esa misma tarde, en un café cerca de la plaza de Los Mártires en la Rue Saint-Michel, nos encontramos con el funcionario de la Cancillería belga que nos iba a dar unos papeles. El sitio lo había escogido el doctor Marcelino, le pregunté que por qué. Me dijo que porque ahí, muy cerca, estaba la casa donde había vivido Álvaro Mutis de niño. Era como un ritual suyo siempre que estaba en esa ciudad recorrer los pasos de su amigo, ir a visitarlo. También me dijo que el ojo extraviado de Abdul Bashur, el íntimo amigo de Maqroll el Gaviero, era un homenaje secreto a Ernesto Volkening, quien tenía la mirada perdida. Me estaba diciendo eso el doctor cuando llegó muy rápido y muy incómodo, viendo para todas partes, el hombre con el que teníamos que hablar. Pidió una cerveza y la dejó entera; "peor para él", dijo después Marcelino Quijano. Nos entregó una carpeta y nos advirtió en francés que teníamos que tener mucho cuidado con lo que fuéramos a hacer con esos documentos y que si algo se descubría nadie en su oficina iba a aceptar nada, nadie. El doctor lo miró casi indignado: él era un profesional, un veterano. No se lo dijo pero luego sí me lo dijo a mí, apenas se fue el otro: qué se creía, ¿que estaba tratando con principiantes? "Cuando yo ya era millonario haciendo lo que hago este zoquete no había ni nacido", masculló furioso, con acento de Popayán. O más que furioso estaba ofendido, que era mucho peor. Igual su trato no era con él, un funcionario insignificante y pretencioso, sino con su jefe, que por obvias razones no podía estar allí pero que le debía mucho a *Raros y Curiosos*. "¿Qué tanto le debe", le pregunté por pura curiosidad, con verdadera intriga. "Me debe la vida y si me la paga todavía me queda debiendo", me contestó. Salimos de ese café, fuimos hasta el apartamento donde había vivido Mutis. Nos paramos al frente por unos minutos, sin cruzar palabra. Era como una visita oficial: un homenaje de Estado pero sin arreglo floral; ambos sonreímos, quizás como el mejor saludo de agradecimiento al maestro. De ahí caminamos a una librería, el dueño saludó a Marcelino Quijano como si fuera un local. Le dijo que ya le tenía el libro que había pedido alguna vez hacía años, se lo entregó: la primera edición, firmada, del *Diario* de Valery Larbaud. "También un homenaje a Mutis", me dijo el doctor. La dedicatoria era para un colombiano: "*Para el señor Eduardo Silva Rueda, con gran afecto, Valery Larbaud*".

El viaje a Geel no era fácil, había que subirse en dos trenes. Así lo hicimos y llegamos ya de noche, nos fuimos de inmediato a la pensión en la que nos íbamos a quedar. Dejamos nuestras cosas, cada uno en su habitación, y salimos a comer. El conserje nos recomendó un restaurante muy cerca, una marisquería como las que le debían de fascinar a Marcelino Quijano, supuse, y así era pues apenas entró le dio su aprobación inmediata y se sentó a sus anchas y pidió unas ostras y una botella de vino. Era un local discreto y anticuado, con meseros mayores, el cocinero al comando y sin tentaciones moleculares ni posmodernas: solo buena comida, trato cordial, ambiente familiar. Yo le agradecí mucho al doctor, de verdad. Ya que estábamos ahí quería agradecerle por cómo me había acogido en Piedras de Fuego y en su casa y por ayudarme a rescatar, si lo lográbamos, a Guillermo Santaya; le dije que yo sabía que estaba retirado y que eso significaba mucho más para mí. Me picó el ojo (la única vez que lo vi hacerlo en la vida; era muy contenido en sus gestos), tomó un trago del vino que acababa de llegar, brindó por José Milagros Gutiérrez Fonseka y Josefina Harboort y me dijo que para eso eran los amigos. "Además lo hago más por mí que por usted", me dijo. Hablamos mucho esa noche, como no lo habíamos hecho antes, ni siquiera durante las largas conversaciones hasta la madrugada en su biblioteca. Hablamos por primera vez de la vida, mejor dicho, de hombre a hombre. Yo me había acostumbrado ya a preguntarle cosas y a oír sus historias; para eso lo había ido a buscar. Pero allí en ese sitio, por fuera de su entorno convencional, lo veía mucho más frágil, casi indefenso. En su casa o en su oficina o en la taberna de Franco Bruno era el dueño de la situación, ese era su mundo. Ahora en cambio parecía extraviado, no inseguro pero sí incómodo y extrañado. También es que era un hombre fuera de su tiempo, un vestigio de otra época. Era el último sobreviviente de toda la gente a la que conoció y que conformaba su vida: Gabrielle Luchaire, el señor Blot, todos se habían ido ya. Y era como si sus maneras se hubieran quedado ancladas en ese pasado; como si todo él siguiera transitando por un universo que ya no estaba y del cual él era el último testigo y el último heredero. Por eso se había retirado, porque además ya no podía moverse con la misma agilidad ni tenía los mismos arrestos ni los mismos recursos, lo abrumaban las nuevas tecnologías, lo ensordecía el ruido de todo lo contemporáneo: las máquinas, los carros nuevos, la música, el internet, todo le parecía agotador e innecesario. También es que su negocio había funcionado cuando las cosas eran muy diferentes en la Tierra. Por eso funcionó, porque había caballeros y había honor. Los códigos de su juventud, que preservó para siempre, ya no tenían el menor lugar en una sociedad desbordada por el progreso y la superficialidad. No era una cuestión moral, me advirtió, para nada. De hecho los truhanes y los malevos eran su gente preferida y habían sido aliados incondicionales de su oficio y de su causa toda la vida. Sin gente así lo que él hacía, o lo que había hecho, era impensable, se necesita siempre tener criminales honestos y confiables de nuestro lado. Es más, añadió con nostalgia: hasta el crimen estaba en decadencia en esta época, se lamentó. Hasta los criminales se habían corrompido. Miramos el reloj: era la una de la madrugada, ya cerraban en el local. Apuramos un trago más del vino y volvimos a nuestro hotel y dormimos como un par de niños, al menos yo sí.

Y él también, me dijo al saludarnos en la cafetería del hotel para el desayuno. Iba de traje entero y perfecto, sombrero, paraguas, sus gafas gruesas, recién afeitado, el bigote pulido como siempre. Lo comparé con las fotos de su juventud que había visto en su casa, cientos de ellas. Tenía la misma expresión embelesada de judío irredento. Fue como si me leyera el pensamiento porque me dijo que ya estaba muy viejo y que el vino de la víspera había hecho estragos en él; "no vuelvo a tomar así, no hoy", me dijo y se sentó en la mesa que teníamos reservada, lo cual era absurdo porque no había nadie más allí. Quizás por eso, o por su malestar de la noche anterior, su desayuno fue más opíparo que de costumbre. Yo estaba acostumbrado a verlo en Piedras de Fuego: un par de uvas, un jugo de fruta, un pan, un queso y poco más. Aquí en cambio se lanzó a un pantagruélico pedazo de carne, como si fuera el almuerzo. Al instante rompió su promesa de no tomar vino ni nada nunca más y pidió un vaso de vino tinto; "no vuelvo a tomar vino blanco", me aclaró. Comió ostras (la especialidad del lugar), quesos en abundancia, jamones, tostadas. Para terminar, pidió algo de dulce, unas tartaletas de fresa y chocolate recién hechas. En mi caso era imposible seguirle el paso, el vino de la noche anterior también había hecho mella en mi alma tropical. Apenas si pude tomarme un café y un jugo y comerme un pan con queso. Íbamos para la guerra. Revisamos entonces los papeles de nuestro "operativo" esa tarde, yo ya le decía así, y vi que no le molestó en absoluto al doctor Marcelino; al contrario, parecía gustarle mucho, como si eso nos diera aún más confianza y cercanía. Tampoco sabía muy bien qué era lo que íbamos a hacer, pues él me dijo desde el tren, mientras tomaba sus notas, que se encargaba de todo y que no me preocupara y que lo dejara ver bien qué hacer. Yo lo había buscado justo para eso, así que no se me ocurrió ni por un segundo contrariarlo ni sugerirle ninguna tontería. Me mostró, sin embargo, una orden de salida de la clínica psiquiátrica de Geel a nombre de Guillermo Santaya. Le pregunté extasiado que cómo la había conseguido, que si era robada, me dijo que por desgracia no: no teníamos tiempo de robar nada. Un amigo suyo (otro) era el papá del ministro de Salud del país; en realidad más que un amigo era un viejo cliente y beneficiario: lo había salvado de la muerte en 1944, cuando los nazis lo iban a fusilar por ayudarle a una familia de judíos sefardíes, los Kassimi, a escapar a Inglaterra. Henri Davignon, el gran escritor, quien sí era muy amigo suyo y también cliente, le suplicó que ayudara a ese pobre flamenco que estaba al borde del precipicio, Michel Colla, se llamaba. Marcelino Quijano logró meterlo en un canje final de los prisioneros de guerra latinoamericanos en Bélgica. No había sido una treta sino un soborno, había pagado por ellos y por su libertad. Pero condicionó el cierre del negocio a un prisionero más, Michel Colla. A regañadientes, los nazis se lo entregaron y le dijeron que se lo llevara adonde quisiera. Era el papá del que ahora era ministro de Salud en Bélgica y su nombre estaba muy bien anotado en su memoria. Había conseguido el teléfono gracias a Claire, la hija mayor de Henri Davignon, lo había llamado muy temprano en la mañana, sin ninguna vergüenza. Y un hombre decente nunca olvida a quien le salvó la vida. Antes de entrar al desayuno, Marcelino Quijano recibió ese documento, la orden de salida. ¿Qué había tenido que hacer el papá del ministro? ¿Qué había tenido que hacer el ministro? Cada quien es dueño de sus métodos, me dijo. Él jamás preguntaba, no le interesaba enterarse de lo que tenía que hacer la gente para que las cosas funcionaran a la hora de ayudar a los demás. Lo importante es que ya teníamos esa orden en la mano, "aunque la orden es lo de menos", pensó en voz alta, lo dijo más como una conjetura que como una afirmación. Lo que de verdad le preocupaba era Guillermo Santaya; no sacarlo del asilo, que era lo más fácil, sino de la depresión y la melancolía.

—¿Y los otros papeles? —le pregunté señalándole la carpeta que llevaba en la mano.

—Son nuestra única carta —me respondió—. Si no es con esto no es con nada.

Se paró y nos fuimos de allí, ya era el mediodía.

XI

Antes de llegar al asilo —Marcelino Quijano le decía "el manicomio", así de anticuado era— me dijo el doctor que fuéramos en carro, había que alquilarlo. "Qué tal que nos toque huir de allí con él", fue lo que dijo con absoluta seriedad. Sus planes siempre habían sido obra de la astucia y del ingenio, buscar dónde estaba el resquicio de las cosas para deslizar por allí algo de ficción y de magia. No era difícil, era la paradoja del Pentágono. Y por lo general casi siempre podía; si llevara una cuenta de sus triunfos y sus fracasos serían muchos más los triunfos. Pero desde el primer día Karina Garabundo le enseñó que había que tener una alternativa, otra salida. No todo en este mundo lo resuelve la poesía, por desgracia. Había que tener un carro a la mano, una pistola, un veneno, un puñal. La idea era no usarlos, jamás. Pero todo salía mejor si uno sentía que por otro camino podía irse también y salir bien librado y huir si tocaba. A pesar de los años y del retiro, Marcelino Quijano y Quadra seguía siendo un profesional y un maestro. Se le veían las horas de vuelo, la experiencia y el roce y el dominio. Era como un capitán de barco o un mariscal en la guerra: sabía lo que tenía que hacer casi por instinto, como si hubiera una memoria muy antigua en su cuerpo que lo iba guiando sin miedo y sin fallas. Eso fue lo que más me impresionó ese día al verlo ahí ya en acción, que no titubeara ni estuviera nervioso. Me dijo que sí lo estaba; siempre había que estarlo, no era conveniente creerse inmortal. Pero había que ocultar los nervios, usarlos más bien como un depósito de adrenalina y de supervivencia. Su amigo Luis Miguel Dominguín, el torero, le había dicho una vez: "Los toros son como los maridos celosos, te huelen el miedo; no los dejes, que si te alcanzan te mandan al cielo". Por eso parecía tan sereno y tan tranquilo, me dijo, pero por dentro estaba temblando. Igual ya no tenía nada que perder en la vida, nada podía pasarle si todo salía mal. Era su último operativo, lo tenía muy claro, su última función. Y tenía que ser la mejor, no había de otra.

Le disgustó que el carro que alquilamos fuera nuevo y moderno, con vidrios eléctricos. Le pareció un pésimo augurio; tuve que tranquilizarlo diciéndole que igual no servían, eso lo hizo feliz. Fuimos al asilo, al "manicomio", y preguntamos por Guillermo Santaya, íbamos a visitarlo. El doctor no exhibió la orden de salida que llevaba consigo; le pregunté por qué y me dijo que primero quería ver al embajador. Volvió a decirme en voz baja lo que ya me había dicho antes: la salida era lo de menos, lo importante era él. Una enfermera nos dijo en flamenco que esperáramos, que un doctor quería hablar con nosotros. No le entendimos, por supuesto, y entonces, con cara de desagrado, nos lo dijo en inglés. Le dijimos en francés que no había problema, yo se lo dije, me miró aún peor. Esperamos casi una hora, luego nos hicieron entrar a una oficina detrás de la recepción. A los pocos minutos salió, con la famosa bata blanca de la gente de su gremio, un médico joven y amable, él sí hablaba en francés sin ningún problema. Nos preguntó que por qué queríamos ver al embajador Santaya, yo le iba a decir que estábamos allí para recogerlo. Marcelino Quijano, como un lince, me interrumpió antes de que dijera nada y le contestó que era apenas una visita de rigor y de cortesía, un asunto de familia. Él también era médico y psiquiatra, le dijo el doctor Marcelino, y quería verificar el estado de ánimo del embajador, no más. Su colega (llamémoslo así) lo miró intrigado primero y después resignado y conforme aunque no del todo; supongo que en ese oficio, como en todos, no le gusta a nadie que otro venga a decirle cómo está haciendo su trabajo. Pero era un hombre amable y se veía bienintencionado, decente. Además nos confesó que le tenía un afecto especial al embajador, le dolía mucho verlo así. No solo porque era un paciente importante y recomendado por el gobierno, pues allí trataban a todo el mundo por igual, sino también porque lo había conocido cuando era otra cosa, una persona distinta y locuaz, encantadora. Con sus problemas, claro, no en vano estaba allí; solo que ahora se había derrumbado por completo, el mundo se le había venido encima y era desolador asistir a ese desastre. Él ya estaba acostumbrado, esa era su vida todos los días, pero este era un caso que lo apesadumbraba de veras. Y quería advertírnoslo, por eso nos había hecho esperar, no por nada más: nos íbamos a encontrar con un hombre postrado y sin consuelo. A duras penas hablaba, a duras penas vivía. Podíamos verlo, claro, teníamos la autorización de la familia. Pero quería que supiéramos que lo que íbamos a ver podía ser devastador; más, mucho más, si teníamos una relación de afecto con el embajador. "No esperen encontrarse con él, que ya no está", nos advirtió con cara de tristeza, como si esa tragedia también fuera suya. Ambos asentimos, estábamos listos.

Es curioso porque yo había estado en ese mismo lugar muchas veces, muchísimas. Podría decir que lo conocía de memoria. Y sin embargo había algo distinto, otra especie de color y de semblante. Era eso lo que había cambiado, no el espacio sino el ánimo. Como si ahora una nube gris y de tormenta, a pesar de que era un día espléndido, se hubiera posado sobre el asilo de Geel. No reconocí a ninguno de los pacientes que había por ahí. Tampoco es que antes tuviera una relación con ninguno de ellos, pero en mis días de visita a Guillermo Santaya, que habían sido tantos, siempre me cruzaba con algún interno y al final ya varios de ellos me conocían y me trataban como uno más de los suyos. Estar en las entrañas de un sitio así, por la razón que sea, no deja de ser inquietante y aleccionador. Y no solo por como nos interpela siempre la locura ajena, ese espejo invertido, sino también porque de inmediato dudamos de nuestra propia normalidad y cordura. Es una línea tan tenue esa, una puerta giratoria tan arbitraria y confusa, que nunca sabemos del todo de qué lado estamos al final. Basta ver los ojos de la enajenación para descubrir allí, en su fuego y en su extravío, el destino común de nuestra especie, una posibilidad siempre latente que todos arrastramos con nosotros y que nunca sabemos cuándo ni cómo ni por qué se va a desatar o si ya se desató. Pero además tampoco sabemos bien si no es todo al revés y si lo que tenemos por disparate y sinrazón es una forma extrema de lucidez, de sabiduría, de comprensión del mundo y sus delirios, que lo hacen más tolerable y menos triste y absurdo, por absurdo que suene. Ernst Jünger, ese escritor que tanto le gustaba al doctor Marcelino, su contertulio en París durante la Segunda Guerra Mundial, el mismo soldado que oyó el tañido de una campana una noche en la Gran Guerra, Ernst Jünger decía algo así, que la locura es una de las claves fundamentales de la humanidad y que sin ella no serían posibles ni el arte ni el pensamiento. Por eso era partidario de las drogas y experimentó con todas ellas, desde la cocaína hasta el LSD, desde el opio hasta el mezcal, porque sabía que esa era una forma deliberada y controlada, aunque para perder el control, de eso se trataba, de la locura. Mientras caminábamos el doctor y yo hacia la habitación de Guillermo Santaya, acompañados por el médico joven, pensaba en eso que no había pensado antes, en ese lugar que parecía ser una cárcel y un infierno marcados por el encierro y la reclusión. ¿Y si era todo lo contrario? ¿Si ellos estaban afuera, libres como nadie, y nosotros estábamos adentro? En eso pensaba cuando se abrió la puerta y lo vimos.

Estaba sentado en su cama, vestido con cuidado aunque no con el traje de corbata que siempre se ponía allí; quizás allí más que en ningún otro lado. Había buena luz en la habitación, la más grande y cómoda del lugar. Pero cuando se abrió la puerta (nos la abrió el médico y se quedó parado) un haz luminoso bañó a Guillermo Santaya y le dio todavía más realce a su figura derrotada y solitaria. Miraba al abismo. El médico le dijo que estábamos allí; "unos señores lo vienen a visitar, embajador", le dijo muy cálido y muy suave, casi sonriente. No nos miró sino hasta un par de minutos después, también sonrió. Volvió a agachar los ojos, los clavó de nuevo en el vacío. Fue cuando el doctor Marcelino se adelantó un poco, muy lento, y le dijo en español con voz firme y de viejos amigos: "¿No me va a ofrecer nada, embajador Santaya?". El otro volvió a levantar la mirada; se quedó viendo con curiosidad y extrañeza a Marcelino Quijano y Quadra. Como si estuviera tratando de reconocer su voz, su rostro, de dónde se conocían. Por fin se rio, las lágrimas se le escurrían por las mejillas pero eran lágrimas de felicidad, o eso dijo el médico joven. Nos dejó solos, teníamos mucho de qué hablar. "Ofrézcales algo, embajador", le dijo en francés antes de irse. Yo me le acerqué a Santaya y le entregué mi ejemplar de *Los paseos de Lodovico*, le dije que le iba a gustar mucho: un libro sobre Bélgica escrito por un colombiano, el mejor colombiano de todos, que había nacido en Amberes y que era alemán. Apenas si lo vio, lo dejó a un lado. Me puso la mano en el hombro y me dijo que gracias, fue la primera vez que habló. Era quizás la primera vez que hablaba en muchos días. Su voz era tenue y quebrada, nada que ver con la que le oí tantas tardes mientras me contaba feliz los pormenores de la guerra entre Bélgica y Boyacá. Volvió a ver al doctor Marcelino y sonrió otra vez, se paró de la cama, fue a saludarlo. "Qué honor que esté aquí, doctor", le dijo y lo abrazó. Fue como un milagro, une escena bíblica: Guillermo Santaya se iba incorporando de nuevo a la vida. No de manera exultante ni completa, claro que no, todavía con mucho esfuerzo y mucha lentitud. Pero era como si la presencia del doctor Marcelino le hubiera insuflado un torrente de energía y de sangre; una bocanada de aire para que se parara al menos una vez más a respirar. Al principio hablaron de cosas menores, hablaron del pasado y del clima, de la situación política. Recordaron a viejos conocidos en medio mundo, casi todos habían muerto ya.

Hasta que por fin Guillermo Santaya habló de la guerra y la paz; lo hizo con miedo y misterio, su voz seguía rota. Le dijo al doctor Marcelino que toda aquella locura había sido gracias a él, sin su ayuda habría sido imposible hacer lo que hicieron. El doctor negó con la cabeza, primero, y luego le dijo a Santaya que estaba muy equivocado, que él no había hecho nada. Los dos se rieron. El doctor sacó de la carpeta unos recortes de prensa: eran todos los artículos que habían salido tanto en Colombia como en Bélgica sobre la absurda guerra de José Milagros Gutiérrez Fonseka y el armisticio firmado en mayo de 1988, ciento veinte años después. En uno de ellos, aparecido en *EL TIEMPO*, de Bogotá, se hablaba de los "belgicanos", los enormes muñecos que habían desfilado por las calles de Tunja para consumar así, en la eternidad, ese matrimonio fallido y por culpa del cual se había dado uno de los conflictos más largos de la historia de la humanidad; en otro, en la revista *Cromos*, se narraba el viaje en tren con todas las vicisitudes del caso, desde la reparación de sus viejos vagones y su locomotora hasta el asalto guerrillero a medio camino. Había también un artículo de un periódico holandés, el *Leidsch Dagblad*, en el que se contaba toda esa historia increíble. El titular, en neerlandés, o sea en flamenco, no podía ser más claro ni más intrigante: "*Bélgica no está más en guerra con Colombia*". Decía la noticia en la página tres: "*Bélgica podrá por fin dormir tranquila: la guerra con Colombia ha terminado. El fin de semana pasado el embajador belga en Bogotá firmó un tratado de paz que cierra un conflicto de ciento veintiún años. En 1867, la guerra fue declarada por el general José Milagros Gutiérrez Fonseka, quien era el hombre fuerte en el entonces estado independiente de Boyacá, hoy una región colombiana. Ha sido una de las guerras más largas de la historia y también una de las más extrañas, pues no se disparó ni un solo tiro. La causa de tan singular guerra fue el corazón roto del general Gutiérrez, quien estudió en Lovaina y allí se enamoró de una joven bellísima, Josefina Harboort. Cuando fue a pedir su mano, su padre enfureció y los separó para siempre. José Milagros Gutiérrez Fonseka volvió a Boyacá, cuenta un historiador colombiano, y muchos años después fue elegido presidente. Fue cuando decidió, en venganza, declararle*

Reagan jaagt Russen en Indianen in het harnas

Moskou geïrriteerd door kritiek VS

Doodzieke Duarte zou aan aftreden denken

Noodtoestand afgekondigd in Ecuador

Problemen vooruit geschoven

Halfslachtige besluitvorming Joegoslavische communisten

WEG VAN ALGENPLAAG

België niet meer in oorlog met Colombia

Reservist: 'Palestijnen ernstig mishandeld'

la guerra a Bélgica. El rey Leopoldo II nunca conoció el hecho, sin embargo, pues la carta en la que estaba dicha declaración se perdió en el correo. ¡Podría decirse que Bélgica estuvo en guerra con los colombianos por más de ciento veinte años y jamás lo supo! Una queja más para el servicio postal de ese país...". Era muy bello, dijo Guillermo Santaya: había allí, en esa noticia, una variación de la historia, la versión del desamor en Lovaina y no en Tunja. "Suele pasar con las grandes guerras", le dijo Marcelino Quijano con ironía, como quien constata una verdad de a puño. Ambos vieron otra vez esa página: al lado de la noticia de la guerra entre Bélgica y Boyacá estaba la de la visita de Reagan a Moscú. También el embajador Romanov había muerto ya.

—Quiero decirle una cosa, embajador —le dijo de golpe Marcelino Quijano; Santaya se quedó paralizado—: el documento que usted me leyó en la taberna de Franco Bruno, ¿recuerda? La crónica esa de un soldado flamenco que hablaba de la guerra en Boyacá y que encontraron en la Cancillería en Bruselas junto con la carta de José Milagros Gutiérrez Fonseka dándole el ultimátum a Leopoldo II... Ese documento no era nuestro, no lo hice yo.

Guillermo Santaya quedó absorto de nuevo, mirando al vacío (al abismo) una vez más. Pero ahora su expresión era de placidez y de calma, casi de gloria. Un par de lágrimas más corrieron por sus mejillas, y sin embargo sonreía como hacía mucho no lo hacía. Si ese documento no lo había hecho el doctor, ¿eso quería decir que esa guerra sí había ocurrido y había sido real? Marcelino Quijano contestó sin demagogia y sin trampa: él no podía saberlo. Lo que él sí sabía era que los documentos que le había entregado para que los dejara en el archivo diplomático eran otros: una declaración de guerra falsa que nunca nadie encontró, por lo menos no en 1988, y una carta de José Milagros Gutiérrez Fonseka a Josefina Harboort, también falsa. Esas eran las cosas que él mismo, Santaya, había dejado allí una tarde para que luego las encontraran los funcionarios de la Cancillería, tal como ellos lo habían planeado y urdido. Pero lo que esa gente había encontrado era distinto: la declaración de guerra y la crónica de ese soldado flamenco no eran fabricación suya, insistió el doctor. ¿De dónde había salido aquello? Él de verdad no tenía la menor idea. Pero eso era distinto de lo que él había hecho, podía jurarlo. Es más: en esa carpeta, y se la entregó, estaba todo: los dos documentos falsos que él había hecho y que nunca aparecieron, solo hasta ahora, allí iban, y los otros dos que eran los que sí habían encontrado. "Yo traté de decirle que ese documento no era nuestro", le dijo Marcelino al recordarle que cuando se lo leyó, en *El Tiempo Perdido* en 1988, él le había dicho que eso no era suyo. Era muy bueno pero no era suyo. Igual ya no importaba, quizás, solo quería que lo supiera, quería volvérselo a decir tantos años después.

¿Que no importaba? El embajador Santaya no estaba de acuerdo con eso. Era, de hecho, la mejor noticia que le habían dado en la vida. ¡Cómo era posible que no le creyera cuando se lo dijo la primera vez en Piedras de Fuego, justo antes de regresar a Colombia para firmar la paz de esa guerra que entonces sí era cierta! No es que no le hubiera creído: es que estaba tan emocionado que ni siquiera lo oyó ni le puso atención; creyó que era un gesto más de esa modestia suya tan célebre, tanto más enfática cuanto mejores eran sus planes. Pero si de verdad era cierto que esos documentos eran reales, entonces lo que había pasado en 1988 tenía mucho más valor. El armisticio que había firmado, la paz, era no menos real y no era menos trascendental. Había valido la pena, se dijo a sí mismo Guillermo Santaya, todo tenía sentido ahora sí. "Siempre lo tuvo, embajador, siempre valió la pena", le contestó Marcelino Quijano. Y era cierto: qué más daba si esos documentos eran reales o no, ya qué importaba. Lo hermoso era lo que había ocurrido esos días de mayo de 1988: el banquete en el Hotel Tequendama, el viaje en tren, los belgicanos desfilando por las calles de Tunja, los niños cantando, las orquestas tocando el himno del país enemigo, los cinco grandes. La guerra y la paz.

Salimos de allí casi sin despedirnos de Guillermo Santaya: su emoción y su felicidad eran tan grandes que igual no se dio cuenta cuando nos fuimos, dejamos la puerta abierta. La luz todavía bañaba el lugar donde estaba, ahora parado y orgulloso, erguido, feliz. El médico joven nos acompañó hasta la salida, nos dio las gracias. Marcelino Quijano le pidió que cuidara mucho al embajador Santaya, "es un hombre de bien", le dijo. "Claro que sí, así lo haré", respondió. Ya en el carro, de regreso a la estación de Geel, hablamos poco Marcelino Quijano y yo. Me incomodaba que las cosas no hubieran salido como las habíamos pensado; que nuestro "plan" no se hubiera cumplido. ¿Tanto desgaste y esfuerzo para nada? Pero no se lo dije sino cuando ya estábamos en el tren, cada uno en su asiento. Le dije que era una lástima que no hubiéramos sacado de allí a Guillermo Santaya, más con esa orden que teníamos en la mano. Habíamos usado hasta al ministro de Salud de Bélgica. El doctor me miró casi con lástima; había impaciencia en sus ojos pero también compasión y cariño, esos ojos caídos y tristes que tuvo desde niño. Sacó de su maleta esa orden, la rompió allí mismo.

—¿Usted de verdad cree que el embajador Santaya quería salir de ese lugar? —me preguntó, aunque mirando más hacia afuera de la ventana que mirándome a mí. Ya era tarde y el tren iba lento, un tren regional. Se veían, de cuando en vez, las luces de algún pueblo o alguna ciudad que dejábamos atrás.

—No, creo que no —le respondí derrotado: la verdad es que vistas bien las cosas, lo más probable es que Guillermo Santaya no quisiera salir de allí jamás. Yo quería sacarlo del asilo, sí, pero eso era lo que yo quería. Me sentí triste y me sentí mal y le di la razón al doctor Marcelino: no era lo mejor para nadie más en el mundo lo que importaba sino lo mejor para él; no era la vida de los otros sino la suya en la que había que pensar.

—Por eso no usé esa orden —me dijo—, le habríamos hecho un mal. Por ayudarlo lo íbamos a hundir para siempre. El embajador lo que necesitaba era algo que le diera la fe, no más. Salir de ese sitio sería su ruina final.

—¿Y usted cree que va a estar mejor? —le pregunté como un niño que necesita que su papá lo reafirme, me miró como un papá que quiere reafirmar a su hijo.

—Yo creo que sí —fue su respuesta—, yo creo que sí.

Llegamos a la estación central de Bruselas y había oscurecido; Marlene Santaya nos estaba esperando para llevarnos a comer. Iba a ser una celebración y un reencuentro, pero al vernos llegar solo a los dos pensó que algo muy grave había pasado. Nos preguntó si era así, el doctor Marcelino se la llevó de gancho y le dijo que no. Tenía que estar muy tranquila, le dijo, todo había salido a la perfección. En el restaurante le contaba mejor. Y lo hizo con una elocuencia y una lucidez que yo no había visto nunca antes en nadie y que acaso no veré jamás. Era un asunto muy doloroso y muy delicado, qué duda cabe, pero lo expuso con tanta compasión y tanta inteligencia que la esposa del embajador no pudo más que aceptar sus razones, agradecerle en el alma y llorar conmovida porque además ya sabía que su esposo estaba bien. Lo que tenía era quizás irreversible y además ella sabía que era cíclico: a veces iba a estar bien, a veces no, a veces iba a estar muy mal. Y eso no iba a cambiar; nadie podía hacer nada para que eso cambiara. Y sacarlo de ese sitio en el que estaba tampoco era una solución ni era una decisión inteligente; allí, además, lo cuidaban bien y lo apreciaban, el médico que veía por él era extraordinario. Pero el único asidero que le quedaba en la vida a Guillermo Santaya, dijo el doctor Marcelino, era esa historia de la que había sido artífice y protagonista. Y nadie se la podía quitar porque hacerlo era peor que matarlo; hacerlo era dejarlo en el mundo sin ningún consuelo, sin ningún propósito, sin ningún recuerdo que valiera la pena. La mayor parte de la gente pasa por la vida resignada a sus rutinas y sus miserias, plegada a eso tan mezquino que se suele llamar la realidad. Era evidente que Guillermo Santaya, desde niño, había creído en una idea de las cosas mucho más bella y más elevada, más alta. Solo que también él había tenido que plegarse a un destino hecho de formas solemnes y viejos rituales, renuncias, privaciones, ilusiones vanas como el poder, los viajes, la riqueza, los estudios y las lenguas, la diplomacia. Pero en el fondo siempre había sido un rebelde y había buscado algo más allá, el revés de la trama que la justificara; sabía que la vida no podía ser solo eso. Esa era la razón por la que había vivido la locura de esa guerra entre Bélgica y Boyacá como algo personal que iba mucho más allá de la anécdota y el delirio. Lo que para los demás fue un juego para él había sido lo más importante de su vida. Por eso su recuerdo, el recuerdo de esa proeza y esa ficción, no era un capricho sino un acto de fe, su salvación. Ya antes Marcelino Quijano lo había ayudado y su costumbre era acabar bien todos sus trabajos; esa era la razón por la que estaba allí, el círculo se había cerrado: las historias tienen un principio, un nudo y un final. Él había estado en los orígenes de esa guerra y esa paz entre Bélgica y Boyacá, ahora le había correspondido mantener viva su llama y su leyenda. Hacerlo era lo único que podía salvar a Guillermo Santaya.

Nos despedimos al salir del restaurante y Marlene Santaya iba serena y dulce, con un halo de tristeza que ya no era sin embargo el de la angustia y la desesperación. Al otro día, muy temprano, iba para Geel a visitar a su esposo. El doctor Marcelino y yo nos fuimos caminando hasta nuestro hotel, muy cerca de allí. Nos dimos cuenta muy pronto de que otra vez estábamos al frente, por azar, de la casa en que pasó su niñez Álvaro Mutis. Una placa azul tenía inscrito su nombre y la leyenda: "*En esta casa vivió Álvaro Mutis, poeta colombiano, creador de Maqroll el Gaviero*". Le dije al doctor que me había parecido brillante ese giro de tuerca, uno más, de inventarse que esos documentos fabricados por él sí eran reales.

—Es un engaño doble —le dije ponderando su maestría—: engañó usted a los belgas en 1988 y ahora engañó también a Guillermo Santaya y a su esposa.

—No es mentira —me dijo muy serio y me juró que estaba diciendo la verdad—. Esos documentos no los hice yo.

XII

Me dijo que iba a morir en un duelo, y añadió con más resignación que otra cosa: "Como todo el mundo". No estaba triste ni agitado, no parecía tener miedo. Más bien era como si esa certeza le iluminara la mirada, la certeza de su muerte al otro día, cuando en efecto llegó al sitio señalado y saludó de mano a los tres hombres que había allí. Yo también fui aunque me quedé a lo lejos, como lo habíamos acordado, pero lo vi hablarles y darles la mano, primero a su padrino, luego a su contrincante —decir que su enemigo sería absurdo, era Franco Bruno—, luego al padrino de su contrincante. Todos vestidos de negro y de traje entero, con sombrero de copa, camisa de cuello duro, la corbata muy delgada; todos vestidos como en otro tiempo, porque ese duelo también lo era. Lo vi pararse muy firme, con la mirada hacia el frente. El otro hizo lo mismo, dándole la espalda, aunque lloraba. Los dos padrinos se les acercaron, les dijeron algo que por supuesto yo no oía, se retiraron y entonces los duelistas caminaron cada uno hacia su lado: diez pasos hacia el precipicio, los conté bien, para luego darse la vuelta y disparar. Los dos tiros retumbaron como si fuera uno solo; el humo, en cambio, soplaba alrededor de ambos cuerpos que parecían un volcán: el uno, un volcán erguido y vivo, de pie; el otro, un volcán caído, bañado en su propia lava. Así lo vi yo cuando me le acerqué, los otros tres se habían ido ya. Estaba todavía caliente: muerto pero caliente, con su cara muy plácida, los ojos cerrados, el bigote impecable de siempre. Yo hice lo que me dijo, lo que habíamos pactado la tarde anterior: le quité el reloj, la billetera y la chaqueta. Lo dejé tendido ahí porque él mismo me lo había pedido, me dijo que era un asunto de honor. "El duelo es un asunto de vida o muerte, eso es lo de menos, pero dejarme ahí cuando me muera es un asunto de honor…", me dijo esa tarde en su casa, la víspera de su muerte. Luego me dio una instrucción muy precisa: "Mañana usted me deja allí tendido, ese no es asunto suyo. Me quita el reloj, la billetera y la chaqueta, se queda con ellos. En el bolsillo habrá una carta para usted: cuando esté de regreso aquí en mi casa, más tranquilo, la lee. Eso es todo…". Nos despedimos muy tarde en la noche y no lo volví a ver sino hasta el otro día cuando llegó muy puntual a la hora de su muerte. Yo estaba en una piedra, escondido y listo para ir a cumplir su voluntad cuando el duelo ocurriera; eso hice. Antes de irme lo volví a ver por última vez, podría decir que estaba sonriendo. Muerto pero sonriendo. Había ganado la última partida.

La "carta" era en realidad un largo memorial, la historia de su vida. Su letra era impecable: cursiva y a la antigua e impecable, casi sin enmendaduras ni nudos ciegos. Se entendía todo, mejor dicho, y en una tarde, esa tarde del día de su muerte cuando volví a su casa vacía y para siempre, la leí dos veces. Era más o menos lo mismo que me había contado cuando pasé esa temporada en Piedras de Fuego antes de que viajáramos a Bruselas a rescatar a Guillermo Santaya: su infancia en Popayán, su viaje a Argentina y a Europa, su encuentro con Karina Garabundo, su historia de amor, el oficio al que se dedicaba y se dedicó toda la vida y que nadie le habría creído porque era tan absurdo y tan bello que nadie cree ya en los milagros. Pero también estaba allí, en esas páginas dobladas y perfectas que saqué de su chaqueta tras el duelo, la razón que lo había llevado hasta ese momento, la causa por la cual llegó esa mañana tan puntual y vestido de negro, caminó hacia el abismo, supongo que sonriendo, se volteó y disparó porque tenía que hacerlo, así son los duelos, el que no dispara se deshonra, aunque en realidad lo hizo hacia arriba, una bala perdida mientras le llegaba muy pronto —tan pronto que ni debió de darse cuenta— la que le destrozó el pecho y lo mató. "Vendrá la muerte y tendrá tus ojos", decía ese verso de su amigo Cesare Pavese que tanto le gustaba. De hecho así lo escribió en su carta, en sus memorias, justo al final al hablar del duelo del día siguiente. Supongo que eso lo escribió poco antes de que yo llegara, lo último que puso allí: "*Vendrá la muerte y tendrá tus ojos*", y después añadió un comentario: "*Bellísimo poema de Pavese, al que conocí en Roma creo que en el 47 o en el 48. Un hombre bueno; atormentado pero bueno. Lo ayudé a deshacerse de un enemigo fascista que lo quería matar, aunque en realidad descubrí luego que lo quería matar no por razones ideológicas sino porque se había acostado con su mujer. No se me ocurre más ideología que esa, también es cierto. Podría decir que nos hicimos amigos Pavese y yo, muy amigos. Recuerdo la noticia de su muerte, la leí en Viena: un periódico decía, sobre su suicidio, que había 'acabado con su vida de manera prematura'. ¿De manera prematura? Recuerdo haber pensado que ninguna muerte es prematura: la muerte ocurre cuando tiene que ocurrir, no antes ni después. La muerte ocurre, mejor dicho, y eso es todo, creer lo contrario es despreciarla, no entenderla. Y lo digo yo en la víspera de la mía, ojalá, cuando lea esto mañana yo ya no estaré aquí…*".

El doctor me había llamado hacía una semana, era casi un año desde nuestra despedida en Bruselas. Él volvió a

Piedras de Fuego y yo me fui para Londres, dispuesto a vivir como corresponsal a destajo de varios periódicos en América Latina mientras trataba de terminar una novela que guardé por mucho tiempo sin que llegara a tener nunca sentido ni forma; algo faltó siempre. Nos cruzamos un par de cartas Marcelino Quijano y yo, algunas postales, hablamos por teléfono aunque no de manera frecuente: ni yo tenía tiempo ni él tenía ganas, pues le parecía la forma más fría y ociosa de la comunicación. Era un prodigio, claro, que dos personas a kilómetros de distancia levantaran una bocina y se oyeran la una a la otra; era como arte de magia y brujería. Y eso que no alcanzó a ver el doctor la maravilla casi diabólica que es internet: murió cuando "la red" apenas se estaba empezando a masificar, aunque supongo que la habría considerado el golpe terminal contra su oficio y su carrera, inspirados por completo en la civilización del papel: las cartas, las fotos, los documentos; su mundo había ocurrido todo allí y le habría parecido que los correos electrónicos, los chats, los mensajes de texto o de voz (horror) eran una renuncia inaceptable a la profundidad, el decoro, la belleza, los valores más elevados de la comunicación humana. Si el fax nomás, me contó un día, le resultaba oprobioso y grotesco, se enfurecía de solo oír su estridor. Pero con el email sí no podía, era su ruina. Igual tampoco le importaba ya nada: su tiempo se había acabado, su época era otra y había sido muy feliz y en ella había logrado ayudar a mucha gente, pero muchísima. No tanta como hubiera querido, pero esas eran las reglas: si se puede ayudar se ayuda, decía Karina Garabundo; si no, pues no. No dejaba de sorprenderse, lo contó en sus memorias, en ese largo memorial que recogí de su chaqueta el día de su muerte, que su destino de alguna manera atravesara todo el siglo XX. En la Popayán de su infancia había conocido a gente que era del siglo XIX y por cuenta de su oficio había vivido a plenitud todo lo que ocurrió desde los años treinta hasta los años noventa, desde la Segunda Guerra Mundial hasta la caída de la Unión Soviética, episodio que siempre vaticinó y que le produjo un inocultable alborozo. Y eso que la mayoría de sus amigos eran de izquierda y eran comunistas; "pero una cosa es la izquierda y otra el Gulag", solía decir. Además conoció a los grandes personajes de su tiempo, su empresa le permitió gravitar casi siempre en las altas esferas del poder, la ciencia, la cultura, el periodismo, la literatura. Decía que era inconcebible que un popayanejo como él hubiera llegado a ser tan famoso, y de veras lo era: no había gobierno ni logia ni rico ni celebridad ni servicio de inteligencia que no supiera de sus capacidades y sus alcances, en apariencia tan artesanales y tan inocentes, tan increíbles y tan absurdos. Quizás justo por eso, decía, había logrado hacerlo todo en la vida; era la paradoja del Pentágono como una forma de ser. Y sus métodos eran tan ingeniosos y a la vez tan elementales que todo el mundo lo admiraba o por lo menos lo respetaba; había incluso quienes le tenían miedo, con ellos era impasible y desdeñoso. Además porque nunca incurrió en una vida excesiva ni escandalosa, nunca se dio lujos ni aires, no presumía, no alardeaba, no humillaba. Y tenía clarísimo que esa era la clave de su éxito, ser anacrónico y ser discreto. Vivía solo por y con su mujer, rodeado de libros, con muy pocos amigos a los cuales les profesaba una lealtad sin límites. Con su dinero y con su fama habría podido ser una figura de la farándula, prefirió la tranquilidad y el decoro. Que viviera en Piedras de Fuego ya era un dato desconcertante para muchos de sus clientes, todos los cuales, desde un par de reyes hasta varios artistas de cine y un campeón mundial de ajedrez, iban en sagrada romería a su casa y timbraban en esa puerta arriba de la cual se vio toda la vida un solo letrero: "*Raros y Curiosos*". Él se daba el lujo de rechazar muchos de los trabajos que le pedían, le suplicaban que hiciera. También esa desmesura lo abrumaba y cada vez más, en especial después de la muerte de Gabrielle Luchaire y sus socios y amigos más cercanos. A veces extrañaba volver a sus orígenes, abrir al azar alguna carta y resolver de la nada, si podía, si encontraba el camino, algún destino y alguna suerte. A veces incluso lo hacía: en los años finales dejaba un día al mes para hacer eso, ir al correo o abrir algún buzón y buscar como antes quién pudiera necesitar de su ayuda. Usurpar para bien las funciones de Dios era una tentación que todavía lo conmovía como en los primeros tiempos.

Pero la mística había desaparecido: se había borrado con esa civilización suya a la que perteneció y de la que solo quedaban las ruinas, él mismo. Su mundo era además una sucesión de fantasmas, solo recuerdos. Y aunque siempre iba a haber en la Tierra gente doliente y desesperada que necesitara de alguien como él, su tiempo se había acabado. En todos los sentidos de la palabra. Lo que tenía que hacer ya lo había hecho; era el momento de que otros llegaran a ocupar su lugar. Por eso su última misión fue la de Guillermo Santaya, que además resumía a la perfección lo que era su oficio: un acto de fe, un triunfo de la ficción. Sobre todo cuando la ficción es la forma más bella y tangible de la realidad, sobre todo en esos casos su vida cobraba un sentido y un significado que lo llenaban de orgullo. No de vanidad pero sí de orgullo, qué más vanidad que esa. Y su vida ya no tenía lugar en este mundo, mejor acabar la partida. Esa fue la razón por la que me llamó, quería que yo fuera a Piedras de Fuego. Me dijo que iba a morir en un duelo y que necesitaba de mi ayuda; me lo pidió como un favor, no podía decirle que no. Tampoco pude disuadirlo de su muerte, no le tenía la suficiente confianza para algo así. Además estoy seguro de que me habría desarmado de un solo golpe con uno de sus argumentos lapidarios. Cuando tomaba una decisión era inamovible, y lo era porque su juicio era tan claro que nadie que quisiera objetárselo podía horadar ese bloque de mármol que lo sostenía y lo hacía invencible. Como ese día en el tren desde Geel a Bruselas, que deshizo mi inquietud con dos preguntas. En ese sentido no se equivocaban los que lo consideraban un personaje socrático: un sabio ejemplar y solitario al que ni siquiera los oráculos podían derrotar.

Así que llegué esa mañana a Piedras de Fuego, la mañana antes del día de su muerte. Fui a la taberna de Franco Bruno, que me recibió con un abrazo y un beso, aunque algo extraño le pasaba; después supe qué. En su mesa de siempre estaba el doctor Marcelino, Marcelino Quijano y Quadra. También él me abrazó, sonriente y grato. Los demás comensales quedaron sorprendidos cuando se paró a saludarme, era un acto de deferencia que no tenía casi nunca con nadie. La música de siempre sonaba en el tocadiscos, el humo aún poblaba los espejos. Nos habíamos hecho la promesa de no hablar de la muerte durante el almuerzo y la cumplimos. En cambio les recordé a ambos mi primer día en ese sitio y aquella campana de Douchy que había sonado a ambos lados de la guerra. ¿Había podido armar sus fragmentos el doctor, reconstruir su voz? Me dijo que sí, sonrió. Pero más que armarlos los había hecho fundir para añadírselos a la vieja campana de la iglesia de Piedras de Fuego. Todo el pueblo, un día de júbilo, ayudó a desmontarla, herrumbrosa y solitaria como fue siempre. El herrero la hizo de nuevo, ahora con esos ingredientes que el doctor Marcelino le había dado: una nueva campana, trasunto y evocación de otras más, acaso de todas, brillante y sonora: "quien me toca oye mi voz".

Hablamos de Karina Garabundo, de algunas de las historias memorables de la organización internacional *Raros y Curiosos*: la de Jose Mencik, ese checo que se creía un cruzado medieval y que salió a enfrentar a los nazis, en 1938, cuando se tomaron su país, con una armadura del siglo XIII; la de Arnaldo Momigliano, el magnífico historiador piamontés, judío y piamontés, que demostró en Inglaterra que el fútbol se lo habían inventado los italianos, no ellos. Una profunda nostalgia anidaba en los ojos de Marcelino Quijano y Quadra; como siempre, solo que ahora mucho más. Acaso fuera la certeza de su muerte, también en eso había jugado con sus reglas. No estaba triste ni nada, al contrario, pero su expresión de viejo rabino relucía ahora como si estuviera en estado de gracia. Y lo estaba: su serenidad era ya la del que no está en este mundo. ¿Era creyente el doctor Marcelino? Eso sí me atreví a preguntárselo, no le estaba hablando de la muerte sino de Dios. Me dijo una de sus frases monumentales: "No se puede ser de Popayán sin creer en Dios". Aunque luego añadió: "Tampoco lo contrario". Franco Bruno y yo reímos a carcajadas, él un poco menos pero no por nada sino porque siempre le había resultado imposible reírse de las cosas que decía. Como buen humorista, Marcelino Quijano y Quadra era un hombre muy serio. Al terminar el almuerzo nos tomamos una botella de vino siciliano: un vino tinto de origen normando, dijo Franco Bruno, con sedimentos de la corte imperial en Palermo. A veces decía esas cosas que nacían de su inconmensurable erudición y que eran poesía pura y poesía surreal: no significaban nada, no tenían ningún mensaje oculto, pero eran tan bellas y tan sonoras que uno creía de inmediato que eran ciertas. "Eso es la poesía", solía decir Marcelino Quijano. "La poesía es todo lo que es bello y se vuelve la verdad".

Franco Bruno se quedó en la taberna; su dulzura era la de siempre pero estaba inconsolable: él también sabía que al día siguiente su mejor amigo iba a morir. Y tampoco quiso disuadirlo, era imposible. Además, de alguna manera, estaba de acuerdo con el doctor Marcelino. O no estaba de acuerdo con él sino con sus razones: no quería que se muriera pero entendía por qué se tenía que morir, se iba ya. Por eso había aceptado librar ese duelo con él, me dijo luego. Era un acto de amor y de amistad, aunque parezca extraño, un homenaje y la mejor forma de honrarlo, porque eso era lo que se merecía aquel hombre: todos los honores. Y como estaba muy claro que su decisión no tenía marcha atrás, mejor que fuera su mejor amigo quien lo acompañara en ella hasta el final. Franco Bruno no iba a permitir que el último momento del doctor Marcelino estuviera en las manos de nadie más, eso nunca. Pero le partía el corazón, era el día más triste de su vida. Le vi la cara cuando nos despedimos de él, las lágrimas estaban a punto de borrarla. Y fuimos entonces a la casa de Marcelino Quijano, él y yo, ahí estaba el letrero de siempre: "*Raros y Curiosos*". Entramos y todo estaba intacto: las fotos, el piano, la biblioteca, el buzón del correo. Ese olor a azahar que nunca supe —ahora sí lo sé— de dónde salía; y la ausencia de polvo, nunca entendí cómo hacía el doctor Marcelino para que en su casa jamás hubiera polvo. Ni mugre ni polvo, pero lo segundo es increíble por la cantidad de libros que poblaban ese lugar; si los quitaban se caía. Me dijo que iba a morir en un duelo, como todo el mundo. Me pidió que estuviera allí, en la distancia, y cuando todo hubiera ocurrido que fuera a quitarle el reloj, la billetera y la chaqueta. En ella iba a haber una carta para mí, tenía que leerla cuando volviera a su casa. No podía arrastrarlo ni llevármelo ni nada, tenía que dejarlo allí. Era un asunto de honor y todo estaba arreglado. Mi parte era esa, verlo todo, acercarme, coger las cosas e irme. Tenía que volver a su casa y leer esa carta, no más. Yo ya conocía bien su archivo, eso lo tranquilizaba mucho. Me dijo eso y no entendí muy bien por qué.

Al día siguiente su plan se cumplió al pie de la letra, como siempre. Fue un plan perfecto como todos los suyos, ejecutado con precisión y maestría. Vi el duelo desde una piedra en la distancia, vi a Franco Bruno y al doctor caminar cada uno hacia su lado. Se voltearon y dispararon, el doctor cayó al suelo. Cuando se fueron los tres sobrevivientes de aquella imagen que no olvidaré jamás, me acerqué a verlo: sonreía, estaba muerto pero sonreía. Le quité el reloj, la billetera y la chaqueta; salí corriendo y llegué a su casa que hoy es la mía. En esa carta estaba una relación pormenorizada de su vida, sus casos exitosos y sus fracasos, sus clientes, sus bienes y sus propiedades. Estaba también el sitio de su testamento, del cual fui el único beneficiario. Me dejaba todo lo suyo: esa casa que le había ganado en los naipes a un inglés, su piano y su máquina de escribir, sus apartamentos en tres ciudades, su biblioteca, sus cuadernos privados, el diario de viajes de su esposa, su pipa, la medalla de la Virgen que le dio Miguel Gavilanes, su doblón mexicano que incluía el azar y el destino, su archivo, todo. Si yo quería, me decía, podía seguir con su empresa, honrar su memoria como él había honrado la de Karina Garabundo. Y ojalá algún día contara su historia. Nadie la iba a creer, mucho mejor. Es lo que hago aquí tantos años después.

Afuera, en el pueblo, suena el tañido de una campana.

Piedras de Fuego, junio de 2021.

Leidse Courant

Woensdag 1 juni 1988

DAGBLAD VOOR ZUID-HOLLAND

HET WEER

GASTRONOMIE Vandaag op pagina 12 van de uit-bijlage

De Koning waarschuwt voor een kabinetscrisis

doden en gewonden bij treinongeluk

BELGIË BEËINDIGT OORLOG MET BOYACA

(Van onze correspondent)

BRUSSEL. — Het koninkrijk België heeft deze week een meer dan 120 jaar oude oorlog beëindigd. In Tunja, de oude hoofdstad van het Colombiaanse departement Boyaca, heeft ambassadeur Willy Stevens de vredesovereenkomst getekend. De oorlog tegen België werd in 1867 afgekondigd door generaal Santos Gutierrez, de leider van de toen autonome staat Boyaca, die tijdens zijn studies in Leuven verliefd was geworden op de Brabantse Josephine Harboort, maar die met haar niet in het huwelijk mocht treden. Santos Gutierrez stuurde daarop een formele oorlogsverklaring naar Leopold II, maar die is door een slordigheidje van de post nooit aangekomen. De burgemeester van Tunja heeft nu ter opluistering van het vredesverdrag de twee geliefden symbolisch alsnog in de echt verbonden, waarmee aan de wellicht meest vredelievende oorlog uit de geschiedenis een eind is gekomen.

VANDAAG 20 PAGINA'S

VVD EIST EXCUSES VOOR BESCHULDIGING UITLEKKEN

CDA wist eerder van afschaffing Wir dan De Korte

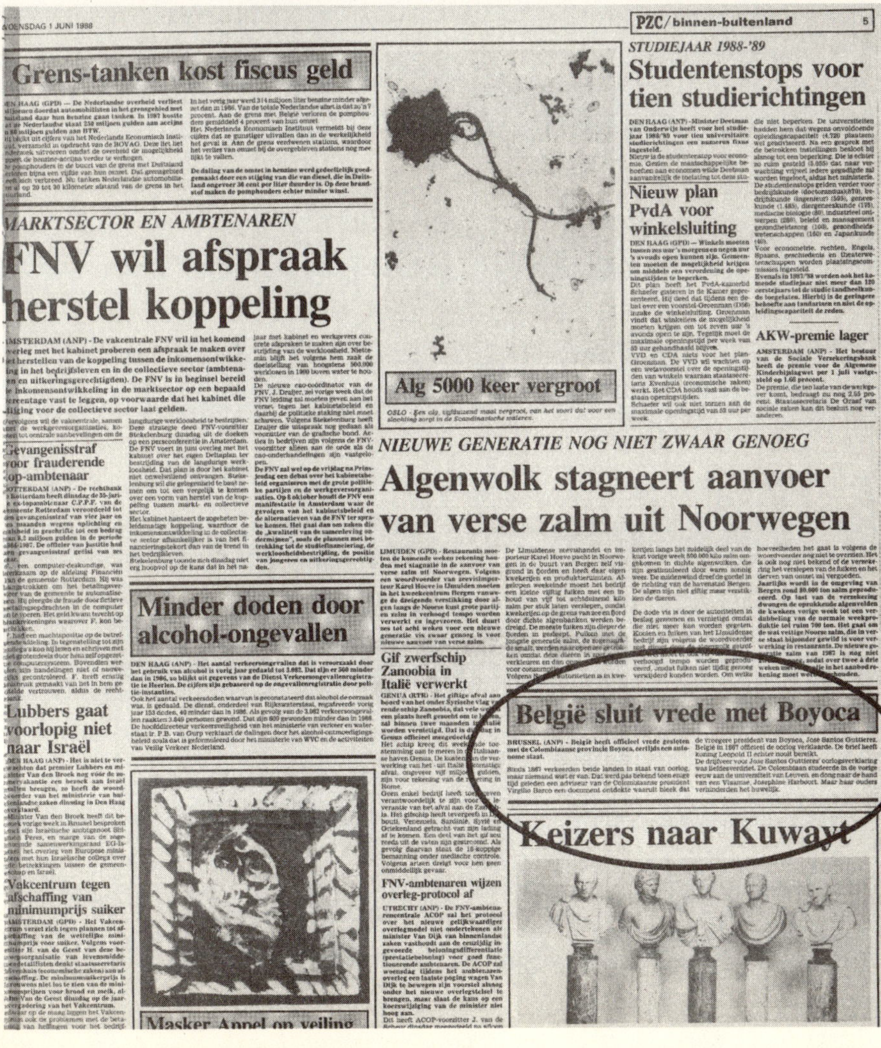

WOENSDAG 1 JUNI 1988

PZC/binnen-buitenland 5

Grens-tanken kost fiscus geld

MARKTSECTOR EN AMBTENAREN

FNV wil afspraak herstel koppeling

Alg 5000 keer vergroot

STUDIEJAAR 1988-'89

Studentenstops voor tien studierichtingen

Nieuw plan PvdA voor winkelsluiting

AKW-premie lager

NIEUWE GENERATIE NOG NIET ZWAAR GENOEG

Algenwolk stagneert aanvoer van verse zalm uit Noorwegen

Minder doden door alcohol-ongevallen

Gif zwerfschip Zanoobia in Italië verwerkt

FNV-ambtenaren wijzen overleg-protocol af

Lubbers gaat voorlopig niet naar Israël

Vakcentrum tegen afschaffing van minimumprijs suiker

België sluit vrede met Boyoca

BRUSSEL (ANP) - België heeft officieel vrede gesloten met de Colombiaanse provincie Boyoca, eertijds een autonome staat.

Sinds 1867 verkeerden beide landen in staat van oorlog, maar niemand wist er van. Dat werd pas bekend toen enige tijd geleden een adviseur van de Colombiaanse president Virgilio Barco een document ontdekte waaruit bleek dat de vroegere president van Boyoca, Jose Santos Guttierez, België in 1867 officieel de oorlog verklaarde. De brief heeft koning Leopold II echter nooit bereikt.

De drijfveer voor Jose Santos Guttierez' oorlogsverklaring was liefdesverdriet. De Colombiaan studeerde in de vorige eeuw aan de universiteit van Leuven, en dong naar de hand van een Vlaamse, Josephine Harboort. Maar haar ouders verhinderden het huwelijk.

Keizers naar Kuwayt

Masker Appel op veiling

Créditos imágenes:
Página 97: *Die Schachspieler*, por Friedrich August Moritz Retzsch.
Tomada de: https://en.wikipedia.org/wiki/Moritz_Retzsch#/media/
File:Frederich_August_Moritz_Retzsch.jpg
Página 125: tomada de: https://polona.pl/item/jozef-wegrzyn-art-teatr-miejskich,
ODA2MjgxMzU/0/#info:metadata
Página 195: *El País*, 3 de febrero de 1988.
Páginas 228 y 229: *EL TIEMPO*, 1 de junio de 1988.
Página 268: *Leidsch Dagblad*, 1 de junio de 1988.

Collages:
EL TIEMPO, 27 de febrero de 1988.
Reformatorisch Dagblad, 1 de junio de 1988.
Leidse Courant, 1 de junio de 1988.
Provinciale Zeeuwse Courant, 1 de junio de 1988.

MAPA DE LAS LENGUAS UN MAPA SIN FRONTERAS 2023

RANDOM HOUSE / CHILE
Otro tipo de música
Colombina Parra

RANDOM HOUSE / ARGENTINA
Derroche
María Sonia Cristoff

RANDOM HOUSE / ESPAÑA
La bajamar
Aroa Moreno Durán

ALFAGUARA / ARGENTINA
Miramar
Gloria Peirano

RANDOM HOUSE / COLOMBIA
Cartas abiertas
Juan Esteban Constaín

ALFAGUARA / MÉXICO
La cabeza de mi padre
Alma Delia Murillo

RANDOM HOUSE / PERÚ
Quiénes somos ahora
Katya Adaui

ALFAGUARA / ESPAÑA
Las herederas
Aixa de la Cruz

RANDOM HOUSE / MÉXICO
El corredor o las almas que lleva el diablo
Alejandro Vázquez Ortiz

ALFAGUARA / COLOMBIA
Recuerdos del río volador
Daniel Ferreira

RANDOM HOUSE / URUGUAY
Un pianista de provincias
Ramiro Sanchiz

Papel certificado por el Forest Stewardship Council®

MIXTO
Papel procedente de fuentes responsables
FSC® C117695